VALERIAN

ET LA CITÉ DES MILLE PLANÈTES

Titre original : *Valerian and the City of a Thousand Planets : The Official Movie Novelization*

This translation of Valerian and the City of Thousand Planets : the Official Movie Novelization, first published in 2017, is published by arrangement with Titan Publishing Group Ltd.

FLEURUS

Direction : Guillaume Arnaud, Guillaume Pô
Direction éditoriale : Sarah Malherbe
Édition : Claire Renaud, assistée de Lina Chabrol
Direction artistique : Élisabeth Hebert, Bleuenn Auffret
Fabrication : Sabine Marioni

Site : www.fleuruseditions.com
ISBN : 9782215135463
Code MDS : 652728

VALERIAN

ET LA CITÉ DES MILLE PLANÈTES

Christie Golden

Traduit de l'anglais par Charlotte Grossetête

FLEURUS

PROLOGUE

Les étoiles n'étaient pas éternelles, mais leur âge défiait presque tout calcul.

Leur regard sans jugement avait contemplé bien des choses dans le système régi par Sol, et en particulier l'intense activité qui régnait autour de la troisième planète à partir de cette étoile.

Selon le calendrier de ce monde-là, en l'an 1975, il se produisit dans ses cieux un événement marquant.

Depuis deux lieux distincts de cette planète, appelée « Terre » par ses habitants, deux nations lancèrent ce que l'on désignerait plus tard comme des vaisseaux spatiaux « primitifs ». Pour la première fois dans l'histoire de la Terre, deux vaisseaux allaient être reliés, et leurs occupants allaient pouvoir se déplacer librement de l'un à l'autre.

La solennelle « poignée de main dans l'espace », à la fois réelle et symbolique, fut échangée entre le brigadier général Thomas Stafford, astronaute à bord de l'Apollo, et Alexeï Leonov du Soyouz.

Il y eut des sourires de joie, un sentiment de complicité ; entre les deux hommes naquit une amitié fidèle qui devait traverser les décennies suivantes.

Ce qui arriva en 1998, sur la station spatiale Alpha qui voyageait en orbite autour du monde bleu-vert, ne se limitait plus à une simple rencontre entre deux pays. Quand l'avion spatial Hermès, mis en chantier la même année que cette fameuse poignée de main, accosta Alpha, il représentait une coalition de nations. L'espace n'était plus une province réservée à quelques minuscules humains ; il évoluait rapidement pour appartenir à l'humanité entière.

La station spatiale grandit au fil du temps. En 2019, l'énorme vaisseau spatial chinois Tiangong-3 fut chaleureusement accueilli lorsqu'il s'arrima à Alpha. Le capitaine de la station spatiale, un certain James Crowford de trente et un ans, salua avec enthousiasme son homologue chinois Wuang Hu ; quant à celui-ci, il arborait un sourire inextinguible. Selon les historiens, cet instant marqua la fin des tensions internationales et le début de la première Grande Époque de la coopération humaine.

Ce que nombre de Terriens avaient cru irréalisable se réalisa. L'humanité continua à œuvrer pour la paix et la coopération sur Terre, tout en vivant, par les yeux et le cœur, à l'unisson du chant de sirènes de l'espace. Les poignées de main se succédaient, avec pour arrière-fond la vaste panoplie du champ d'étoiles.

La station était solidement établie, et les lointaines étoiles continuaient à contempler la Terre, dont la gloire et la passion désormais unies alimentaient la prospérité d'Alpha. Huit courtes années plus tard, la station s'était considérablement développée. Sa population atteignait les huit mille habitants. Des nations sans cesse plus nombreuses s'aventuraient dans les étoiles pour participer à ce symbole d'unité. En 2029, tous les pays de cette troisième planète à partir du soleil étaient représentés par au moins un scientifique à bord.

En 2031, on installa un système de gravité artificielle. Les occupants de la station pouvaient à présent arpenter ses couloirs avec la même aisance que sur leur planète natale. Le capitaine Crowford était devenu un homme distingué de quarante et un ans. Il avait eu l'honneur d'accueillir des capitaines venus d'Inde, des Émirats arabes unis, de Corée, d'Afrique, d'Australie, du Brésil et du Japon – ce dernier, au lieu de l'emblématique « poignée de main dans l'espace », offrit et accepta une révérence traditionnelle.

Les étoiles, distantes et silencieuses, continuaient à observer. La station était en plein essor, ses effectifs croissaient, constitués non seulement de représentants militaires ou officiels, mais de familles. En l'an 2150, l'histoire – pas seulement celle de l'humanité, mais celle de toute la galaxie – franchit un seuil décisif. La station spatiale internationale Alpha, forte de ses cent mille occupants, mesurait à présent plus de trois kilomètres de long. Mais jusqu'alors, l'ensemble de sa structure et de ses formes ainsi que tous les vaisseaux qui étaient venus s'y amarrer, et tous leurs passagers, paraissaient confortablement familiers.

Le vaisseau qui s'approcha cette année-là ne l'était pas.

Son apparence évoquait davantage une créature de cauchemar qu'un engin spatial – noir, chitineux, recouvert de dizaines de pointes acérées et cruelles. De l'intérieur émanait une lueur terne, cramoisie, qui brillait à travers quelques hublots répartis le long du vaisseau et sur sa proue, aussi – si tant est qu'un vaisseau aussi étrange pût posséder un élément aussi terre à terre qu'une « proue ».

Le capitaine Joshua Norton, connu pour son allure quelque peu canaille, sa barbe soigneusement taillée et son regard perçant, écrirait plus tard dans ses mémoires :

Le vaisseau paraissait sorti d'un roman de Jules Verne – on aurait dit une créature animée plutôt qu'un navire. Les deux hublots de sa proue se trouvaient vers le haut du vaisseau en pente. L'impression globale était celle d'un être énorme et menaçant – ses deux yeux rouges luisant d'un plaisir mauvais – qui fondait sur Alpha impuissante. Je m'attendais à tout instant à voir s'ouvrir une énorme gueule qui nous avalerait d'une bouchée. Le mot « alien » ne m'avait jamais paru aussi adapté.

Norton se rendit dans le hall des cérémonies pour y attendre les aliens. « J'essayais de maîtriser ma nervosité », devait-il se rappeler six décennies plus tard.

Les Kortân-Dahuks étaient originaires de l'amas d'étoiles des Pléiades à cinq mille années-lumière de notre système solaire. Nos communications avec eux avaient toujours été courtoises. Le choc de ce premier contact – qui confirmait que nous n'étions pas la seule race animée de sentiments dans notre galaxie – a bien sûr été relaté par les historiens et les journalistes, et dépeint par les artistes et les poètes. Aujourd'hui, il nous semble parfaitement banal de rencontrer physiquement un alien. Mais rappelez-vous : c'était une nouveauté stupéfiante pour nous qui nous tenions dans ce hall, à transpirer et à murmurer, sans doute, des prières silencieuses.

Comme je l'ai dit, la correspondance avait été courtoise. Les Kortân-Dahuks nous avaient dit qu'ils n'exploraient pas la galaxie dans un esprit de conquête, mais animés d'une soif d'art et de beauté qui était, disaient-ils, au cœur de leur culture. Nous espérions le meilleur. Mais nous ne « savions » pas.

Le dernier sas s'ouvrit.

Trois aliens débarquèrent de leur vaisseau pour prendre pied sur la station Alpha.

Légèrement plus grands que leurs hôtes humains, ils étaient d'un aspect globalement humanoïde – « quel mot révélateur, se lamentait Norton, il est fait pour la Terre et on n'a toujours rien de mieux » – mais la ressemblance s'arrêtait là. Norton et ses collègues de la délégation reconnurent des bras et des jambes, des visages pourvus d'yeux et d'une bouche, mais ces éléments étaient fixés à des corps reptiliens ; et les arrivants n'avaient pas de nez.

La couleur de leur peau était à dominante orange, mais des teintes bleues, jaunes et rouges jouaient sur leurs larges visages. Des lèvres protubérantes bleu gris étaient figées en une moue dure. Une armure leur recouvrait le torse, les avant-bras et les jambes ; les extrémités de leurs pieds ressemblaient à des sabots fendus.

Nous avions tous conscience de vivre un moment charnière. L'histoire en marche. Mais quelle histoire ? Dans l'intervalle entre deux battements (rapides) de nos cœurs, il nous sembla que l'ensemble du monde – le nôtre, en tout cas – était mis en jeu.

Des témoins rapportent que Norton respira profondément, offrit un sourire et tendit une main qui tremblait très légèrement.

– Bienvenue à bord, dit-il.

L'un des Kortân-Dahuks traduisit pour son chef. Il y eut un silence ; les traits des aliens étaient indéchiffrables pour les hommes, qui n'avaient jamais vus ces êtres en chair et en os.

Le chef s'avança, plus grand que Norton. Il prit la main du capitaine et la secoua de haut en bas, vigoureusement.

La station ainsi que le monde entier, qui était suspendu à la scène, poussèrent un soupir de soulagement.

Les choses évoluèrent vite après ce premier contact. Des espèces qui étaient jusqu'alors d'une impensable étrangeté, mais qui devaient devenir de vieilles amies aux noms familiers, entrèrent en contact avec les hommes et s'installèrent sur Alpha.

Les Mercurys d'abord. Organiques à l'origine, ces êtres avaient évolué au fil du temps en êtres minéraux. Analytiques jusqu'à n'éprouver pratiquement aucune émotion, ils étaient presque plus aliens que les Kortân-Dahuks. Leurs ambassadeurs plus accessibles, les Doghan Daguis, étaient de fins politiques. Ils jouèrent un rôle précieux pour lisser les communications entre les hommes et ces êtres qu'on appelait aussi les Miroirs.

Les Palm Murets suivirent. Ces êtres gazeux, revêtus de douces exo-combinaisons de métal, portaient des masques élaborés et intimidants, bien mal assortis à leur nature paisible. Les étoiles furent aussi témoins de l'arrivée des Arysum-Kormns, race nomade d'explorateurs et de voyageurs qui se targuaient de connaître toutes les espèces de la galaxie.

Les KCO2, qui se nourrissaient des émotions négatives des autres, furent reçus avec des sentiments mêlés. Il leur fallait la compagnie d'êtres qui éprouvaient de la peur, de la douleur ou du désespoir ; mais leur régime alimentaire, selon une phrase célèbre de Norton, « nettoyait sûrement l'air pour le reste d'entre nous ».

Les Martapuraïs arrivèrent, présentés aux hommes par leurs alliés, les Kortân-Dahuks. C'étaient des êtres aquatiques engoncés dans de volumineuses combinaisons intégrales. Le premier capitaine à les rencontrer, Ezekiel Trevor, compara ces combinaisons à des « scaphandres d'autrefois » ; elles leur permettaient de vivre hors de leur environnement aquatique. Ils étaient de large carrure, bienveillants, et leur allure ichtyoïde était accentuée par de longs bras tentaculaires. Leur tête aux yeux ronds se trouvait au centre de leur poitrine.

Lorsqu'il les rencontra pour la première fois, le capitaine Trevor, au charisme inusable malgré sa calvitie naissante, afficha un sourire diplomatique et tendit la main. Clignant solennellement des yeux à travers la bulle de son casque, le Martapuraï présenta les tentacules qui lui servaient de doigts. Trevor prit soin de continuer à sourire lorsque ses doigts se fermèrent sur l'appendice froid et gluant.

– Bienvenue à bord, parvint-il à articuler avec courtoisie.

L'humanité, qui s'était jadis gaussée à l'idée même d'une vie extraterrestre, accueillit rapidement non pas un petit nombre, mais des dizaines, et pour finir des milliers d'espèces différentes.

Au fil du temps, la spécificité d'Alpha – cette hospitalité accordée à tant d'êtres doués de sentiments – devint un danger pour la planète même qui avait symboliquement ouvert ses portes en grand. Mais il y avait moyen de rester accueillant tout en protégeant la Terre vulnérable. Et de cela aussi, les étoiles furent témoins.

Le moment était venu pour la Terre de dire au revoir et bon voyage à la station spatiale Alpha.

Le discours que prononça le président de la Fédération mondiale fut sans précédent. Les enregistrements de ce moment historique seraient sûrement visionnés dans les écoles terrestres aussi longtemps que durerait la Terre.

« La station spatiale intergalactique a atteint une masse critique en orbite. Elle représente à présent une sérieuse menace pour notre planète mère », annonça l'élégant homme d'État à la haute stature. Il avait dans les soixante-dix ans ; ses cheveux autrefois dorés étaient maintenant argentés. Tout en parlant, il fixait la caméra de ses yeux bleus perçants. « Dans sa grande sagesse, le

Comité central a décidé de mettre toutes les ressources nécessaires en œuvre pour libérer la station spatiale de la gravité terrestre. »

Les prises de vues du Président, de son visage familier et encore vigoureux alternaient avec d'autres images, celles de centaines de vaisseaux semblables à des lucioles avec leurs énormes moteurs arrière et leurs quatre bras agrippeurs, qui s'attelaient à la station spatiale. Ils démarrèrent ensemble et, lentement mais sûrement, la station spatiale gargantuesque s'éloigna de la Terre, propulsée à une distance où elle allait pouvoir se libérer de l'emprise gravitationnelle de son monde natal. Puis les étoiles regardèrent les petits vaisseaux se déconnecter pour permettre à Alpha de s'en aller à la dérive vers de nouveaux horizons.

« Son nouvel itinéraire la conduit vers le courant de Magellan », poursuivit le Président. « Comme le grand explorateur Fernand de Magellan, la station Alpha va voyager vers l'inconnu, symbole de nos valeurs et de notre savoir. Elle portera un message de paix et d'unité jusqu'aux confins de l'univers ! Nos pensées et nos prières vous accompagnent… Bonne route et bonne chance. »

Sous le regard des étoiles, et de beaucoup d'autres observateurs, la station Alpha fut aspirée par le courant et disparut au loin, jusqu'à ce qu'elle ne soit plus pour les habitants de la Terre qu'un point minuscule parmi tant d'autres dans l'univers chargé d'étoiles.

CHAPITRE PREMIER

2710. Planète Mül. Constellation QN 34

La lumière vivante qui brillait au-dessus d'elle faisait doucement onduler ses filaments rayonnants ; en cela elle était, comme toutes choses dans le monde, en harmonie avec les étoiles, les saisons, le soleil et la mer. La dormeuse répondit à la clarté de plus en plus intense en ouvrant ses yeux incroyablement bleus ; elle cligna des yeux, émergeant en douceur, accueillant le jour nouveau aussi paisiblement qu'elle avait accueilli le sommeil la veille au soir.

Son regard doux et encore somnolent capta les teintes roses et corail de sa chambre. La clarté se déversait le long de l'escalier courbe. Les surfaces brillantes formant les parois internes de l'énorme coquillage réverbéraient la lumière, baignant la pièce d'une clarté rose.

Sa peau attirait aussi la lumière ; un blanc qui était tellement plus qu'une couleur unie et ennuyeuse. Ce blanc était nuancé d'images aussi chatoyantes que ses humeurs à elle : art de l'esprit.

Aussi pâle et céleste que le clair de lune, sa peau douce et veloutée mêlait toutes les couleurs de l'arc-en-ciel pour produire un éclat perlé, sans cesse changeant.

Elle s'appelait Lïho-Minaa et avait rang de princesse.

Un petit cri étouffé se fit entendre à côté d'elle. Ses yeux quittèrent le décor familier de sa chambre pour se poser sur son petit ami préféré, qui venait toujours se blottir contre elle lorsqu'elle dormait. Lïho-Minaa sourit en sentant le long museau de la créature lui flairer le cou avec bonheur, tandis que le pelage du ventre, incroyablement doux, s'offrait à ses caresses. L'animal était assez petit pour se percher au creux de sa main, mais il ne craignait pas d'être étouffé pendant la nuit – les écailles dures et proéminentes de son dos étaient de nature à réveiller sa maîtresse à temps.

Avec la grâce souple d'une vague, Lïho-Minaa projeta ses jambes sur le sol lisse et s'étira avant de placer son petit ami sur son épaule. Puis elle se leva et se dirigea pieds nus vers la coquille de palourde géante fixée au mur. Celle-ci remplissait une double fonction. Sa partie supérieure avait été polie pour offrir une surface réfléchissante, quoique imparfaite. Sa base formait une coupe contenant des dizaines de larges perles ; celle qui se trouvait au centre était de la même taille que la tête de la princesse. Au-dessus de cette base servant de lavabo brillait une créature lumineuse en forme de spirale, pareille à celle qui se trouvait suspendue au-dessus du lit de la princesse ; mais les perles elles-mêmes émettaient un rayonnement à pulsations douces, au rythme de leur énergie multicolore qui se déplaçait sous leur surface lisse.

Lïho-Minaa se sourit à elle-même, et à son petit ami qui s'attardait sur son lit. Elle vit son fin museau s'ouvrir en un énorme bâillement et éclata de rire. Elle plongea ses longs doigts élégants dans la coupe du coquillage, saisissant de petites perles par poignées. Comme s'il s'agissait d'eau sous une forme solide, elle les porta à son visage et s'en frotta la peau. Toute trace de sommeil disparut de ses traits. Ses yeux bleus s'éclairèrent, la peau tendue sur ses os fins se fit encore plus ferme et veloutée. Elle se sentait fraîche et dispose, pleine d'énergie. D'un geste soigneux, elle laissa les perles qu'elle avait attrapées retrouver leurs compagnes dans la coupe.

Avant de sortir, elle para d'un collier simple sa gorge longue et fine. Le bijou était constitué d'une simple chaîne et d'une unique perle exquise. La princesse effleura celle-ci ; la perle émit un vrombissement discret et un doux éclair sous la caresse.

Elle monta les marches et émergea au-dehors dans la lumière du jour naissant. Lïho-Minaa était rarement chagrine. Sa vie, comme celle de son peuple, était bien rythmée, placée sous le signe du calme et de la beauté. Mais s'il arrivait que la mélancolie la gagne, il lui suffisait de regarder autour d'elle pour contempler ce que son monde avait à lui montrer.

Elle sentit la finesse du sable blanc entre ses orteils, écouta le son doux et incessant de l'océan indolent, dont les doigts venaient caresser le rivage avant de se retirer. La plage était parsemée d'énormes coquillages de formes et de couleurs variées – dont certains se trouvaient même immergés dans l'eau turquoise du bord –, c'étaient les maisons de sa famille et de ses amis.

Elle déposa son petit ami sur son perchoir, juste à côté de son coquillage à elle, relativement petit ; elle lui tapota doucement la tête avant de le quitter pour marcher à grandes foulées vers l'eau scintillante. L'océan espiègle taquina les pieds de Lïho-Minaa, aussi pâles que le sable, tandis qu'elle se dirigeait vers les gens.

Certains étaient dans l'eau jusqu'à la taille, en train de relever des filets aussi fins que du filigrane, chargés de perles de toutes tailles. Enfants et adultes se pressaient autour des filets pour aider à ramasser les précieuses boules, qu'ils déposaient dans de larges paniers faits de coquillages ; ceux-ci étaient ensuite hissés sur les épaules des adultes qui assuraient leur transport.

Un peu plus loin dans les terres étaient creusés de petits cratères, à peu près grands comme le cercle que l'on peut tracer au sol en étendant le bras. En souriant, leur visage baigné de lumière lactée, ceux qui transportaient les coquillages remplis de perles déversaient celles-ci dans la terre en attente.

L'ancienneté même de la routine était source de quiétude. Lïho-Minaa offrit son visage au soleil levant et ferma les yeux un instant. Lorsqu'elle les rouvrit, elle aperçut une vive lumière qui zébrait l'aurore – une étoile filante.

Elle n'était pas seule. Il y en eut une autre… puis une autre…

La peur étreignit le cœur de la princesse lorsqu'un premier bloc d'une matière inconnue – qui ne provenait pas d'une étoile, c'était sûr – percuta l'océan, broyant en mille miettes une maison coquillage. D'autres blocs s'abattirent, trop rapides pour être comptés ; ils soulevèrent des gerbes d'eau, sombrant dans l'océan en cratères furieux, des blessures infligées au monde.

Des cris de terreur éclatèrent, les gens se mirent à fuir. Mais où trouver refuge ? La princesse scruta le ciel, qui naguère ne contenait que des étoiles, des lunes et la clarté du soleil. Des morceaux de métal, de la taille d'un poing à celle d'une maison, bombardaient implacablement la population terrifiée.

Lïho-Minaa se retourna, désemparée, pour observer une autre partie du ciel. C'est alors qu'elle le découvrit.

Son envergure était immense, inconcevable, et elle comprit aussitôt que ce n'était pas un simple vaisseau. C'était la mort.

Lïho-Minaa vivait près de l'océan, qui l'apaisait, et qu'elle aimait, avec son odeur, ses balancements et la douceur de son chant. La famille de la princesse, soucieuse de vivre au milieu de la population qu'elle gouvernait d'une main douce, habitait le village.

Et le vaisseau en combustion allait s'écraser pile dessus.

Lïho-Minaa était entourée par la cacophonie inouïe des hurlements.

Mais elle ne hurla pas.

Elle se mit à courir.

*
**

Le village se présentait comme une collection étagée de coquillages ; leurs silhouettes gracieuses, obliques, se serraient amicalement les unes contre les autres autour d'escaliers en spirale et de places ouvertes. Le palais royal, où vivaient l'empereur Haban-Limaï et sa famille, était un ensemble de coquillages ornés de sculptures et de ciselures exquises. Il occupait une place d'honneur, au sommet du village, d'où il surplombait la côte et l'océan. Il donnait sur la plus grande place. Sur celle-ci se déroulaient habituellement des spectacles oratoires et musicaux, des danses et autres manifestations artistiques ; elle était le théâtre de merveilleux rassemblements.

À présent, une foule terrifiée s'y était amassée, les yeux levés vers le ciel. Tous ces regards écarquillés et horrifiés assistaient à la chute fracassante de corps étrangers qui avaient appartenu à un objet massif, en pleine désintégration.

L'empereur était d'un naturel calme ; il gouvernait son peuple avec sagesse et bienveillance. Tous les regards se tournèrent vers lui, espérant contre toute évidence qu'il allait pouvoir stopper le mystérieux événement en cours.

Il s'adressa à l'un de ses gardes en sortant de son palais. Le front et les yeux du garde étaient noirs de peur.

– Que se passe-t-il ? demanda-t-il dans la langue musicale de son peuple.

– Là-bas ! Regardez !

Au-delà des courbes élégantes du village, le doigt du garde désignait un énorme panache de fumée noire qui s'élevait dans le ciel.

Tout le monde ne vivait pas au cœur du village. Beaucoup demeuraient dans les environs. Beaucoup demeuraient là où se dressait l'horrible tour de fumée noire.

Mais l'inquiétude de l'empereur ne tenait pas qu'à cela. Il avait vécu très longtemps, et savait à quoi ressemblait un impact de météorite. Ceci n'en était pas un. C'était bien pire encore.

Ses proches n'allaient pas être les seuls à souffrir et à mourir.

– Par toutes les étoiles ! s'écria l'empereur. Sonnez l'alarme ! Nous devons contribuer à l'effort de sauvetage !

Ils se mirent tous à courir vers le lieu de la catastrophe, marée de visages couleur de perle, fronts assombris par l'angoisse, yeux noirs d'inquiétude. À mesure qu'ils s'en approchaient, l'espoir qu'avait l'empereur de retrouver des survivants diminuait.

Un énorme amas de métal noir brisé, tordu, brûlé recouvrait les jolis éclats des coquillages écrasés. La guerre et la violence avaient épargné Mül depuis si longtemps qu'elles n'appartenaient qu'aux légendes et au folklore. L'empereur avait espéré que la chute du vaisseau était due à quelque erreur mécanique, mais il se rendit compte que celui-ci était une triste victime de guerre. Et sa destruction avait coûté la vie à beaucoup plus de monde que n'en contenaient ses parois métalliques.

Ils s'approchèrent plus près encore. Aucune créature titubante n'émergeait de là en toussant ou en boitant, blessée mais en vie. Ils ne virent qu'une écoutille ouverte, par laquelle les membres d'équipage du vaisseau condamné avaient tenté de fuir l'enfer, en vain.

Il fallait pourtant faire un effort. Il était impossible que tous les passagers d'un vaisseau aussi gigantesque aient trouvé la mort...

– Cherchez les survivants et commencez les opérations de sauvetage ! ordonna l'empereur.

C'est lui qui fit courageusement les premiers pas pour pénétrer dans le vaisseau fatal. Il ignorait ce qu'il allait découvrir et savait seulement qu'il devait regarder. Qu'il devait aider.

Les hypothèses pessimistes se transformèrent en une froide certitude. Ils ne trouvèrent à l'intérieur que des corps carbonisés qui avaient été naguère des êtres vivants et rieurs. Ils n'avaient eu aucune chance d'en réchapper. Mais ceux qui avaient subi ce destin terrible méritaient que l'on s'occupât de leurs dépouilles.

L'empereur ressortit. Il commençait tout juste à annoncer la triste nouvelle lorsqu'une ombre passa sur eux, comme si quelque chose d'une taille indicible tentait d'avaler le soleil. Haban-Limaï leva les yeux. La peine qu'il éprouvait pour les aliens inconnus qui avaient succombé à la violence de la guerre fut remplacée par un sentiment d'horreur écœurante.

Un vaisseau d'environ sept kilomètres de long tombait du ciel.

L'empereur songea aux belles maisons si fragiles que les débris du premier vaisseau avaient déjà brisées en miettes acérées. Pas de doute possible, les domiciles de coquillages qui restaient ne résisteraient jamais au désastre imminent.

Mais peut-être la carcasse du vaisseau funeste pouvait-elle offrir un dernier abri à ceux qui s'étaient portés au secours de son équipage.

– Tout le monde à l'intérieur ! cria-t-il. Abritez-vous ! Vite !

Il n'y avait pas une seconde à perdre. Tout en gardant un œil sur la catastrophe en préparation, l'empereur surveilla son peuple qui s'engouffrait aussi vite que possible dans l'épave, les adultes portant les enfants. Il ressentit une décharge de peur lorsqu'il vit des gardes accourir avec sa propre famille.

L'un d'eux tenait dans ses bras un Tsûuri terrifié de cinq ans.

Un autre portait la forme affreusement immobile de son épouse, Aloï. Sa belle robe flottante était déchirée et éclaboussée de sang. Quel soulagement pour l'empereur lorsqu'elle gémit doucement en tournant la tête vers lui. Elle était blessée, mais vivante.

– Faites-les entrer ! Vite !

Les deux gardes s'empressèrent d'obéir. De nouveau la peur envahit le cœur de l'empereur en voyant arriver un autre garde. Il lui prit le bras et lui demanda, en espérant malgré l'évidence :

– Ma fille ?

Le garde secoua la tête, une lueur de détresse dans les yeux :

– Je ne l'ai pas vue.

L'empereur songea aux débris qui s'étaient abattus comme des morceaux d'étoile, et son cœur se brisa. Mais il ne pouvait s'offrir le luxe du chagrin, pas maintenant. Son devoir était de rester calme et de protéger le plus grand nombre possible de ses sujets.

Le vaisseau s'écrasa au loin. La terre frémit violemment, comme une créature vivante subissant les affres de la souffrance. Des bruits qui déchiraient les oreilles avec la force d'une lance aiguisée accompagnèrent l'atroce spectacle de l'épave qui éventrait le sol ; elle se fendit, explosa et se transforma en boule de feu.

Les yeux rivés au vaisseau en proie aux convulsions de la mort, l'empereur attendit jusqu'au dernier instant que tous les fugitifs, secoués par des sanglots et des tremblements, se soient jetés dans l'épave. Alors, à son tour, il plongea dans le refuge du premier vaisseau et tira sur la porte massive de toutes ses forces pour la refermer. Ses muscles se tendirent. Il s'agrippa à l'étrange verrou, qu'il manipula jusqu'à le sentir grincer sous ses doigts et basculer en position fermée. Il s'appuya dessus pendant un moment, haletant.

Ses yeux tombèrent sur les rescapés. Tremblants, en état de choc, affalés pêle-mêle sur le sol métallique, ils le fixaient de leurs regards vides. On s'occupait de son épouse, et son fils le regardait, les larmes ruisselant sur son petit visage parfait. L'empereur prit le garçonnet dans les bras et le serra très fort, le visage enfoui dans le cou tendre de l'enfant. Tsûuri s'accrocha à son père comme s'il n'entendait plus jamais le lâcher.

Des coups furent frappés sur l'écoutille. L'empereur se figea, glacé. Il ne voulait pas voir qui c'était. Il ne voulait pas découvrir les yeux terrifiés d'un de ses bien-aimés sujets, en retard de quelques secondes amèrement tragiques. C'étaient ses sujets, pourtant. Il leur devait un geste de réconfort, dans leurs derniers instants.

Il s'avança vers le hublot.

Il avait cru qu'il ne pourrait pas supporter une telle douleur.

Il s'était trompé.

Le visage effrayé de sa douce fille chérie lui apparut. Elle le fixait de ses immenses yeux bleus. Ses traits étaient assombris par la peur, mais cette peur s'éteignit tandis qu'elle regardait son père, et ses joues se colorèrent d'un rose pâle.

Était-il temps encore ? C'était l'affaire de quelques secondes…

Mais sa mort, la mort du monde, approchait à une allure vicieuse. Une abominable boule de feu suivait de près la fille de l'empereur, une cruelle vague jaune-orange d'incinération. À supposer qu'il ouvre l'écoutille à présent – qu'il la laisse entrer pour lui sauver la vie – il condamnait tous les rescapés s'il ne pouvait pas refermer à temps. La boule de feu s'immiscerait avec avidité par la moindre fente, et tout le monde à bord subirait le même sort que les cadavres brûlés de l'équipage originel.

Elle lut cela dans les yeux de son père, et les siens s'écarquillèrent davantage. Elle frappa le hublot de ses petits poings. Et lui ne put que la regarder avec un chagrin sans fond, son aînée, l'incarnation de toute la bonté qu'il contemplait chaque jour dans le monde.

Au bout de quelques secondes, les coups s'espacèrent, s'arrêtèrent. Le visage de la princesse ruisselait de larmes, mais la terreur en avait disparu. Il n'y avait plus sur ses traits que de la compréhension et du chagrin.

Oh, ma petite fille…

Toute tremblante, elle pressa le front contre la vitre circulaire.

– Lïho ! cria-t-il, la voix brisée.

– Papa !

Ils pleurèrent, père et fille, séparés par quelques centimètres, par tout un univers. Si bienveillant que fût son règne, Haban-Limaï était un souverain au pouvoir presque illimité. Il y avait très peu de chose qu'il ne puisse pas faire.

Mais il ne pouvait pas sauver sa fille si précieuse.

Avec un sentiment d'impuissance aussi affreux qu'inhabituel, l'empereur posa la main contre le hublot. La princesse ravala ses larmes et fit de même. Il n'y avait pas de contact réel, pas de toucher affectueux de peau à peau, mais c'était tout ce qu'il pouvait lui donner. Ce geste infime parut apaiser la jeune fille. Ses cils balayèrent ses larmes de cristal, elle déglutit avec peine et se redressa. Le cœur de Haban, si éprouvé en ce jour, fut mis en miettes par l'expression résolue qui s'afficha sur le visage exquis de sa fille.

La vague arrivait, telle une bête orange et affamée, prête à tout dévorer sur son passage. Prête à transformer la princesse en un amas d'os noircis et de chair carbonisée.

Lïho adressa un dernier sourire à son père. Ni hésitant ni fragile. Il n'était que force, paix et certitude ; l'empereur songea qu'il n'avait jamais admiré quelqu'un aussi ardemment au cours de sa longue existence.

Elle se détourna de lui pour regarder la mort en face. Cette mort, elle voulait la rendre solennelle.

Lïho-Minaa étendit les bras et inclina la tête en arrière, s'offrant au brasier furieux. Son père ne voulait pas regarder, mais il était incapable de détourner les yeux. Il fallait qu'il soit à jamais le témoin de ce qui allait se passer.

Et à l'instant où les flammes allaient envelopper la fine silhouette de la princesse pour la transformer en cendres et en souvenir, une puissante vague bleue émana du corps de Lïho.

La vague s'éleva à une vitesse stupéfiante ; elle s'élança en tourbillonnant depuis la planète Mül dévastée ; elle monta à l'assaut des étoiles, déferlant dans l'immensité de l'espace, lumineuse comme la jeune fille dont la mort lui avait donné naissance, se précipitant droit vers…

CHAPITRE 2

Le jeune homme s'assit brusquement, pantelant, le cœur cognant dans sa poitrine. Il cligna des yeux et se frotta les paupières d'une main tandis que la bonne nouvelle pénétrait dans son cerveau : *Un cauchemar. Juste un mauvais rêve. Rien de vrai.*

Il força sa respiration à ralentir et balaya du regard le décor qui l'entourait. Le paysage n'avait peut-être pas la beauté éthérée et magique de l'océan et du rivage de son cauchemar, mais il était beaucoup moins… eh bien… terrifiant.

Il contempla la houle paisible d'une mer turquoise qui venait lécher doucement une plage de sable blanc immaculée. Le son était apaisant ; Valérian respira profondément, exhalant la tension qui s'attardait encore au creux de ses muscles, et il fixa des yeux la lente ondulation des palmiers verdoyants.

Une autre vision acheva de le rasséréner : la lente ondulation des hanches d'une jeune femme blonde qui était, à son avis, encore plus magnifique que la charmante princesse de ses rêves.

Comme lui, cette vision portait un maillot de bain. Mais il était à peu près sûr qu'il y avait plus de tissu dans son short à lui que dans le bikini noir de la jeune femme – haut *et* bas réunis.

Elle avait fait de la danse classique dans son enfance et s'était mise aux arts martiaux en grandissant. La grâce de ses mouvements et la force féline que laissait deviner sa silhouette fine mais athlétique annonçaient ce détail de son CV à quiconque avait des yeux pour voir. Et lui en avait, *oh oui* – des yeux particulièrement admiratifs à cet instant-là.

La foulée de ses longues jambes s'arrêta devant lui. D'une main, elle tenait un verre couvert de rosée, où une paille ornée d'une ombrelle fleurie miniature plongeait dans quelque chose d'orange vif.

– Ça va ? demanda Laureline, les lèvres incurvées en une moue légèrement inquiète.

Elle leva son verre et porta la paille à sa bouche. Son front haut était barré d'un pli angoissé tandis qu'elle dévisageait Valérian étendu sur sa chaise longue.

– Ouais. Juste un mauvais rêve, répondit Valérian avec un grand sourire en se voyant si proche d'elle. Je me sens mieux maintenant.

– Bon, très bien. Tu es peut-être d'attaque pour qu'on examine ensemble la mission qui nous attend.

Valérian avait l'impression que Laureline ne se lâchait jamais. À commencer par les cheveux, qu'elle portait toujours attachés en une queue-de-cheval lisse et efficace. Il imagina cette chevelure libérée volant doucement autour de son visage parfait et quémandant presque qu'il plonge les doigts dans tant de douceur.

– C'est bien la dernière chose que j'aie envie de faire, dit-il en réponse à sa dernière phrase.

– Il faudrait vraiment qu'on se prépare, insista-t-elle.

Valérian fit semblant de considérer la chose et prit un air songeur.

– C'est le genre de boulot qui donne soif, tu sais.

Vif comme l'éclair, il tendit le bras droit pour lui prendre sa boisson, puis saisit sa main gauche dans la sienne et la fit pivoter sur elle-même pour qu'elle tombe étendue à côté de lui. Il se souleva sur son coude et abaissa les yeux sur elle avec un large sourire. Il but une gorgée de la boisson trop sucrée et dit :

– Ah, ça va mieux.

Laureline le regarda comme on regarde un bambin qu'on trouve particulièrement usant.

– Pas très professionnel, major, dit-elle, la voix lourde d'une déception feinte.

– Ne vous en faites pas, sergent, j'ai obtenu un impeccable 200 à mon test de mémoire.

– C'était quand ? Il y a dix ans ?

– Hier ! fit Valérian, sur la défensive.

– Impressionnant. Mais le major a quand même oublié quelque chose aujourd'hui.

– Oh, ça m'étonnerait, répliqua Valérian d'un ton désinvolte.

Puis son expression trahit un doute et il demanda avec une légèreté prudente :

– Quoi ?

– Mon anniversaire.

Pire. Que. Tout.

– Oh, non ! gémit Valérian mortifié, et il se donna mentalement un coup de pied du genre à se réexpédier jusqu'à la Terre.

Laureline profita de sa consternation pour lui passer autour de la taille une jambe interminable, charmante et étonnamment forte. Utilisant le poids de Valérian contre lui-même, elle le retourna avec la même adresse que celle dont il avait fait preuve envers elle un instant auparavant. Avec un petit sourire satisfait, elle lui reprit la boisson fraîche.

Il leva les yeux vers elle tandis qu'elle s'offrait une gorgée, plutôt heureux de ce moment. Laureline était à la fois parfaitement fiable et hautement versatile – un truc incroyable, qu'il n'avait jamais vu quiconque maîtriser comme elle. Cela faisait deux ans qu'ils travaillaient ensemble, et elle éclipsait toutes les précédentes collègues de Valérian. Il l'admirait et la respectait sans réserve. Un seul hic : Laureline semblait être parfaitement immunisée contre les charmes de Valérian, qui étaient considérables, *même si* c'était lui qui le proclamait.

Mais pour le moment, tout allait bien dans son monde. Laureline ne faisait aucun geste pour changer de position ; elle continuait à siroter sa boisson et à le scruter d'un regard bleu vif pétillant d'humour.

– On dit que les trous de mémoire sont le premier signe de la vieillesse, reprit-elle.

Elle plissa les yeux, focalisant son regard sur quelque chose.

– Après les cheveux blancs, corrigea-t-elle.

Sur ces mots, elle étendit la main pour lui caresser les cheveux – et en arracha un.

– Aïe ! couina-t-il.

Elle brandit le cheveu comme une arme, avec un « Tu vois ? » triomphant.

Il avait les cheveux brun sombre. Le traître qu'elle exhibait ne l'était clairement pas. Il examina l'intrus un instant, puis son regard glissa vers Laureline, noir de soupçon.

– Tu l'as teint pendant que je dormais ! s'exclama-t-il.

Laureline éclata de rire.

– C'est ça, fit-elle. Genre, je n'ai rien de mieux à faire.

Des cheveux blancs. Vingt-sept ans, et il devenait vieux. Pas drôle. Il fixa de nouveau la femme superbe qu'il avait devant lui, ses cheveux brillant au soleil, glorieux et certainement *pas* blancs.

Il leva la main et écarta une petite mèche rebelle qui barrait le visage de son interlocutrice, s'attardant sur sa peau.

– Je m'en veux tellement d'avoir oublié, dit-il.

Et il ajouta avec un sourire un brin lascif :

– Qu'est-ce que je peux faire pour me rattraper ?

– Préparez-vous à la descente dans trois minutes, énonça une voix sèche et impersonnelle.

À côté d'eux, un clignotant rouge s'alluma sur un petit appareil noir. Valérian ferma les yeux, dégoûté. Super timing, pensa-t-il.

– Rien que tu puisses faire en trois minutes, dit Laureline espiègle, et elle se dégagea de sa caresse avec un grand sourire.

Valérian tendit le bras, à la fois joueur et implorant.

– Allez… supplia-t-il, sans se faire d'illusion sur le succès de sa démarche, mais apparemment incapable de ne pas tenter le coup.

Laureline fronça les sourcils d'un air faussement sévère – son léger sourire la trahissait.

– Allons, allons, ne commence pas quelque chose que tu ne puisses pas finir !

– Qui t'a appris un principe aussi stupide ?

– Ma mère.

– Oh… désolé.

Il les collectionnait aujourd'hui. Les cheveux blancs, son anniversaire oublié – comment avait-il pu ? – et maintenant voilà qu'il insultait sa mère sans le faire exprès...

Laureline appuya sur le clignotant rouge, et la réalité empiéta sur leur petit paradis privé.

Les palmiers qui se balançaient langoureusement, et l'océan lui-même, cessèrent sur-le-champ leur mouvement. Les nuages se figèrent et les mouettes qui tournoyaient s'immobilisèrent en plein vol. La voûte céleste bleue se fendilla comme un bloc de glace qui aurait reçu un coup, et fondit à toute allure pour faire place à l'intérieur noir et métallique de leur vaisseau spatial familier, l'Intruder XB982 – ou, comme l'appelait Valérian en plaisantant, « la maison d'Alex ».

Toujours en maillots de bains, les deux agents s'engagèrent pieds nus dans les allées de l'Intruder. Laureline avançait à grands pas, prête à se mettre au travail, Valérian marchant sur ses talons comme un chiot encore plein d'espoir.

– Allez, Laureline, fit-il enjôleur, en passant devant des alignements d'écrans de contrôle, de combinaisons spatiales et autres équipements variés. Je sais bien que je t'attire. Pourquoi nier l'évidence ?

Elle lui décocha l'un de ces regards à la fois cinglants et joyeux dont elle avait le secret.

– *L'évidence ?*

Le sarcasme acide qu'elle avait mis dans ce mot aurait pu ronger à lui seul une cloison étanche, mais il ne déstabilisa pas Valérian.

– Bien sûr, continua-t-il.

Il plaisantait, évidemment. Un peu, en tout cas.

– Ne t'en veux pas. C'est naturel, tu sais. Les petites jeunes filles de bonne famille à l'éducation parfaite sont toujours attirées par des mauvais garçons de mon espèce, explorateurs de galaxies.

– Mon éducation parfaite m'a appris à *éviter* les mauvais garçons de ton espèce, rétorqua Laureline.

Visiblement, elle n'éprouvait aucun problème à appliquer l'enseignement reçu. Mais Valérian s'obstina, comme un commercial conscient de n'avoir plus que trente secondes pour convaincre.

– Tu ne trouveras pas mieux que moi sur le marché, promit-il. Tiens, regarde bien !

Il la dépassa pour se camper devant elle, mais comme elle refusait de ralentir, il fut obligé de marcher à reculons tout en essayant d'intéresser la cliente potentielle.

– Beau, brillant…

– Modeste ! s'exclama Laureline.

Il remarqua qu'elle souriait malgré elle. Ce petit jeu, ils y jouaient… constamment, pour ainsi dire. Valérian le savourait toujours – même s'il n'obtenait jamais ce qu'il voulait – et il savait qu'elle s'amusait aussi. Laureline n'était pas du style à se laisser faire. Si elle n'avait pas apprécié le jeu, elle y aurait mis fin dès la première tentative de flirt. Avec un coup de poing bien senti, par exemple, qui n'aurait laissé aucun doute sur ses sentiments.

Alors il continua :

– Courageux, rappela-t-il d'une voix grave, en prenant une posture héroïque – ce qui tenait de l'exploit, étant donné qu'il marchait à reculons et à toute allure.

– Suicidaire, corrigea Laureline.

– Déterminé.

Elle ne pouvait pas le contredire sur ce coup-là, étant donné ce qu'il était en train de faire à l'instant même.

– Têtu comme une mule.

Ouais, bon, il se dit qu'il devait l'admettre.

– Fidèle, reprit-il.

Le mot était sorti avec une spontanéité qui prit Valérian totalement au dépourvu. Ce n'était pas ce qu'il avait voulu dire. Il avait lâché ça sans réfléchir… et c'était vrai. L'espace d'un instant, tous deux quittèrent leurs rôles et se dévisagèrent, les yeux écarquillés.

Puis Laureline baissa le regard et passa brusquement devant Valérian en murmurant :

– À toi-même.

Valérian se sentit froissé et en colère. Il ne savait pas pourquoi. Contre elle ? Contre lui-même ?

– Pourquoi tu ne parles pas avec ton cœur au lieu de ta tête, pour une fois ? demanda-t-il.

Elle lui jeta un coup d'œil froid par-dessus son épaule.

– Parce que je n'ai aucune envie d'être un nom de plus sur la liste de tes conquêtes.

– De quoi tu parles ? Quelle liste ?

– Alex ? On peut voir la playlist ?

Des dizaines d'images se mirent à défiler sur l'un des nombreux écrans : des photos de jolies femmes humanoïdes, l'une après l'autre. Légèrement paniqué, Valérian fixait les photos du regard comme si ces femmes allaient l'attaquer.

En tout cas, il y avait devant lui une jolie femme qui risquait bien de le faire. Laureline le dépassa, les mâchoires crispées. Valérian se sentit le visage en feu. Comment diable avait-elle pu découvrir ça ?

– Hé ! protesta-t-il. La plupart de ces filles sont des collègues, rien de plus !

C'était vrai... Bon, pour la plupart.

Laureline se tourna vers lui, un sourcil levé.

– Vraiment ? Des collègues ?

Il fit oui de la tête.

– Dans ce cas, où est *ma* photo ?

N'ayant pas de réponse à cela, Valérian ne put que regarder Laureline fixement, comme une bête sauvage aveuglée par un rayon de lumière vive.

– Ouais, dit-elle (et Valérian crut déceler une vraie émotion dans ses mots), c'est bien ce que je pensais.

Valérian la prit par le bras.

– Laureline, ces filles ne sont rien pour moi. OK, je dois l'admettre, j'ai pris quelques… détours… quand j'étais plus jeune, et alors ?

Le sergent montra du doigt l'une des photos. L'image représentait une ravissante jeune femme à la peau sombre, aux yeux rieurs.

– Ton dernier « détour » date d'il y a une semaine.

Valérian était un pilote d'élite. Mais même les meilleurs pilotes ne font pas toujours atterrir leur vaisseau sans dommage. Il savait quand un engin spatial était sur le point de s'écraser et sans doute de partir en flammes. Son instinct l'avertissait que c'était le cas en ce moment même et, dans une ultime tentative pour dévier la trajectoire de son vaisseau sentimental, il ajouta du charme à pleins gaz.

– Avec toi, c'est différent. Tu le sais. Mon cœur est à toi et à personne d'autre.

Laureline resta de marbre.

– Mon cœur sera à l'homme qui n'aura *que* mon nom sur sa playlist.

– C'est bien ce que je dis ! Cet homme, c'est moi !

Laureline sourit, les traits radoucis. La colère qui brillait dans ses yeux bleus avait disparu. Mais ses paroles n'en restèrent pas moins dévastatrices :

– Ton illogisme est adorable. Tu sais, tu as tout pour faire craquer les femmes, admit-elle.

Et l'espace d'une merveilleuse seconde, il crut qu'il avait gagné le gros lot. La suite prouva qu'il se trompait.

– Mais comment se fait-il que tu te désintéresses d'une fille dès que tu as conquis son cœur ?

– Parce que je cherche la femme parfaite.

Elle leva les yeux au ciel.

– Vu que je sais qui tu es réellement, tu ferais bien de continuer à chercher !

– Ce n'est pas un crime !

– Ton crime, c'est d'avoir peur de t'engager.

Valérian éclata de rire.

– Moi ? Peur de m'engager ? Avec sept médailles d'honneur ?

Laureline s'arrêta.

– Les médailles ne récompensent pas la persévérance au quotidien. Elles honorent des moments de courage extraordinaire. De témérité imprudente, peut-être. On les accorde au type qui fonce dans la bagarre et qui sauve la situation puis qui s'esquive avant de payer le prix de ce courage. Tu sais très bien foncer, Valérian – dans les problèmes et hors des problèmes. C'est peut-être la seule chose dont tu sois capable. Quel âge tu avais quand ta mère est morte ? Six ans ?

Une volée d'émotions inhabituelles submergea Valérian.

– Oh, s'il te plaît, fit-il, sa voix presque – presque – froide. Fais-moi grâce de psychologie à deux balles. Ça n'a rien à voir avec ma mère, d'accord ?

Le jour où il avait reçu cette nouvelle était marqué au fer rouge dans sa mémoire. Il s'appelait Valentin Twain à l'époque, et sa mère, Sarah, faisait partie d'une délégation diplomatique en visite dans le monde des Boulan-Bathors. Cette espèce géante et pataude éprouvait une hostilité croissante face à l'expansion de la station spatiale Alpha, et Sarah se trouvait à bord d'un vaisseau diplomatique quand celui-ci avait été bombardé. Le monde de Valérian s'était trouvé sens dessus dessous, soudain. Il était parti vivre chez sa grand-mère, tandis que son père…

Il déglutit et se passa la langue sur les lèvres.

– J'avais cinq ans, si tu veux tout savoir. Cinq ans et trois mois très exactement.

Il n'y avait pas d'humour, pas de nuance enjouée dans sa réponse. Le visage de Laureline se radoucit et elle parut un peu penaude. Elle se balança d'un pied nu sur l'autre.

– Je suis désolée, dit-elle, sincère. Je ne voulais pas faire ressortir tout ça.

Valérian lui répondit par un sourire gêné et fit redescendre ces sentiments étranges et inconfortables, faits de vulnérabilité et de chagrin ancien, là où était leur place : tout au fond de lui.

– C'est bon, dit-il. Je te pardonne. En échange d'un baiser.

Laureline sourit. Lui aussi. Le malaise fugitif qui s'était installé entre eux fit place à leur badinage familier quoique infructueux. Elle tendit la main et lui effleura la joue d'un geste affectueux ; une petite décharge électrique traversa Valérian.

– On va être en retard, rappela-t-elle en se retournant pour pénétrer sur la passerelle de l'Intruder, leur bureau à tous deux.

Comme toutes les autres parties du vaisseau, la passerelle n'était que métal noir et éclairages bleutés. De forme ovale, elle était assez vaste pour abriter un cockpit pour deux personnes un peu serrées, une grande table offrant une cartographie complète – depuis le plan d'une petite rue jusqu'à celui de toute l'étendue connue de la galaxie –, et deux petits moyens de transport individuels appelés Sky Jets. Valérian et Laureline avaient passé d'innombrables heures ici, à travailler en équipe ; ils s'y sentaient plus chez eux que dans leurs quartiers personnels.

Valérian poussa un soupir et suivit Laureline d'un air docile, comme un écolier qui vient d'entendre la cloche sonner la fin de la récréation. Tout en s'installant confortablement sur son siège, il s'adressa à Alex, l'ordinateur de bord :

– Salut, Alex.

– Bonjour, major, sergent, répondit Alex d'une voix profonde et chaleureuse. Votre pause détente s'est bien passée, j'espère ?

– Oui, merci, dit Laureline.

– Oui, renchérit Valérian, qui ajouta aussitôt : Un peu frustrant quand même.

– Qu'est-ce qui n'allait pas ? La simulation environnementale ?

– Elle était parfaite, éluda Valérian.

Puis, changeant de sujet :

– Tu as entré les coordonnées ?

– Je me suis permis, oui, pour que vous puissiez profiter de la plage un peu plus longtemps.

– Oh, merci, dit Laureline.

– De rien, sergent, répondit poliment Alex. Nous quittons l'exo-espace dans trente secondes.

Les deux agents bouclèrent leur harnais. Les pensées de Valérian délaissèrent sa belle voisine, vive et complètement humaine, pour songer à la beauté lumineuse, indolente et tragique de son cauchemar, et qui était tout sauf humaine.

Cela lui avait paru si réel. L'impression de paix, puis la peur et l'horreur. Cela n'avait rien d'un rêve ordinaire. Valérian prit une décision.

– Tu gères la descente ? proposa-t-il à Laureline.

– Oui, major, répondit-elle aussitôt.

Valérian hocha la tête pour lui-même.

– Alex, demanda-t-il à l'ordinateur, affiche donc mes graphiques cérébraux de ces dix dernières minutes, s'il te plaît. J'ai fait un rêve bizarre. *Ouais… Le mot est faible.*

– Avec plaisir.

Une rafale de diagrammes apparut aussitôt sur l'écran de contrôle. Ils se succédaient à toute allure, incompréhensibles pour Valérian, mais Alex absorbait l'information à la vitesse de l'éclair.

– Tu vois quelque chose d'anormal ? demanda Valérian en s'agitant légèrement sur son siège.

Il était plus inquiet qu'il ne l'aurait pensé.

– Votre activité cérébrale est un peu plus intense que d'habitude, confirma Alex, qui ajouta de but en blanc : Vous avez reçu des ondes externes.

Quoi ???

– Explique-toi.

– Ces ondes ne viennent pas de votre mémoire. C'est quelqu'un qui vous envoie des images.

Valérian eut une petite impression de froid intérieur.

– Tu sais qui ?

– Négatif, répondit Alex, sa voix empreinte de regret.

Alex n'était pas une personne, mais il avait une personnalité, et n'aimait pas se trouver dans l'incapacité de répondre aux questions que lui posaient les agents.

– Elles peuvent provenir du présent ou du passé, et de n'importe où dans l'univers.

– On quitte l'exo-espace, lança Laureline à Valérian.

Le jeune major ne lui répondit pas. Il était trop occupé à réfléchir sur l'analyse troublante d'Alex. Quelqu'un cherchait donc à faire entrer des images dans son cerveau endormi ? Pourquoi ? Et pourquoi *ces images-là* ?

Alex commença le compte à rebours.

– Trois, deux, un… Sortez !

Le cockpit frémit. L'immensité spatiale visible sur l'énorme écran explosa en milliers de filaments, d'où émergea l'image de la planète Kirian.

Elle était plus petite que la Terre, et aucun nuage n'adoucissait sa surface rouge et rocailleuse. Il fallait un effort d'imagination pour se figurer que cette planète pouvait accueillir la vie, sans même parler de lui donner naissance. C'était pourtant le cas, et Valérian, avec Laureline, allait bientôt interagir avec cette vie. L'endroit était certes inhospitalier, mais sur sa surface déserte se trouvait le lieu de leur prochaine mission.

Laureline pivota sur son siège, empoigna le manche et donna une instruction à l'ordinateur :

– Manuel.

– Affirmatif, répondit Alex. À vous les commandes, sergent. Les coordonnées du rendez-vous se trouvent sur B4.

– Merci.

Le vaisseau spatial traversa en trombe l'atmosphère de Kirian, dégringolant avec une rapidité troublante vers sa surface morne, dure et désolée. Ils entrèrent dans une zone de turbulences et le vaisseau se mit à ruer. Les deux agents étaient violemment secoués dans leurs sièges. Valérian était certain à presque quatre-vingt-douze pour cent que ses dents s'entrechoquaient, mais Laureline paraissait indifférente à tant d'inconfort. Ses yeux bleus intenses étaient fixés droit devant, focalisés sur la planète ; elle agrippait le manche des deux mains comme si elle avait engagé un bras de fer pour le soumettre.

– Doucement, l'avertit Valérian, les secousses faisant chevroter sa voix.

– On va être en retard, rétorqua Laureline.

Sa voix parvenait à rester d'acier, même si elle tremblait aussi à cause des mouvements erratiques du vaisseau.

– Mieux vaut arriver en retard que jamais, murmura Valérian, préférant chasser toute pensée morbide et se concentrant sur la vitesse à laquelle Kirian approchait, et sur l'espoir qu'il allait survivre aux quelques minutes suivantes.

Laureline, exaspérée, lâcha le manche et leva les deux mains en l'air.

– Tu veux piloter, *toi* ?

– Garde les mains sur le gouvernail, s'il te plaît !

Valérian essaya de ne pas hurler.

Laureline, le visage dur comme pierre, parut ne pas avoir entendu.

La sueur perla sur le front de Valérian. Avec une politesse parfaite, il articula d'une voix calme :

– Laureline, pourrais-tu, je t'en prie, remettre les mains sur le gouvernail ?

– Tu vas cesser de te plaindre de ma conduite ? répliqua-t-elle.

– Oui, je suis désolé. Tu es une super pilote. La meilleure pilote de tout l'univers !

Valérian ne savait pas bien qui il essayait de convaincre – Laureline ou lui. Sans doute les deux.

Elle le regarda, rayonnante, mais les yeux pétillants de malice.

– Oh, merci !

Elle avait gagné cette manche-là et ils le savaient tous les deux.

Mais au moins elle avait attrapé le manche et repris le contrôle du vaisseau.

CHAPITRE 3

– Atterrissage sur Kirian dans deux minutes, annonça Laureline.

Elle ajouta avec une pointe d'orgueil :

– Je nous ai fait gagner du temps.

– Je devrais peut-être reprendre les commandes un instant, dit Alex, pour vous laisser le temps d'enfiler une tenue plus appropriée ?

Valérian savait très bien que Laureline était en bikini ; en revanche, il avait oublié qu'il était assis dans le cockpit d'un vaisseau dernière génération sans rien sur lui qu'un maillot de bain.

– Bien vu, dit Laureline. (Valérian éprouva une déception silencieuse.) Je quitte le pilotage manuel.

– Manuel désactivé, répliqua Alex.

Laureline se leva et sortit pour aller se changer. Valérian suivit sa silhouette des yeux avec toute l'admiration qu'elle méritait, et murmura tout bas :

– Waouh !… mec…

– Voulez-vous que je régule vos hormones, major ? proposa Alex, serviable.

Valérian soupesa l'offre un bref instant. Puis il répondit : « Non merci », et se leva pour aller se changer lui aussi.

*
**

En débarquant sur le sol de Kirian, ils se trouvèrent dans une plaine de sable doux et fin parsemé çà et là de hautes roches déchiquetées. Les tenues qu'ils avaient choisies étaient un peu plus courantes, mais pas si différentes. Le major portait un short, des chaussures de sport fermées, un maillot de corps en maille jaune sous une chemise à fleurs criarde. Le sergent suivait vêtu d'une robe grise courte et flottante, et salua de la main les six soldats qui les attendaient sans un sourire.

C'étaient bien des soldats, sans erreur possible – malgré leurs efforts pour passer incognito. Ils portaient d'amples vêtements couleur sable, quelque peu négligés. Ils avaient la tête enveloppée de tissu – à l'exception d'un soldat, que son crâne chauve et sa barbe épaisse distinguaient des autres et déguisaient peut-être mieux qu'une étoffe autour de la tête. De volumineux ponchos remplissaient une double fonction : ils camouflaient l'excellente condition physique de ces hommes, et cachaient divers accessoires d'équipement et d'armement. La rigidité toute militaire des soldats était mise à rude épreuve par la chaleur de la planète, qui rendait cramoisis les plus pâles d'entre eux et les faisait tous transpirer.

Vue de sa surface, Kirian était tout aussi inhospitalière que depuis l'espace. Certains des rochers énormes avaient été tordus et façonnés par le temps et l'érosion ; leurs sommets ressemblaient aux replis ridés de cerveaux qu'on aurait dressés sur des tiges. D'autres jaillissaient du sol selon des angles évoquant des flèches plates et acérées. Dans les deux cas, ils se dressaient dans la plaine comme des témoins antiques d'une époque de chaos exceptionnel. Le sable était doux, mais chaud ; il commençait déjà à s'immiscer entre les vêtements et la peau.

Le commando augmentait encore l'absurdité de la situation en s'attardant à côté d'un vieux bus qui paraissait presque aussi érodé et solennel que les rochers. Il avait dû être peint en jaune vif, mais sa couleur avait viré à l'ocre terne, et il était décoré de flammes rougeâtres d'un mauvais goût parfait. En haut de la carrosserie s'étalaient les mots « Voyages Kirian ».

Valérian réagit à toute cette absurdité en prenant une photo amusée des soldats. Les regards noirs de certains d'entre eux valaient leur pesant d'or, et feraient des souvenirs fantastiques.

– Salut, dit-il en regardant autour de lui, les bras grands ouverts. Où est la fanfare ?

Le major Gibson, chef de l'opération, le toisa d'un œil désapprobateur.

– Quelle fanfare ?

– Celle qui est censée nous accueillir, répondit Valérian d'un ton joyeux.

Les soldats se regardèrent avec une perplexité totale.

Gibson, un homme mince et élancé aux traits accusés, observa le tandem d'un œil critique ; sa bouche s'affaissa en une moue dédaigneuse.

– Vous avez l'intention d'entreprendre une mission dans ces tenues ?

– Bonjour major Paille, je m'appelle major Poutre. Vous vous êtes regardé dans une glace ? On est censés se mêler aux touristes, non ? Vous voudriez qu'on porte quoi ? Un costume de panda ?

Gibson soupira.

– Je vais faire court, le temps presse.

En montant à bord du bus, Laureline jeta à Valérian un regard *qu'est-ce-que-je-t'avais-dit.* Ils s'installèrent aussi confortablement que possible.

– Major Valérian, débita rapidement Gibson, votre contact est le sergent Cooper. Il est à son poste et vous attendra avec votre matériel derrière le magasin du suspect.

Sans un mot de plus, il se détourna pour aller s'asseoir.

– Hé ! protesta Valérian. Je ne travaille qu'avec ma collègue !

– Vraiment ?

– Ouaip. On forme une équipe.

Gibson jeta un regard à Laureline, un sourcil levé. Elle haussa les épaules.

– Amusant. Car le sergent Laureline arrivera au point de chute dans vingt minutes exactement, et vous aurez dix secondes pour effectuer le transfert.

Un sourire déplaisant lui tordit les lèvres :

– Vous n'avez pas lu le mémo, peut-être ?

– Bien sûr que si, mentit Valérian, en éprouvant un mélange parfait d'ennui et de lassitude.

– C'est heureux.

Le ton de Gibson, son expression sceptique et légèrement inquiète donnèrent à Valérian l'impression que le major n'était pas dupe.

Le véhicule commença à traverser le désert vers sa destination, secouant et malmenant les deux agents, roulant sur l'étendue infinie du sable. De temps à autre, il passait à l'ombre des énormes formations rocheuses. Laureline sortit une tablette en lançant une plaisanterie désabusée :

– Hé, si on parcourait le mémo ? Tu sais, *une dernière fois* ?

Valérian se sentit rougir et haussa les épaules d'un geste nonchalant.

– Ça peut pas faire de mal, dit-il l'air de rien, en s'étirant pour s'affaler de plus belle sur son inconfortable siège de bus.

Laureline afficha une carte sur la tablette et la montra du bout de son doigt long et élégant.

– Section 4. Allée 122, déclara-t-elle. Le suspect prétend être un honorable marchand d'art. Il s'appelle Igon Siruss.

Elle afficha l'image du suspect. Valérian, comme la plupart des humains, s'était habitué aux aliens de toutes formes et de toutes tailles. Malgré cela, il eut le sentiment insidieux que ce suspect-là avait une tête du genre à effaroucher sa propre mère.

Chauve, la peau rougeâtre et légèrement luisante, Igon Siruss affichait des joues flasques et une expression maussade, avec des yeux si petits qu'ils étaient presque avalés par les plis de chair en surnombre. Mais ce n'est pas ce qui avait attiré l'attention de Valérian.

– Waouh ! glapit-il. C'est quoi, ces trois paires de narines ?

– C'est un Kodhar'Khan, expliqua Laureline. « Il y a trois saisons sur sa planète. La saison sèche apporte des tempêtes de sable suffocantes. La saison des pluies génère des nuées toxiques de dioxyde de soufre. Et ensuite, il y a l'hiver, où on respire plutôt normalement. Chaque paire de narines a développé son propre système de filtration de l'air, et peut être scellée volontairement, comme tes yeux quand tu les fermes. »

Ce n'était pas la première fois que Valérian regarda sa partenaire en admirant ouvertement sa belle intelligence.

– Comment tu sais tout ça ?

– J'ai écouté à l'école, *moi*, dit-elle d'un ton espiègle, puis elle reprit son sérieux.

– Quand tu entreras là-dedans, prends tes précautions. L'homme de confiance d'Igon, c'est son fils, il s'appelle Junior. La liste de ses crimes est presque aussi longue que celle du père.

– Junior, quel nom redoutable, j'ai peur, fit Valérian d'un ton moqueur. Je parie qu'il s'est fait harceler à l'école de Kodhar'Khan.

Laureline pinça les lèvres.

– En plus de Junior, on dit qu'Igon a plein de gardes du corps privés, et les Kodhar'Khans sont réputés pour être très agressifs, à cause d'une pénurie de dames sur leur planète.

Les gardes du corps privés fourmillaient sur Kirian. Les indigènes, appelés Siirts, étaient censés assurer la sécurité, mais ils n'étaient pas assez efficaces au gré des étrangers.

– C'est vrai ? fit Valérian avec un grand sourire. Agressifs parce qu'il y a une compétition autour des dames, ou agressifs parce qu'ils n'ont pas à les fréquenter ?

– Tu sais, fit remarquer Laureline d'un ton léger, une autre chose que j'ai apprise à l'école, c'est que les planètes gérées par les femmes ont en général quatre-vingt-sept pour cent de chances supplémentaires d'être des mondes paisibles et prospères, où l'art et l'éducation sont florissants, où les hommes réfléchissent avant de dire des choses vraiment débiles.

Laureline lui tapota la cuisse, puis, à sa grande déception, se leva pour s'asseoir sur un siège à part. Valérian désappointé haussa les épaules, s'étira plus confortablement sur son siège, cacha ses yeux sous des lunettes de soleil, et s'offrit une micro-sieste.

Il espéra ne pas rêver.

*
* *

Valérian cligna des yeux en émergeant. Le bus freinait devant un long et haut mur de pierre rouge qui délimitait le périmètre de Big Market. À l'instant où le moteur ralentissait, Valérian découvrit un immense portail décoré qui se dressait là, recouvert d'or. Ce portail était l'entrée principale de Big Market.

Valérian se redressa, bâilla en s'étirant, et regarda les centaines d'autres bus touristiques à côté desquels le leur était en train de se garer. La grande majorité d'entre eux ressemblaient à l'engin décrépit qui avait véhiculé les deux agents spatio-temporels à travers ce coin de désert. Quelques bus, cependant, étaient d'un design radicalement différent ; ils transportaient des aliens qui étaient eux-mêmes d'un design radicalement différent.

Valérian n'avait jamais visité Big Market, mais il en avait entendu parler, bien sûr, comme la plupart des créatures sensibles à travers l'univers connu.

Presque tous les mondes civilisés possédaient leurs attractions touristiques, et là où il y avait des touristes, il y avait de l'argent à gagner. Et il n'y avait pas mieux pour cela que d'offrir des infrastructures dédiées au shopping. L'expérience de Valérian l'avait conduit à élaborer une théorie selon laquelle l'envie de shopping était la force motrice de l'univers. Encore plus importante qu'une autre force motrice que partageaient la plupart des espèces de la galaxie. Tout le monde ne procréait pas de manière agréable, mais tout le monde semblait bel et bien savourer le fait de rentrer chez soi au terme d'un voyage chargé de souvenirs souvent hors de prix et totalement inutiles.

– Alors, dit Valérian à sa partenaire en sautant du bus, tu penses pouvoir survivre vingt minutes sans moi ?

Laureline leva les yeux au ciel.

– Qui le pourrait ? répliqua-t-elle d'un ton mélodramatique. Puis elle reprit son sérieux et lui effleura doucement le bras.

– Vas-y. Sois prudent. Je ne rigolais pas quand je disais que cette espèce est agressive.

Valérian acquiesça d'un signe de tête et s'éloigna en direction de la foule de touristes qui se densifiait. Il ralentit et s'arrêta comme s'il réfléchissait intensément, puis, sa décision prise, il fit volte-face et retourna au petit trot vers Laureline qui le regardait avec perplexité.

– Tu as raison, dit-il. Je dois me faire vieux.

Ses yeux à elle pétillèrent.

– Je confirme, mais pourquoi cet aveu soudain ?

Il carra les épaules et la regarda dans les yeux.

– J'ai complètement oublié que j'avais une question à te poser.

– OK, dit-elle en l'observant avec curiosité.

– Tu veux bien m'épouser ?

Un orageux froncement de sourcils assombrit le beau visage de Laureline.

– Pas drôle, fit-elle sèchement ; et elle se détourna, mais Valérian la saisit par le bras.

– Laureline, je suis sérieux. J'ai repensé à ce que tu m'avais dit et…

Il déglutit.

– Tu as raison. Il faut que j'avance et que je grandisse.

Et il ajoura ces mots :

– Il faut que je m'engage.

Laureline cligna des yeux, perdue, soudain désarmée. Elle regarda autour d'elle les foules en surchauffe, couvertes de poussière rouge, et les gardes qui étaient trop loin pour les entendre mais qui les dévisageaient d'un air curieux. Elle regarda le vieux bus déglingué, les soldats qui se trouvaient à l'intérieur et autour de lui.

– Ici ? demanda-t-elle. Comme ça ?

– Pourquoi pas ?

Son visage se fendit d'un large sourire.

– Ils vendent des trillions de trucs ici. Je suis sûr qu'on peut dénicher un prêtre qui sera content de rendre service.

Son sourire s'éteignit devant l'expression de Laureline.

– Le mariage, c'est pas une blague, OK ? fit-elle d'un ton catégorique. Pas pour *moi* en tout cas.

Oh, merde. Elle pensait qu'il plaisantait. Sa gorge se noua soudain à cette affreuse pensée : *J'ai tout gâché.*

– Je ne rigole pas, protesta-t-il.

Laureline continua à le scruter un moment de son regard dur comme du silex, puis elle se radoucit imperceptiblement.

– Valérian, dit-elle d'un ton sans colère, toi et moi, on fait la paire. La meilleure équipe qui soit, tu as dit. Et je suis d'accord. On s'entend bien. Tu flirtes, je rigole. C'est léger, ça va bien. Pourquoi reconfigurer ce qu'on a ?

Les mots s'échappèrent des lèvres de Valérian, comme une éruption montant du plus profond de lui-même, presque aussi surprenants pour lui qui les prononçait que pour Laureline qui les recevait :

– Parce que je travaille comme un fou depuis l'âge de dix-sept ans. J'ai mené des batailles, j'ai tué, j'ai protégé. J'ai passé toute ma vie à accomplir des missions pour sauver des gens et des mondes entiers.

Mais quand j'y réfléchis, tout ce que j'ai, c'est la mission. Je n'ai pas de monde à moi. Pas de maison. Pas de famille.

– Tu as des collègues, fit remarquer Laureline, pince-sans-rire.

Il frémit légèrement sous la pique.

– Ça ne m'intéresse pas, des collègues. Je veux que tu sois mon monde, *toi*.

Laureline lui sourit. Ses paroles paraissaient sincères, mais elles étaient presque impossibles à déchiffrer. Elle le déconcerta encore davantage en se penchant vers lui pour lui faire un bisou rapide sur la joue. Ses lèvres étaient tièdes et douces, et Valérian trembla intérieurement, juste un peu. Il lui prit de nouveau le bras, avec douceur, au moment où elle allait s'éloigner de lui.

– Hé, dit-il, un baiser n'est pas une réponse.

Le regard insondable de Laureline se fit espiègle.

– Tu auras ta réponse à la fin de notre mission.

De frustration, Valérian eut envie de s'arracher les cheveux, mais il se rendit soudain compte : elle ne disait pas non.

Oh.

Tout à coup, tout devenait possible dans l'univers, et il lui répondit par un sourire.

– Ça marche.

Un Siirt de large carrure, vêtu d'un uniforme, s'approcha d'eux. Il était plus corpulent que ne l'étaient en général ces habitants indigènes de Kirian, assez grêles de nature. Valérian ne comprit pas ses paroles, mais son couvre-chef orné du mot POLIZ, une matraque rouge et noire bien décorée, et divers gestes qui s'adressaient à eux, au bus et à l'horizon, rendaient sa requête très claire. Après un dernier sourire à Valérian, Laureline remonta à bord du bus.

Valérian suivit des yeux le véhicule antique qui s'éloignait en toussant et en cahotant, puis il se retourna vers les grappes de touristes.

Il allait remplir cette mission en un temps record.

CHAPITRE 4

Valérian se fraya un chemin à travers la foule en direction du portail principal de Big Market. L'ouvrage était impressionnant – haut, large et orné de pierres dorées. En son centre s'ouvrait une porte en métal massive. Valérian se demanda combien de personnes la franchissaient chaque jour.

Il se dirigea vers un groupe de touristes auquel il s'agrégea d'un air nonchalant. Les frêles employés Siirts de ce piège à touristes distribuaient l'équipement nécessaire pour profiter pleinement de ce Big Market qui était, selon une publicité tapageuse, « la première place commerciale pour des affaires intersidérales ». Valérian accepta le set de shopping qu'on lui offrait : un casque noir et jaune ultra-léger avec large visière, des gants équipés de capteurs et une ceinture volumineuse à mettre autour de la taille. Les employés étaient bien fournis en sets pour humains, car son espèce figurait parmi les plus avides de shopping et, apparemment, raffolait des gadgets.

Le troupeau des touristes auquel s'était joint Valérian franchit le portail, qui se referma derrière les arrivants. Ils se trouvaient à présent dans l'enceinte du marché, parmi les autres groupes de chalands ; mais les quatre murs qui entouraient les quelques kilomètres carrés de Big Market ne contenaient absolument rien d'autre.

– Bienvenue à tous ! clama une voix gaie.

Valérian se retourna et aperçut l'une des créatures les plus extravagantes qu'il avait eu l'honneur – ou le malheur – de rencontrer… et c'était un humain. Un homme grand et mince à l'air vif, qui levait les bras d'un geste théâtral. Il avait un énorme sourire, des yeux écarquillés, une maigre barbe, et une tenue digne d'une mauvaise troupe de comédiens. Il portait une robe longue et ample aux rayures jaunes, orange et rouges… parce que, vous savez, le *désert*… D'énormes anneaux pendaient de ses oreilles.

Mais le détail le plus saisissant chez lui était son turban. Il était environ trois fois plus imposant que ceux dont on se coiffe dans les climats chauds ; on aurait dit une ruche colorée perchée au sommet de sa tête.

Cet homme faisait des gestes pour demander le silence, et les murmures excités de la foule s'éteignirent.

– Bienvenue à tous ! répéta-t-il d'une voix on ne peut plus joyeuse. Je m'appelle Thaziit et c'est moi qui ai l'honneur d'être votre guide aujourd'hui.

Il s'inclina, la main sur le cœur.

– Alors, qui vient à Big Market pour la première fois ?

La moitié des touristes leva un doigt, une tentacule ou autres appendices, mais pas Valérian. Tout en écoutant d'une oreille, il examinait fébrilement le plan du marché, affiché en grand sur un mur tout proche, pour essayer de repérer la section 4, allée 122.

– Merveilleux ! s'exclama Thaziit. Permettez-moi de vous rappeler qu'il y a près d'un million de boutiques à Big Market, alors, désolé… on ne les fera pas toutes !

Il arbora une mine faussement navrée et un concert de *ohhhhhhh* déçus s'éleva. Son visage s'éclaira.

– Mais ! Mais, mais. On va essayer de passer par les plus intéressantes ! Cependant, avant de partir, voici quelques rappels pour votre sécurité et l'heureux déroulement de votre shopping ! Rappelez-vous qu'à l'entrée de chaque section vous passerez sous un portique.

Valérian ne voyait pas de portique. Le turban géant poursuivit :

– Consigne importante pour votre sécurité ! Regardez les lettres affichées en haut et vérifiez que le « U » d'humain est bien vert. Big Market décline toute responsabilité en cas d'incident subi par les humains lorsque le U n'est pas vert. Bien !

Il frappa dans ses mains, puis se les frotta d'un air tout content, les yeux si grands ouverts que ses pupilles étaient complètement encerclées de blanc.

– Il y a *soixante-dix-huit sections* et plus de *cinq cents rues.* Nous allons voir des spectacles étonnants ! Réaliser des affaires incroyables ! Mais par-dessus tout, nous allons essayer de ne pas nous perdre !

Des rires parcoururent la foule, Thaziit pouffant plus fort que tout le monde. Valérian, qui scrutait toujours le plan, sentit ses cheveux démanger sa nuque, comme si on l'observait. Il fit volte-face et regarda à travers la visière de son casque, mais il ne vit rien.

– Alors ! reprit le guide exubérant. Tout le monde derrière le guide, qui s'appelle… ?

Il étendit le bras en un geste interrogateur et porta l'autre main à son oreille enfouie sous le turban rayé aux couleurs vives.

– Thaziit ! répliquèrent les touristes en chœur, en échangeant des sourires et des gloussements.

– Content de voir que *certains* d'entre vous font attention, approuva Thaziit, en promenant un regard lourd de sens sur ceux qui s'étaient absorbés dans l'examen de leurs gantelets, ou qui observaient le plan – comme Valérian. De nouveaux éclats de rire s'élevèrent ; ces touristes étaient décidément des gens heureux vibrant d'un plaisir anticipé.

– Vous pouvez activer vos systèmes… maintenant !

Valérian, comme tout le monde, appuya sur le bouton qui se trouvait au milieu de sa boucle de ceinture. Des rais de lumière scintillants balayèrent son champ de vision tandis qu'il observait Thaziit, les touristes et les murs qui cernaient l'espace vide de Big Market.

Tout à coup, le guide, les touristes et Valérian furent entourés par une variété hallucinante d'étals tenus par des vendeurs qui semblaient représenter toutes les espèces d'aliens connues de Valérian.

Un murmure d'étonnement ravi parcourut la foule des touristes assoiffés de shopping.

– Bienvenue à Big Market ! annonça Thaziit avec un grand sourire.

*
**

Laureline était assise dans le bus du major Gibson, la joue pressée contre une vitre crasseuse. Ses yeux étaient fixés sur le mur rouge massif qui délimitait l'espace de Big Market, mais elle ne voyait pas l'enceinte de pierre, et elle ne pensait pas au shopping.

Elle ne pensait même pas à sa mission, ce qui ne lui ressemblait absolument pas.

Elle repensait à ce que Valérian lui avait dit, et se demandait si le prochain pas à faire au terme de cette mission serait de l'embrasser sur les lèvres, ou de lui donner un coup de pied… ailleurs.

Si tu plaisantes, Valérian…

Il y avait fort à parier que c'était le cas. Laureline savait, après deux ans de service à ses côtés, que le jeune major était bien plus complexe qu'il n'y paraissait. Elle était consciente que, malgré ses pitreries, il prenait son poste très au sérieux et le respectait beaucoup. Il était courageux, impliqué dans son travail, et plus intelligent que ses fréquentes niaiseries ne le laissaient supposer à ceux qui le connaissaient mal.

Mais il y avait aussi des choses qu'il ne prenait pas au sérieux et ne respectait pas ; or les traditions et rituels qui avaient du prix aux yeux de Laureline en faisaient partie. Les relations amoureuses, pour lui, étaient si éphémères et légères que Laureline n'avait même pas envie de les gratifier de ce terme. *Papillonnage*, pensa-t-elle, *le mot conviendrait mieux.*

Valérian n'était pas cruel ni manipulateur, oh non ; malgré ses tentatives presque constantes pour faire du charme, il n'avait jamais essayé de s'imposer ou de rudoyer une femme, et il ne le ferait jamais. La plupart des filles étaient plus que sensibles à ses attentions. Entre le sergent et le major, le flirt était devenu une habitude, un jeu familier ; et Laureline devait s'avouer qu'elle y prenait autant de plaisir que lui.

Jusqu'à aujourd'hui.

Sa demande en mariage, si elle était sincère, était totalement inattendue, et Laureline n'avait aucune idée de la réponse à donner. Il savait qu'elle était attachée aux traditions et que, malgré ses manières parfois distantes, une fausse demande la blesserait profondément. Il se doutait aussi qu'elle trouverait un moyen de lui faire payer cette très, très mauvaise idée.

Cela signifiait…

Laureline enfouit un instant son visage dans sa paume. Une fausse demande serait terrible, mais une demande sérieuse était peut-être encore pire.

Elle soupira et reporta son regard sur le désert. Le bus avait presque atteint le portail est du complexe vide de Big Market, et, droit devant, elle voyait se profiler au loin la forme d'un château d'eau – leur objectif pour l'instant. Avec cette capacité qu'elle avait à compartimenter les choses sans effort apparent – cette capacité qui exaspérait si souvent son collègue – Laureline fourra l'idée *mariée-à-Valérian* dans une petite boîte bien propre, ferma les rabats, la ficela soigneusement, et la rangea dans un recoin de son cerveau.

On verrait ça plus tard, comme elle l'avait dit à Valérian. Pour l'instant, son rôle à elle dans la mission allait commencer.

Une dernière embardée, et le bus s'arrêta au pied de la tour. Laureline lissa sa robe, se passa la main dans les cheveux, afficha un sourire et descendit du bus d'un pas résolu. Elle s'avança vers la tour, une main en visière et l'autre occupée à saluer joyeusement.

Une seule silhouette montait la garde sur la tour de guet : un Siirt qui les observait de là-haut, l'air inquiet, ses yeux faisant des va-et-vient entre Laureline et quelques-uns des hommes de Gibson, enveloppés dans des ponchos, qui débarquaient aussi du bus.

Les Siirts, mi-humanoïdes, mi-reptiliens, étaient connus pour leur douceur, sinon pour leur intelligence. La Big Market Corporation les employait comme vigiles et policiers, mais ils étaient généralement trop faciles à distraire et trop sociables pour être vraiment efficaces. Laureline savait que nombre de marchands souhaitant une protection fiable engageaient leurs propres gardes – c'était le cas d'Igon Siruss. Les Siirts adoraient rencontrer des inconnus, et leur culture était fondée sur une philosophie appelée *Unbugalia*, qui se résumait par ce principe : « Plus les gens sont heureux, plus grand est le bonheur. » Les touristes qui affluaient à Big Market, se disait Laureline, devaient mettre en extase ces êtres loufoques. Ils ne voyaient pas passer les profits, cependant. Leur espèce n'avait rien qui ressemblât à une monnaie. Résultat, il était assez difficile de les maintenir en activité.

Du haut de la tour, un Siirt à la peau jaune regardait donc Laureline qui sortait du bus, puis les hommes en poncho qui la suivaient. Il leva une main à trois doigts – *pour saluer*, pensa Laureline. C'est exactement ce qu'il fit, mais une pensée subite parut le traverser ; il posa les deux mains sur l'arme automatique impressionnante qui se dressait à côté de lui, et la fit pivoter dans leur direction.

CHAPITRE 5

Laureline afficha un grand sourire et héla le Siirt inquiet :

– Salut ! Pas besoin de ça ! Je sais, pas question de traîner ici. Ne t'inquiète pas, on n'en a pas pour longtemps !

Sa salutation amicale le fit hésiter. Elle porta la main derrière son dos, saisit son arme et visa le garde. Une onde de choc sortit de la gueule du pistolet, qui planta une petite fléchette dans la poitrine nue et décharnée du Siirt.

Au même instant, les hommes ôtèrent leurs ponchos, révélant l'armement volumineux sanglé à leur corps. Le capitaine Zito – que Laureline entendait appeler « capitaine Z » par son équipe, de temps en temps – se tenait à côté d'elle ; il portait un ordinateur plat à grand écran. Laureline détacha rapidement un élément de son arme et l'inséra au revers de l'écran. Zito se tourna vers la gauche, puis vers la droite.

Le Siirt qui faisait le guet effectua le même mouvement, comme le reflet d'un miroir.

– OK, dit Zito, j'ai pris le contrôle de notre chétif ami. Ça va nous permettre de voir tout ce qu'il voit.

Laureline avait déjà vu cela, bien sûr, mais elle ne pouvait jamais réprimer une mimique amusée quand un Con-Dart était utilisé pas seulement pour neutraliser l'ennemi mais aussi et surtout pour l'enrôler. L'efficacité de cette « coopération forcée » dépendait ensuite de deux facteurs : le caractère plus ou moins manipulable de la cible, et le talent de celui qui la contrôlait.

Les Siirts, n'étant pas des lumières, étaient extrêmement influençables, et le capitaine Z avait clairement de l'expérience. Laureline se doutait qu'il en avait dans un grand nombre de domaines, et elle se demandait pourquoi il n'occupait pas un grade plus élevé. Elle regarda son visage bien taillé, sa mâchoire déterminée, ses yeux froids, et décida qu'elle n'avait pas vraiment besoin de le savoir.

Elle reporta son attention sur la cible, impressionnée par le calme – disons, le calme relatif – avec lequel le frêle Kirien retournait à son arme pour continuer à veiller fidèlement sur le complexe – en tout cas, aux yeux de tout observateur extérieur.

– Allons-y ! ordonna le capitaine Z, et l'équipe retourna vers le bus.

Un instant plus tard, ils avaient rejoint le major Gibson. Il se tenait avec ses hommes autour des battants d'acier du portail est. Un soldat examinait la porte lorsque Laureline sauta du bus ; il fronça les sourcils en désignant la redoute.

– C'est bien ce qu'on avait imaginé, tout l'encadrement de la porte est piégé, déclara-t-il.

Gibson hocha la tête. Il se tourna vers Laureline à qui il tendit une valise longue et large, puis il consulta sa montre.

– Action dans douze minutes, sergent, dit Gibson.

Laureline acquiesça. Zito, taciturne et concentré, resta debout à côté d'elle tandis que le reste de l'équipe de Gibson se dissimulait contre le mur rouge et rugueux de l'enceinte extérieure. Laureline regarda l'écran de son compagnon.

Zito voyait maintenant par les yeux du pantin Siirt posté au sommet de la tour ; celui-ci observait le complexe de l'autre côté du mur. Laureline étouffa un grand sourire, expression peu adéquate en ces instants tendus, lorsqu'elle découvrit les touristes qui déambulaient de manière aléatoire, munis de leur équipement de réalité virtuelle ; ils montraient du doigt des merveilles invisibles à ses yeux à elle, et prenaient en main des objets qui n'existaient pas. On aurait dit une pièce de théâtre jouée par des amateurs.

– J'ajuste le mode vision, annonça Zito au commando en tournant un bouton.

Sous les yeux de Laureline qui continuait à regarder la Siirt-Cam, l'enceinte vide se remplit soudain : elle découvrit ce paradis animé de la consommation, ce chaos bigarré qu'était Big Market.

– Excellent, approuva Gibson. Activez la caméra de surveillance du garde et localisez l'agent Valérian !

– Bien, major, répondit Zito.

Le champ de vision se modifia ; le Siirt tournait la tête pour observer les écrans de contrôle. Il voyait à présent – et Zito avec lui – à travers l'objectif d'un drone-caméra de la taille d'un petit oiseau, qui s'éleva dans les airs, voleta de-ci, de-là, puis plongea dans le souk irréel à la recherche de Valérian.

L'un des soldats fit un pas en avant ; au moyen d'un laser, il traça les contours d'un rectangle dans l'énorme porte métallique. Il appuya sur un bouton et la surface du rectangle disparut, faisant place à un vide qui était de taille à livrer passage à un être humain.

– Il est l'heure pour vous d'aller faire du shopping, dit Gibson.

Laureline acquiesça d'un mouvement de tête. Elle enfila le casque et les gants que lui tendaient deux soldats, empoigna la valise, et se faufila par la porte.

Comme Valérian, elle se trouvait à présent dans l'enceinte de Big Market.

*
**

Valérian se sentait complètement dépassé dans ce marché. Il ne comprenait pas comment les gens pouvaient se concentrer assez longtemps pour acheter quoi que ce soit. L'immense enceinte était pleine à craquer, avec près d'un million d'étals de marchands et des millions de produits à vendre. Il se trouvait dans la rue principale, ouverte à la lumière du jour ; mais en balayant les environs du regard, il se rendit compte qu'il n'y avait pas seulement des myriades de boutiques, mais des myriades d'étages. Un ascenseur faisait des allers-retours, transportant ses cargaisons de clients rayonnants vers des horizons nouveaux.

Dans une cacophonie inouïe, des aliens de toutes sortes vendaient des objets que Valérian n'aurait jamais imaginés. Ici, sous une arche de pierre sculptée, un pâle humanoïde à la tête allongée proposait des petits nuages, ligotés avec soin au moyen de lassos. Une tempête s'amoncelait à l'intérieur de l'un d'eux lorsque Valérian passa devant.

Un grand et gros alien bleu dont les yeux minuscules étaient fixés au bout de larges tiges se tenait là, vêtu d'habits très humains sur lesquels étaient cousus un nombre extraordinaire de boutons. Sa boutique tout entière, en fait, paraissait ne contenir *que* des boutons ; et lorsque Valérian passa devant, le marchand lui fit un signe de la main en brandissant un petit bouton orné d'une image de la Terre. Valérian éprouva un tiraillement inattendu : il avait passé le plus clair de sa jeunesse sur la Terre, mais il n'y était pas retourné depuis des années. C'était sur l'Intruder, à présent, qu'il se sentait chez lui.

– Monolithes ! cria un marchand.

C'était un alien de moins d'un mètre de haut, trapu ; il avait des deux côtés de la tête des yeux de la taille des poings de Valérian et une indomptable tignasse frisée. Achetez vos monolithes ici !

Valérian fronça les sourcils devant la douzaine de rectangles noirs dressés contre un mur. À première vue, c'étaient de simples dalles, mais celles-ci retinrent son regard. Il se sentit bizarrement attiré par ces blocs, et se demanda quel effet ils lui feraient au toucher.

Cependant, il secoua brusquement la tête pour s'extraire de cette attirance. Il avait à faire.

Le flot de touristes l'entraîna devant un couple d'âge moyen, aux vêtements criards et négligés. Leurs visages étaient dissimulés par l'ombre de leurs casques, mais les cheveux rouge vif de la femme s'en échappaient. Valérian imagina très bien leur tête rien qu'à observer leur langage corporel.

Et leur conversation.

– Imagine un peu, mon chou ! s'extasiait la femme, que le plaisir de la chasse faisait littéralement vibrer. Un million de boutiques ! On va se trouver quelques bibelots !

L'homme commença à protester :

– On en a déjà discuté. Tu disais que tu voulais juste voir le marché.

– Bon, oui, mais il faut bien qu'on rapporte un souvenir de cette expérience, non ? répondit-elle d'une voix plaintive.

L'homme soupira.

– D'accord, ma chérie, mais juste des trucs qu'on pourra transporter, OK ? fit-il en agitant un doigt.

– Tope là ! répliqua la femme.

Elle battit des mains en sautillant, puis elle étreignit son mari avec un petit cri. Sous sa visière, l'homme se fendit d'un grand sourire heureux. Valérian se rendit compte qu'il souriait aussi.

Thaziit se retourna pour faire face à son groupe, et dit, tout en marchant sans problème à reculons :

– Rappelez-vous, les capteurs intégrés à votre équipement vous permettent d'être complètement présents à Big Market et d'en faire l'expérience totale. Vous pouvez toucher les objets, les murs…

Il ne regardait pas où il mettait la main, et referma les doigts sur l'énorme trompe d'un marchand alien pourvu d'yeux minuscules et de deux paires de bras. L'une des quatre mains de l'alien gifla celle de Thaziit.

– Fais gaffe, mon pote !

– Oups ! Pardon ! s'excusa Thaziit.

L'alien marmonna quelques mots et, le regard noir, il remit de l'ordre parmi les objets disposés sur son étal. Tous ces produits lançaient eux aussi des regards noirs.

Thaziit ôta son gant et le brandit au-dessus de sa tête afin que tout le monde puisse le voir.

– Comme je vous disais, vous pouvez toucher les objets de Big Market à condition de porter vos gants. Si vous les enlevez, vous perdrez le contact et le sens du toucher.

Il étendit le bras, et cette fois sa main passa à travers la tête de l'alien. Celui-ci en postillonna de contrariété, exaspéré par cet agaçant guide humanoïde.

– En faisant cela, vous vous priveriez de la chance de réaliser des affaires formidables ! Donc, ne quittez pas votre équipement !

Le groupe s'enfonça plus avant dans le marché. Thaziit ralentit pour laisser à ses clients le temps de flâner et d'examiner plus attentivement tables et tapis. Valérian feignit de s'intéresser à un meuble ancien dont le vendeur lui jura que « toutes les maisons » en avaient besoin ; puis, s'étant assuré que Thaziit était absorbé par un autre touriste qui lui demandait son aide, il resta en arrière et se fondit dans la foule.

Il se glissa discrètement dans une rue étroite, en vérifiant les numéros des échoppes qu'il avait vus sur le plan. Plus il s'écartait de la zone centrale, plus les lieux devenaient miteux. Les places spacieuses ornées de statues, de fontaines et d'auvents firent place à une architecture verticale (qui plongeait aussi sous terre). Les boutiques étaient plus petites et plus sombres, prenant l'aspect de terriers sommaires.

Valérian descendit en hâte une volée de marches, puis il emprunta une autre rue, en ralentissant à mesure qu'il approchait de son but. Ce souterrain était éclairé par une lumière filtrant à travers des grilles situées au plafond ; Valérian distinguait des lampes artificielles et des créatures rondes, flottantes et rayonnantes, qu'on avait attelées là-haut pour qu'elles y brillent. Valérian passa devant un être pourvu de tentacules qui jonglait avec une vingtaine de balles rutilantes. Quelques échoppes le séparaient à présent du « magasin d'antiquités » d'Igon Siruss.

Un brin amusé, Valérian se dit que cette boutique était parfaitement banale, comme les milliers d'autres devant lesquelles il venait de passer. Des colonnes modestes flanquaient la porte, et le rideau suspendu à la voûte de l'entrée masquait l'intérieur. Cette échoppe n'avait rien de spécial – à l'exception de la paire de Kodhar'Khans lourdement armés qui gardaient l'entrée, des Pit-Ghors en laisse assis à leurs pieds.

Les Kodhar'Khans étaient élancés, un peu plus grands que Valérian. Leur allure était beaucoup moins imposante que celle d'Igon Siruss, mais ils appartenaient clairement à la même espèce ; Valérian repéra leurs trois paires de narines.

Ils portaient des capuches orange foncé et, leur armement mis à part, ils n'avaient pas l'air particulièrement dangereux. Valérian décida que Laureline surestimait probablement leur agressivité. Ce qui était mignon de sa part.

En revanche, les Pit-Ghors… C'étaient deux des plus énormes spécimens de leur race. Valérian les observa avec admiration. Ils avaient quatre pattes et une carrure solide, reptilienne, et étaient de couleur rousse. Ils possédaient une tête énorme, une large gueule aux crocs acérés, et paraissaient dociles.

Pour l'instant.

Valérian continua à un pas raisonnable. Il regarda le magasin et les autres boutiques de la rue en prenant soin d'afficher un air *oh salut je me balade*, puis il tourna à gauche dans une autre rue comme s'il cherchait d'autres échoppes.

Le sergent Cooper l'attendait. Valérian ne l'avait jamais rencontré, mais il se dit que s'il cherchait un jour la bagarre il ferait bien d'éviter cet homme. Sa carrure et ses muscles ne sortaient pourtant pas de l'ordinaire, et il n'avait même pas l'air particulièrement effrayant, c'était juste sa manière de se tenir : elle donnait l'impression qu'une rixe avec lui pourrait mal tourner.

Cooper lorgna la chemise à fleurs d'un œil désapprobateur. Valérian s'en amusa beaucoup, car son collègue, qui essayait aussi de passer inaperçu, portait un chapeau mou informe et un volumineux collier de pacotille.

– Major Valérian, dit l'arrivant pour se présenter.

– Sergent Cooper, répondit l'autre avec un hochement de tête.

Il tendit un pistolet à Valérian, qui examina l'arme pendant que Cooper ôtait le couvercle d'une boîte métallique rectangulaire où étaient écrits les mots : « La Manche ». Le métal était cabossé, la peinture brune qui le recouvrait était crasseuse. Cette boîte avait vu des jours meilleurs.

– Mettez ça sur vous, fit Cooper.

La main crispée sur son arme, Valérian fourra le bras droit dans la Manche jusqu'à l'épaule. Cooper la lui attacha sur le bras. La Manche avala l'avant-bras de Valérian, sa main et son pistolet.

– Vous vous êtes déjà servi de ce système ?

– Non, répondit Valérian.

Rares étaient les missions où il avait eu affaire à la réalité virtuelle. Il préférait la réalité… eh bien… réelle.

– Tapez votre code génétique sur le clavier avant, ici, expliqua Cooper. Pour revenir, vous taperez votre code génétique sur le clavier arrière, ici. C'est clair ?

– Et net, répondit Valérian.

Cooper mit la main dans une poche de sa tenue excentrique et en sortit une petite bouteille.

– Ce spray va vous permettre d'infiltrer le scénario RV sans vous faire remarquer.

– Je vais être invisible ?

– Dans le monde virtuel de Big Market, oui. Ici dans le complexe… pas du tout.

– Pigé.

Cooper l'en vaporisa deux fois ; le liquide avait un léger parfum floral. *Ils ne me verront pas, mais ils auront droit à un charmant effluve de fraîcheur printanière*, pensa Valérian amusé. Il baissa les yeux pour se regarder, et fit un grand sourire. À travers sa visière, dans le monde virtuel, il ne se voyait plus lui-même. C'était pour le moins déboussolant, mais assez drôle aussi.

– Bonne chance, lui dit Cooper.

Valérian retourna devant le magasin et se mit à guetter.

Il n'eut pas à attendre longtemps.

CHAPITRE 6

Deux silhouettes élancées, de type humanoïde, s'approchèrent de l'entrée du magasin. Elles portaient gants et capuche et, comme elles avaient la tête baissée, Valérian ne put apercevoir leurs visages. Elles se dirigeaient droit vers le magasin, sans même faire semblant d'être des touristes ordinaires. Écartant le rideau rouge du seuil, elles pénétrèrent à l'intérieur. Un Pit-Ghor gronda, mais l'un des gardes tira sur la chaîne qui retenait l'animal. Celui-ci se tut, mécontent mais docile.

Valérian entra sur les talons des deux clients, pour ne pas être trahi par un mouvement du rideau à l'entrée. L'affreux Pit-Ghor grogna de nouveau en découvrant ses horribles dents.

– Fluffy, qu'est-ce que t'as aujourd'hui ? fit le garde Khodar'Khan en foudroyant la bête du regard.

– Je t'ai dit, répliqua l'autre vigile, il lui faut plus d'exercice. Un grand garçon vigoureux comme lui... Pas vrai, Fluffy ?

L'animal se tortilla, tout content ; le ton de voix du garde lui était agréable.

– Je lui fait faire plein d'exercice, reprit le premier vigile, mais à chaque fois que je te demande *à toi* de le sortir…

Tandis qu'ils se chamaillaient et que les deux Pit-Ghors le couvaient des yeux comme s'ils le voyaient, Valérian se faufila à l'intérieur. Il n'accorda qu'un bref coup d'œil au décor, repérant les sorties, les entrées et les endroits où se tenaient les rares clients. Heureusement pour eux, ils semblaient s'apprêter à quitter les lieux.

Le magasin était bourré d'antiquités diverses et étranges – livres, lanternes et bougies, tapis roulés, sculptures, bijoux, chapeaux et coiffes, pipes de toutes sortes, selles d'animaux – mais Valérian n'avait d'yeux que pour les nouveaux venus et l'arrière-boutique vers laquelle ils se dirigeaient.

La silhouette massive d'Igon Siruss se tenait sur le seuil ; de toute évidence, il les attendait. Derrière lui, les bras croisés sur une large poitrine musclée, se tenait un jeune Kodhar'Khan de haute taille. Une armure recouvrait ses épaules et l'un de ses bras. Sa peau nue et sa tête étaient couvertes de cicatrices ; une estafilade, trace d'un précédent combat, l'avait privé d'un œil et marqué d'une balafre verticale sur le visage. Aussi souple et vigoureux que son père était obèse et balourd,

« Junior » ressemblait néanmoins fortement à ce dernier.

Vu sa carrure, pas sûr qu'il ait été harcelé à l'école Kodhar'Khan. Si harcèlement il y avait eu, Junior avait dû être plus meneur que victime.

– Hé, Tsûuri ! Content de vous revoir ! gronda Igon.

Sa voix joviale descendait plusieurs octaves en dessous des cordes vocales humaines ; elle fit vibrer les os de Valérian. L'un des vigiles tenait la porte ouverte pour laisser entrer les visiteurs encapuchonnés. Valérian, qui se serait bien passé de sentir aussi fort la fraîcheur ensoleillée, emboîta le pas aux étrangers. La porte faillit lui claquer dans le dos.

Les deux nouveaux venus se figèrent à la vue des six gardes qui se tenaient contre les murs de la pièce. Valérian promena son regard sur leurs hautes silhouettes, repérant leur place et leurs armes. Il commençait à réviser son estimation de leur espèce.

– Asseyez-vous, je vous prie, lança Igon, qui s'était campé derrière une grande table.

Il s'y trouvait un siège assez vaste pour contenir son énorme derrière ; devant la table étaient disposées deux chaises de taille ordinaire. Ses « hôtes » allaient devoir s'asseoir dos à la porte – position psychologiquement vulnérable. Les arrivants échangèrent un regard et s'installèrent lentement.

Celui que Siruss avait appelé Tsûuri demanda froidement :

– Avez-vous ce que nous avons demandé ?

– Ouais, bien sûr, évidemment, répondit Siruss d'un ton cordial, mais je dois vous dire que ç'a été rude.

Il secoua sa tête grotesquement grande.

– J'ai perdu plein de personnel à vous l'obtenir.

Il fit un mouvement de tête à l'intention d'un de ses gardes, qui déposa sur la table une boîte métallique rectangulaire. Le devant était grillagé, et Valérian perçut un léger bruit de frottement à l'intérieur.

Puis un petit animal colla sa tête aux barreaux.

Valérian sursauta. *Il ressemble à l'animal domestique de la princesse de mon rêve,* pensa-t-il. D'où lui était venu ce rêve étrange ? La « réponse » d'Alex avait soulevé plus de questions qu'elle n'avait apporté d'explications.

L'animal écarquilla les yeux et poussa un petit cri joyeux. Il se tortilla d'excitation et tendit une patte avant minuscule à travers les barreaux.

– Nous allons vous payer ! s'écria Tsûuri, la voix tremblante d'émotion.

– J'en suis sûr, répondit Igon avec une bonté feinte. Vous êtes des gens honnêtes et vaillants.

Appuyant son menton dans une main, il poursuivit :

– Mais cette… chose-là… n'a pas de prix. Que pouvez-vous me donner en échange, qui ait la même valeur ?

Tsûuri hésita. Puis il tira d'une bourse un petit objet blanc de forme sphérique.

Retenant entre ses doigts pâles des boules rayonnantes, elle y baigna son visage parfait. Des pêcheurs, récoltant des perles dans des filets minuscules, les apportaient tout joyeux au rivage...

Valérian furieux se força à s'extraire du souvenir de son rêve.

Tsûuri tint un instant l'objet entre ses doigts gantés, puis il le déposa devant Igon. L'« antiquaire » le prit délicatement dans une grosse main et, de l'autre, il saisit une large loupe posée sur la table. Siruss examina la perle à travers la lentille, ce qui fit paraître énorme son minuscule œil de fouine.

– Étonnant ! murmura-t-il d'une voix étouffée et respectueuse.

Il oubliait clairement la règle n° 1 de la négociation : ne pas avoir l'air impressionné. Intrigué, Valérian reporta les yeux sur la cage. Que pouvait bien être cet animal ? Et pourquoi ces perles avaient-elles tant de valeur ?

Siruss continuait à scruter le petit objet blanc au mépris des règles du commerce.

– Je n'aurais jamais pensé en voir une dans ma vie !

D'un mouvement leste, l'alien inconnu reprit la perle dans la grosse paume de son interlocuteur.

– Vous en aurez des centaines, promit-il à Siruss. Dès que vous nous donnerez ce pour quoi nous sommes venus.

Igon le regarda avec une consternation feinte.

– Oh, eh bien… À ce sujet, justement, j'ai un petit problème, mon ami. Voyez, j'ai réfléchi. J'adore me passer d'intermédiaires.

Il désigna la perle que tenait Tsûuri.

– Si vous proposez de me passer des copies de cette petite chose-là, pourquoi est-ce que je ne me les procurerais pas moi-même ?

Il esquissa un sourire affreux, cruel, futé, et Valérian se mit brusquement à le haïr avec une intensité qui le surprit lui-même.

Les minces aliens comprirent leur erreur, trop tard.

Ils se levèrent d'un bond et dégainèrent des armes, mais les six mercenaires d'Igon furent plus rapides. Pendant que chaque camp mettait l'autre en joue, Valérian se faufila derrière le seigneur du crime.

– Tout doux, mes agneaux ! fit Igon d'une voix mielleuse.

Une voix féminine s'écria :

– Il nous faut absolument ce convertisseur !

Elle aussi enfreignait la règle n° 1 de la négociation.

– Vous nous aviez dit que vous pourriez nous aider ! Vous *savez* que nous nous battons pour une cause noble !

– Je sais, répondit Igon d'un ton solennel. Moi aussi, je me bats pour une cause noble. (Il se fendit d'un grand sourire.) La mienne. Alors voilà ce que je vous propose.

Il dégaina un pistolet avec lequel il visa la créature féminine.

Il est temps de stopper ça. Valérian releva sa visière pour se voir, et il se mit à composer le code au bout de sa Manche.

– Moi, je garde le convertisseur et la perle, disait Siruss. Vous, vous gardez la vie sauve. Qu'est-ce que vous en pensez ? Pas mal comme marché, non ?

Sa mauvaise blague le fit s'esclaffer, puis il reprit son sérieux et poursuivit d'une voix dénuée de toute chaleur :

– Vous avez dix secondes pour accepter.

Il commença un compte à rebours, et le canon de son pistolet se divisa en deux, chacune de ses gueules s'écartant de l'autre comme si elle était animée d'une vie autonome, pour viser chacun des aliens.

– Cinq…

Valérian se dépêcha de taper les derniers chiffres du code sur le clavier.

– Trois…

Valérian rabattit sa visière…

– Deux…

… et vit son bras apparaître dans le monde virtuel, tandis qu'il enfouissait son pistolet dans la nuque du contrebandier.

Igon cessa brusquement son compte à rebours, mais son pistolet ne bougea pas. Ceux des mystérieux aliens non plus. Les gardes de Siruss, en revanche, braquèrent immédiatement les leurs sur Valérian. Ou du moins sur son bras que recouvrait la Manche.

– Agent fédéral Valérian, dit le jeune homme en guise de présentation. Navré d'interrompre ce magnifique marché, mais moi *aussi*, je suis ici pour une noble cause appelée la *loi* !

Les aliens inconnus rejetèrent leurs capuches – et Valérian réprima à grand-peine une exclamation stupéfaite.

Peau pâle, lumineuse. Yeux plus bleus que le ciel. Traits délicats, marqués par une colère et une peur qui noircissaient leur front. C'était difficile pour ces beaux visages d'exprimer des expressions pareilles.

Perles. Cette pensée vint à Valérian, légère et simple comme une brise d'été. *Ils s'appellent… Perles.*

– Il y a erreur sur le lieu, mon ami, fit Igon très sûr de lui. La loi ne règne pas ici.

– La loi règne partout où je débarque, affirma Valérian avec une force égale.

Tout en parlant, il regarda de nouveau les aliens.

– Je ne vous ai pas déjà vus quelque part ?

L'alien dénommé Tsûuri – *la Perle*, pensa Valérian – parut très mal à l'aise.

– Hé, grogna Igon, je ne tiens pas un salon de thé ici. Qu'est-ce que vous attendez de moi, monsieur Loi ?

– Igon Siruss, déclara Valérian, je vous accuse d'avoir volé un convertisseur Mül appartenant à la Fédération humaine. Si vous voulez éviter que ça se passe très mal pour vos fesses, vous allez me remettre ce bien volé.

Un long silence s'ensuivit. Personne ne bougeait.

Valérian gardait le canon de son pistolet sur la nuque d'Igon. Les Perles visaient toujours les gardes, de plus en plus paniqués.

– Valérian, lui chuchota à l'oreille une voix féminine familière et bienvenue, j'arrive sur ta droite, à trois heures et à un mètre de toi.

Il sourit imperceptiblement.

– Bien reçu.

– Hein ? fit Igon. Qu'est-ce que vous voulez dire ?

– Vous, rétorqua Valérian en appuyant plus fort son pistolet contre la nuque épaisse, ne bougez pas !

Un instant plus tard, comme par magie, une grande valise apparut sur la droite de Valérian – à trois heures, à un mètre.

Laureline.

– Maintenant, dit Valérian à Igon, vous allez être gentil et placer la cage dans cette boîte.

Une horreur croissante se peignit sur le visage d'Igon qui se voyait soudain A) perdre le convertisseur, B) se faire arrêter, et C) ne rien pouvoir faire pour empêcher l'un et l'autre de ces malheurs.

– Ce convertisseur est à nous, intervint Tsûuri à l'improviste. (Son visage exprimait un mélange de peur et de détermination.) Nous sommes prêts à le racheter. Donnez-nous votre prix !

– Je paye double ! couina Igon.

Malgré le lien illogique, bizarre mais très réel qui le rattachait aux Perles et à l'animal, Valérian haussa légèrement les épaules. Ce n'étaient pas ses affaires, tout ça ; il avait des ordres.

– Désolé, les gars, je ne partage pas. Dépêchons !

Lentement, à contrecœur, presque au bord des larmes, le contrebandier déposa le convertisseur dans la valise de Laureline.

La voix de Gibson retentit à l'oreille de Valérian.

– Les gars, allez-y maintenant !

– Convertisseur dans valise, annonça Valérian à Gibson.

– Compris, ajouta la voix désincarnée de Laureline à côté de Valérian.

Celui-ci gardait son arme braquée sur le contrebandier. Un instant plus tard, Gibson lui parlait de nouveau à l'oreille :

– Bien joué, sergent. Non détecté. Retour à la base.

– Affirmatif, répliqua aussitôt Laureline. Valérian ? On est bons. Tire-toi d'ici.

– J'arrive, répondit Valérian.

Il hésita, puis se saisit de la perle déposée sur la table. C'était une preuve, ça aussi. Igon le regarda faire, impuissant, fulminant.

– Je te retrouverai, agent fédéral Valérian, cracha-t-il en s'étouffant de rage. Où que tu sois dans l'univers, je te retrouverai ! *Et j'aurai ta peau !*

Valérian lui répondit par un grand sourire.

– Bonne chance !

Il avait terminé. L'affaire des Perles dans son ensemble était trop étrange pour qu'il la gère tout de suite, son bras le démangeait dans la Manche, et Laureline lui devait toujours une réponse à sa question.

Le pistolet braqué sur Igon, Valérian contourna lentement la table en direction de la porte, tout en composant le code sur le clavier arrière selon les instructions de Cooper.

La Manche aurait dû disparaître.

Ce ne fut pas le cas.

Valérian jeta un coup d'œil aux vigiles qui gardaient la porte. Ils suivaient des yeux, avec une perplexité maximale, le bras désincarné qui flottait vers eux.

– Dites à vos gardes de s'écarter ! ordonna Valérian.

Igon, qui bouillonnait toujours, n'obéit pas immédiatement.

– *Immédiatement.* Ou pas : je crois que vous auriez bien plus fière allure si je vous privais de votre tête.

Igon émit un grondement de colère presque identique à celui des Pit-Ghors qui tiraient sur leur laisse.

– Laissez-le passer, dit-il enfin.

Les gardes Kodhar'Khans obéirent à contrecœur et reculèrent de quelques pas. L'un des Pit-Ghors fit de même, tout en grondant.

Son camarade Fluffy, toutefois, n'était pas aussi bien dressé.

À l'instant où Valérian, ayant franchi le rideau, se retrouva dans la rue et avait presque terminé son deuxième essai pour taper le code, l'animal poussa un beuglement de frustration et bondit vers l'agent avec une telle fougue que la laisse cassa net.

Ses mâchoires énormes se refermèrent sur l'alléchante boîte flottante en métal qui recouvrait le bras de Valérian.

– Ahhhh ! cria Valérian. Sale clébard ! *Sale clébard !*

La Manche, prouesse technologique, était faite d'un métal très résistant, si bien que le bras de Valérian ne risquait pas d'être arraché par la morsure. Mais la bête avait mis le corps entier de Valérian en danger. Il tenta de retourner la lourde Manche contre l'animal, et appuya sur la gâchette du pistolet.

La détonation eut l'effet d'une étincelle sur un baril de poudre d'autrefois. Tout le monde se mit à tirer. Les balles sifflèrent autour de Valérian, qui s'adonna à une drôle de danse contorsionniste pour que ses adversaires ne puissent pas deviner où se trouvait son corps.

Du coin de l'œil, tout en poursuivant ses efforts pour détacher le Pit-Ghor féroce de son bras, Valérian constata que les deux Perles profitaient du chaos pour s'enfuir.

La compagne de Tsûuri jeta un regard en arrière tout en courant dans la rue, et même au milieu de toute cette folie Valérian fut frappé par sa beauté éthérée. De nouveau, il se demanda ce qui pouvait bien se passer.

– Valérian a un problème, dit la voix de Laureline à son oreille.

Valérian se laissa tomber par terre et fit des mouvements frénétiques pour tenter de déloger le chien-monstre.

– Priorité à votre mission, répondit Gibson. Continuez votre chemin. Cooper ? Couvrez-le !

Grâce à un coup de pied dans le ventre du Pit-Ghor, Valérian parvint enfin à se dégager. Esquivant la grêle de balles, il contourna en courant la boutique par l'arrière pour rejoindre Cooper.

Celui-ci s'était déjà équipé ; il portait deux Manches et une mitrailleuse dans chaque main.

– Le clavier est cassé ! cria Valérian. Je n'arrive pas à récupérer mon bras.

À peine avait-il lâché ces mots que les gorilles d'Igon débouchèrent au coin de la boutique, leurs pistolets crachant la mort.

– Retournez vers Gibson ! cria Cooper. Je vous couvre !

Valérian obéit et piqua un sprint tandis que Cooper ouvrait le feu, les gardes répondant à ses tirs.

Il voulait croire que Cooper – lui qui gagnerait une rixe contre n'importe qui, de n'importe quelle taille, n'importe quand – allait survivre à l'attaque. Il avait deux mitrailleuses et son expérience de militaire.

Mais les Kodhar'Khans avaient des armes, eux aussi, et en plus grand nombre.

Cooper tomberait s'il le fallait car tel était son devoir.

Des expériences bizarres, Valérian en avait vécu une foule au cours de ses vingt-sept années. Mais la situation présente figurait en tête de liste. Il se trouvait dans un monde, son bras dans un autre ; le résultat était un chaos comique et potentiellement mortel.

Son corps, fermement ancré dans le monde « réel », était invisible et impalpable grâce au spray de Cooper. Il ne risquait pas de se heurter à quoi que ce soit dans Big Market, à part des touristes – ou, corrigea-t-il, des gardes du corps réels et ceux qu'ils gardaient. Mais son bras prisonnier de la Manche, pris au piège de la réalité virtuelle, était tout sauf coopératif. Quels que soient ses efforts, ce foutu bras exposé aux regards allait sans arrêt gifler des têtes virtuelles, attraper des marchandises inexistantes, et faire courir de grands risques au reste du corps réel.

D'habitude, Valérian était en bons termes avec ses membres, mais pas aujourd'hui.

Vraiment pas aujourd'hui.

CHAPITRE 7

Lumwak avait encore une bonne heure avant de prendre son tour de garde au « magasin » de Siruss, et il s'offrait une pause bien nécessaire. La solde était bonne, excellente même, mais Lumwak ne pouvait pas ne pas remarquer le taux élevé de remords parmi le « personnel » du seigneur du crime.

Lumwak se considérait un peu comme un philosophe – chose plutôt rare chez les Kodhar'Khans. Et après des années passées au service d'Igon à Big Market, il s'était forgé une philosophie sur son métier. Il se laissa aller contre le dossier de sa chaise de café et commença à siroter quelque chose de boueux, de fort et de merveilleux, tandis que son énorme pistolet – qui assurait son intimité, car rares étaient ceux qui avaient envie de bavarder avec un client ostensiblement muni de cette arme – était posé sur la table, à portée de main. Il se mit donc à analyser ses pensées tout en regardant les touristes s'agiter et acheter.

La philosophie de Lumwak distinguait trois sortes de gens qui fréquentaient Big Market. La première sorte, c'était le client de base, celui pour qui les lieux avaient été conçus : le touriste trop riche qui avait trop de place dans sa maison, et qui cherchait le plaisir de visiter mille mondes sans la fatigue, eh bien… de visiter mille mondes pour de vrai.

Le deuxième groupe, c'étaient ceux qui faisaient de l'argent grâce au premier. Ce groupe comprenait deux sous-catégories. La première, c'étaient les marchands, qui fournissaient les produits aux touristes avides. La seconde, c'étaient les parasites qui vivaient des marchands – pickpockets, racketteurs, ce genre de racaille.

Le troisième groupe était physiquement présent à Big Market – et cela fit glousser Lumwak parce que « physiquement » était un terme relatif – mais n'avait pas grand-chose ou rien à voir avec les affaires réalisées dans l'enceinte du complexe. Son employeur faisait partie de ce groupe. Oh, Igon vendait des antiquités, oui, et tirait des revenus respectables de ce business légal. Mais son business premier, c'était la contrebande, domaine où il excellait.

Lumwak prit une nouvelle gorgée, satisfait, en s'attardant sur le concept du réel et de l'irréel. Cette boisson était-elle réelle ? Ce café ? On pouvait le dire en un sens, oui, mais un contradicteur pourrait bien affirmer le contraire.

Est-ce qu'il était réel, *lui* ? Que penser de la théorie de l'âme, de…

Une alarme se mit à biper sur le petit écran qu'il portait autour du poignet. La réalité s'imposa avec une solidité certaine lorsque les mots s'affichèrent, impérieux : *Cherchez et détruisez. Priorité n° 1. Photo de la cible jointe.*

Sur le minuscule écran apparut la photo d'une Manche humanoïde. La Manche dissimulait vraisemblablement une main équipée de doigts – sans doute cinq, ou moins – et qui tenait un pistolet contre la gorge du patron. Lumwak reconnut l'angle – cette image avait été prise de la caméra de sécurité 4A dans l'arrière-boutique du patron.

Il leva les yeux… et vit alors la même Manche flotter dans la rue devant lui.

Lumwak était un philosophe. Et sa philosophie primordiale était centrée sur son intérêt supérieur à lui. Il entendait fermement être celui qui stopperait cette Manche filant à toute allure – et la personne qui y était attachée.

Empoignant son arme à deux mains, il se leva d'un bond et s'élança à la poursuite de la manche désincarnée.

*
**

Valérian avait couru aussi vite que le lui permettait ce bras prisonnier de la Manche, qui percutait marchands et marchandises virtuelles. Il espérait vraiment avoir semé ses poursuivants. Il risqua un coup d'œil par-dessus son épaule. Il n'y avait pas trace de ces voyous de Kodhar'Khans. Haletant, il ralentit un peu et dit :

– Je crois qu'ils sont loin !

– Bien ! répondit la voix de Laureline.

Valérian s'autorisa un sourire. Il baissa les yeux pour se regarder, et son sourire s'évanouit – parce qu'il *pouvait* se regarder. L'effet du spray disparaissait, et certaines parties de son corps redevenaient visibles.

Il poussa un juron.

– Pardon ? fit Laureline avec une pointe d'humour. Je n'ai pas bien capté.

Il détacha les yeux de la vue consternante de son pied gauche, de son genou droit et de trois des doigts de sa main gauche, et il eut un coup au cœur.

L'un des gardes d'Igon était lancé à sa poursuite, équipé d'une arme énorme. Valérian connaissait l'effet de cette arme, et il reprit aussitôt sa vitesse de pointe. Mais à l'instant où il tournait pour fuir, le garde ouvrit le feu.

Valérian fut touché, et sut qu'il allait tomber.

Il s'agissait d'une arme spéciale qui, en un sens, était clémente. La police l'employait pour neutraliser des criminels et permettre une capture rapide et indolore.

Mais Valérian se doutait qu'on ne l'épargnait pas par mansuétude. Igon Siruss le voulait vivant, de toute évidence… et ce n'était pas rassurant.

Par un système de roulement à billes, l'arme propulsait sur sa cible des milliers de petites boules d'acier. Leur poids cumulé faisait ralentir l'infortunée cible, qui finissait par s'effondrer, incapable de bouger. Valérian avait de la chance : le gorille pouvait seulement viser la Manche, pas son corps entier.

Cependant, cela suffisait pour obtenir le résultat voulu.

Son bras lui parut soudain peser une tonne. Il continua à courir, tenace. Au départ, il pouvait encore soulever le bras, puis il dut le soutenir avec son autre main, et, pour finir, son corps céda. Son bras alourdi plongea vers le sol et l'entraîna ; étendu de tout son long, il lutta pour soulever l'insoulevable.

Le garde s'approcha en prenant son temps. *Pourquoi se presserait-il, je ne risque pas de lui fausser compagnie*, pensa Valérian avec un humour morbide.

– Vous savez, commença le garde d'un ton affable, sa voix profonde et rocailleuse presque agréable, le mode d'action de cette arme peut servir de métaphore. Une seule de ces minuscules boules de métal passerait inaperçue. Quelques centaines vous freinent. Quelques milliers peuvent stopper n'importe quoi. Cela illustre le principe selon lequel, quand on est seul, on n'arrive à rien. Quand on est plusieurs à s'unir, c'est une autre histoire.

Valérian avait peine à croire que ce garde du corps prenne le temps de débiter des platitudes pareilles. Coincé là où il était, incapable de bouger, il se dit qu'il faisait un public captif donc captivé. C'était peut-être pour ça. Ce type n'était sans doute jamais écouté par qui que ce soit d'autre.

Mais la lenteur du garde lui donnait une chance. Le temps qu'il s'avance tranquillement, Valérian avait déjà repéré un moyen de fuir. À quelques centimètres de lui, une grille s'ouvrait sur un souterrain. Il ne savait pas ce qu'il y avait dans ce souterrain et là, tout de suite, il s'en fichait. Lentement, à la fois pour ne pas attirer l'attention et parce qu'il était incapable d'être plus rapide, Valérian fit glisser sur la grille son bras prisonnier de la Manche.

Puis, au prix d'un effort qui lui arracha un grognement et fit perler la sueur sur son front, il souleva la Manche avec son autre bras, aussi haut que possible, avant de le faire retomber.

– Peut-être, mon ami, si vous n'aviez pas agi seul, vous et moi ne serions pas en train de… Hé !

Pendant un très bref instant, tandis que le poids inouï de son bras brisait la grille et l'entraînait en dessous, Valérian s'autorisa un rire de triomphe. Mais, trop tard, il se rendit compte que la Manche ne l'entraînait pas seulement à l'étage inférieur – elle l'entraînait à travers cet étage.

Et le suivant… et le suivant…

Crac.

Crac.

Crac.

Au quatrième étage, Valérian comprit qu'il devait aligner le reste de son corps sur la Manche alourdie d'un poids implacable. Au quatorzième, il maîtrisait presque sa position. Mais lorsqu'il atteignit le vingtième et qu'il se rendit compte, un peu surpris, qu'il n'y avait pas de vingt et unième niveau, il fut plus que soulagé de voir s'achever cette trépidante et douloureuse descente.

Valérian reprit haleine et regarda autour de lui. Sonné par sa chute fracassante de vingt et un étages, il essaya de s'orienter et de trouver ses repères. Ce qui était plutôt difficile quand on se trouvait au milieu d'un magasin de jouets régi par la réalité virtuelle, donc dans un monde à part.

Il se sentit assailli par les couleurs. Des tourbillons de violet, de bleu, de vert, de fuchsia, de jaune vif, d'orange, des combinaisons infinies de teintes lui assaillirent les yeux. Des costumes étaient suspendus à un portant le long d'un mur. Des « masques-mimiques » qui scannaient le visage pour le décliner en multiples têtes d'aliens se trouvaient empilés sur une étagère. Un scooter flottant vrombissait à six pieds au-dessus de sa tête. Des figurines de héros galactiques en pagaille étaient exposées contre un mur, des armes factices s'étalaient le long d'un autre. Jeux, ballons, vaisseaux spatiaux, bonbons, tout ce qui pouvait faire fantasmer quand on avait moins de dix ans – et un peu plus, Valérian dut l'admettre à la vue de certaines figurines – était exposé ici dans une profusion écœurante et glorieusement multicolore.

Son regard hébété et son cerveau stupéfait furent tous deux brutalement sollicités par une substance molle, visqueuse et puante qui atterrit sur sa visière en faisant *plop*.

Un son qui était très certainement alien, et aussi très certainement rieur, atteignit ses oreilles alors qu'il essuyait la substance en fronçant les narines à cause de la puanteur.

Il tourna les yeux vers l'enfant Da qui le fixait des yeux en riant toujours. Lui aussi avait l'air d'un jouet, haut de soixante centimètres, tout rond, tout mou, couleur de pêche. Ses yeux et sa bouche étaient minuscules, et il ne possédait pas de nez. Il portait un chapeau jaune et une salopette orange et jaune. Ses mains à trois doigts tenaient un pistolet factice orange et rouge vif. Le fonctionnement de ce jouet était le même, en plus simple, que celui du convertisseur Mül. Il suffisait de mettre un truc en haut, et ce truc ressortait en grande quantité par la gueule du pistolet.

Dans les circonstances présentes, le « truc » était…

– Je t'ai eu ! s'exclama l'enfant d'un air triomphant, en remuant à peine sa petite bouche. T'es plein de caca maintenant !

Valérian esquissa un sourire forcé.

– Très drôle, dit-il en s'essuyant la main par terre, mais j'ai mieux encore. Regarde *ça.*

Plongeant la main dans la poche de son short, il en sortit un petit appareil. De sa main libre, il manœuvra le scanner. En deux secondes, celui-ci eut analysé les billes métalliques fichées par milliers sur son bras, et il en reproduisit une. Valérian jeta la petite boule au jeune farceur, qui l'attrapa avec adresse dans sa main, semblable à une moufle.

– Tiens, gamin, dit-il avec un grand sourire. Mets ça dans ton pistolet. C'est bien plus amusant.

L'enfant ravi obéit, et en un éclair.

C'est alors que Junior franchit la porte comme une bombe. Presque trois fois plus grand que le petit Da, il était rapide et assoiffé de vengeance. Le petit œil qui lui restait était incandescent de rage, et il fondit sur Valérian. Junior était tellement obnubilé par son désir de tuer sa proie à mains nues – ou au moins de l'amocher sévèrement avant de la remettre à Paps – qu'il ne dégaina pas son arme.

Mais le gamin, le merveilleux, extraordinaire enfant catapulteur de caca, visa l'arrivant et ouvrit le feu avec délectation. D'apparence bien plus vigoureuse que celle de son père, Junior devait être dépourvu de l'intelligence maligne d'Igon, car il se borna à regarder bouche bée les milliers de balles minuscules qui fendaient l'air pour se ficher sur son armure métallique. Il grogna, perplexe, tandis que le poids des projectiles le faisait tomber à genoux.

– Salut, Junior ! s'exclama gaiement Valérian.

Il appuya sur le bouton d'un autre petit équipement qu'il avait sorti de son kit. Toutes les balles fichées dans sa Manche, jusqu'à la dernière de ces maudites petites sphères, traversèrent les airs pour s'ajouter au poids déjà énorme qui pesait sur les épaules de Junior.

La masse de deux volées entières de balles métalliques, ajoutée à la masse assez considérable de Junior lui-même, dépassait ce que le sol pouvait supporter. Il céda dans un craquement, et Junior tomba à l'étage inférieur. Valérian tendit l'oreille et perçut un autre craquement, puis un autre plus étouffé.

Après avoir dû supporter un poids aussi horrible, il sentait trembler les muscles du bras prisonnier de la Manche ; celle-ci paraissait sur le point de s'en aller toute seule. Valérian se leva et s'approcha de l'enfant, à qui il donna une petite tape approbatrice sur l'épaule.

– T'avais raison ! Je me suis bien amusé ! Sur qui on tire, maintenant ? s'exclama l'enfant ravi.

– Hé, répondit Valérian d'un ton sage, il y a un temps pour tout, fiston. Tu n'as pas des devoirs à faire ?

Le gamin s'assombrit. Valérian essuya une crotte de sa visière et en tamponna le visage de l'enfant. Celui-ci poussa une exclamation de stupeur, puis il respira un grand coup avant d'éclater en sanglots.

– C'est ça. Rentre à la maison. Cours voir maman. Va te faire nettoyer !

Il entendit un bruit derrière lui, fit volte-face et leva les yeux…

… très, très haut. Devant lui, le surplombant, se tenait un être qui était à l'évidence de la même espèce que l'enfant enduit de caca. En effet, ses proportions étaient presque les mêmes – la silhouette molle, la tête large, les yeux et la bouche minuscules.

Sauf qu'il mesurait deux mètres de plus, et qu'il pesait sans doute le même poids que Junior.

Valérian sentit le sang refluer de son visage. Il bredouilla :

– Maman ?

La bouche de son interlocutrice, initialement large comme un ongle, s'ouvrit aussi grande que le poing de Valérian – non, de Junior. Elle occupait toute la moitié inférieure de son visage, et révélait un impressionnant dispositif de crocs acérés.

De cette gueule jaillit un beuglement qui fit siffler les oreilles de Valérian. Sans perdre une seconde, il prit ses jambes à son cou et s'échappa par la porte.

CHAPITRE 8

Les quelques minutes suivantes, l'agent spatio-temporel les vécut dans une sorte de flou.

L'équipe d'Igon Siruss était efficacement coordonnée ; sa seule contrainte était l'ordre reçu de s'emparer de Valérian vivant. Pour l'instant du moins. Siruss devait être du style à changer d'avis assez facilement sur ces petits accès de magnanimité.

Valérian courait donc. Il grimpa sur les représentations virtuelles d'antiquités précieuses, ses semelles prenant appui sur la tête d'antiques rois aliens pour se propulser sur un toit. Il traversa des toits de tuiles aussi anciens qu'illusoires. Il ne voyait que des bribes de son corps. Il se servit de son seul bras disponible pour empoigner une plante grimpante qui lui permit de se balancer d'un faux toit à l'autre. À un moment donné, cette tactique échoua et, brisant une fenêtre à grand fracas, il se retrouva au milieu de ce qui semblait être une cérémonie solennelle. Celle-ci se déroulait autour d'un service de vaisselle de grande valeur, qu'il fit voler en éclats.

– Pas de souci ! lança-t-il par-dessus son épaule, rappelez-vous que ces plats sont virtuels !

Voilà qui ne sembla pas réconforter la marchande alien gris-vert à six jambes ; elle agita quatre jambes en direction de Valérian et l'injuria copieusement.

Valérian n'avait pas eu beaucoup de temps pour étudier le plan, mais il avait constaté au passage qu'il existait dans les souterrains des voitures à fonctionnement vertical ; il avait pu repérer l'emplacement de ces voitures. Il ne savait pas exactement où il se trouvait, mais « vers le haut » était une excellente direction à prendre, parce qu'il serait plus difficile pour les hommes d'Igon de lui donner la chasse. « Vers le haut », cela le ramènerait aussi à l'étage principal ; c'était le seul moyen de gagner le portail et la sortie. Il ne pouvait pas espérer monter *dans* une voiture – mais il pourrait facilement tenter de monter *sur* l'une d'elles.

Soudain, il aperçut l'une des lignes, pas très loin devant. Pas de voiture en vue, cependant – pas encore.

– Il faut y croire, marmonna Valérian sans cesser de courir.

Il n'était plus qu'à quelques pas de son but lorsqu'il fut récompensé par la vision d'une voiture bourrée de touristes, dont les visages – ou ce qui leur servait de visage – étaient pressés contre les parois transparentes de la voiture ; tous s'extasiaient par des « ooh » et des « aah » devant le paysage.

Les « ooh » et les « aah » s'interrompirent soudain : Valérian avait bondi sur la voiture et s'y agrippait de toutes ses forces, la tête pressée du côté extérieur de la vitre. Les passagers reculèrent, stupéfaits. Certains se mirent à rire et l'un des gamins fit des grimaces à la Manche avec ses deux bouches.

Valérian ne pouvait se risquer à se dévisser le cou pour regarder par-derrière, le moindre mouvement étant susceptible de lui faire lâcher prise. Toutefois, il interpréta comme un signe encourageant le fait qu'on ne lui tirait pas dessus.

Enfin parvenu à l'étage de la sortie, il sauta de la voiture et se fraya un chemin à travers l'énorme foule des touristes. Il se trouvait à l'endroit du checkout. Des aliens à l'expression morne et plusieurs humains emballaient des objets de toutes formes et tailles. Une fois conditionné, chaque produit était glissé dans une boîte grise fixée au sol.

– Comment ça s'appelle, déjà ? Un transmetteur ? demanda une voix familière.

Juste avant de filer dans l'autre direction, Valérian reconnut cette voix particulière, ces cheveux rouge vif : c'était la moitié féminine du couple qu'il avait côtoyé à son arrivée.

– Un transmatière, répondit le responsable du checkout.

C'était un humain, anguleux et visiblement fatigué, cheveux clairsemés, sourire forcé. Il avait dû répéter ces mots-là mille fois au cours de la journée. Valérian lui souhaita bonne chance pour la mille et unième.

*
**

– Oh, un *transmatière*, désolée, s'excusa l'humaine aux cheveux rouges.

Son mari et elle se trouvaient dans l'un des groupes de clients que Laureline examinait en passant, à la recherche de Valérian.

– Il permet à n'importe quel objet d'être expédié d'un monde à l'autre, expliqua l'agent du checkout d'un ton monotone. Veuillez composer le code que vous avez reçu avec votre ticket, et votre acquisition vous attendra tranquillement chez vous à votre retour de votre captivante visite au magnifique Big Market, la première place commerciale pour des affaires intersidérales.

Le touriste tapa son code dans la machine, et l'objet disparut, envoyé sur Terre, ou sur Alpha, ou sur l'endroit que le couple appelait son « chez-soi ».

– Stupéfiant ! s'écria la femme. Et tellement pratique !

L'homme n'avait pas l'air aussi enthousiaste que son épouse. Son visage était rouge et transpirant sous la visière de son casque jaune et noir.

– Tellement inutile, tu veux dire, marmonna-t-il. Tu ne sais même pas ce qu'on pourra bien faire de ce maudit achat.

– Oh, ne fais pas ton rouspéteur, chéri ! C'est…

La femme cherchait le bon mot.

– … décoratif. Essaie donc d'être civilisé pour une fois !

Son mari se retourna. Brièvement conquise par ce spectacle domestique, Laureline le vit dévisager un groupe d'aliens, puis un autre, puis un troisième.

– Civilisé ? ironisa-t-il, arrogant, la lèvre retroussée en une moue de dégoût à peine dissimulé. Ouais, bien sûr.

La voix du major Gibson retentit à l'oreille de Laureline. Cela faisait diversion au savoureux étalage d'exaspération qu'elle venait de surprendre, mais les instructions ne lui plurent pas.

– Sergent ? lança Gibson. Retour à la base, sergent. Immédiatement.

– Je ne peux pas abandonner mon collègue, répondit Laureline en balayant la foule du regard.

– C'est un ordre, sergent.

Frustrée et inquiète, Laureline se mordit la lèvre. Elle tourna les yeux vers le mur extérieur. À contrecœur, elle se mit à avancer dans cette direction ; mais tout en manœuvrant à travers la cohue des touristes satisfaits et fauchés, elle demanda :

– Valérian ? Tu captes ? *Réponds-moi !*

– Je t'entends très bien, répondit une voix bienvenue.

Laureline laissa échapper le soupir qu'elle retenait à son insu.

– Tu es là ! s'exclama-t-elle, contrariée et soulagée à la fois. Pas trop tôt ! Qu'est-ce que tu fais ?

Laureline repartit vers le mur extérieur, en s'emparant au passage du pistolet d'un vigile Siirt, si discrètement qu'il ne s'en rendit même pas compte.

– Du shopping, répondit la voix de Valérian.

C'est moi qui en fais, se dit Laureline en jetant un coup d'œil au pistolet qu'elle venait de piquer.

– Tu vas bien ?

Il y eut un long silence – assez long pour que Laureline en ait le cœur au bord des lèvres.

– … Presque !

La voix de Valérian n'était pas vraiment un cri, mais elle était plus haut perchée que d'habitude. Et le mot fut aussitôt suivi par des détonations.

Laureline fit immédiatement volte-face pour se porter au secours de Valérian.

Mais Gibson la surveillait sur l'écran de contrôle, bien sûr, et son brusque demi-tour ne passa pas inaperçu. La voix du major retentit, hachée et furieuse :

– Revenez sur vos pas, sergent ! Priorité à la mission. Il nous faut le convertisseur !

Laureline baissa le menton en un geste d'obstination que son collègue aurait aussitôt reconnu. Elle continua.

– Agent Laureline ! Qu'est-ce que vous faites ?

– J'en ai pour une petite minute, promit-elle.

– Sergent ! Retour à la base, c'est un ordre !

Elle obéit, au comble de l'angoisse. Valérian était tout proche ; il le lui avait dit. Elle se promit de passer à l'action au moindre message émanant de lui qui en indiquerait la nécessité.

– J'arrive ! répliqua-t-elle, reprenant la direction du mur, tout en pensant : *J'espère que je ne fais pas une énorme erreur...*

*
**

Valérian fonçait vers l'extrémité d'une rue qui menait à un mur merveilleusement, magnifiquement solide. Ce n'était pas n'importe quel mur – c'était *le* mur, le mur extérieur du complexe. Il n'aurait jamais pensé que des blocs de pierre empilés les uns sur les autres puissent être aussi beaux. Il avait presque envie de l'embrasser, ce mur.

Il l'examina en se demandant s'il aurait le temps de passer par-dessus. Il était épais, mais ancien et usé par l'érosion : sans doute offrait-il des prises...

Puis il pensa à la boîte démesurée qui restait fixée à son bras, et se rendit compte qu'il ne pourrait jamais grimper avec sa seule main droite. Il poussa des jurons bien sentis. Et décida de tenter l'ascension quand même. Il n'avait pas le choix. Il étendit le bras gauche et se hissa, cherchant des prises pour ses orteils ; il s'assurait de son bras prisonnier, tout en essayant de progresser grâce à l'autre. C'était frustrant, et potentiellement mortel… Pouvait-il rejoindre le portail ? Il se retourna pour voir s'il y avait moyen de longer le mur, et ses yeux s'agrandirent.

À l'extrémité de la rue, la lumière du soleil était obstruée par les hautes statures anguleuses des Kodhar'Khans, et les silhouettes plus courtes, compactes et galopantes des Pit-Ghors. À l'instant où Valérian les découvrit, ils l'aperçurent aussi. Ils le mirent en joue et firent feu.

Valérian se retourna vers le mur avec l'énergie du désespoir, et son regard tomba sur quelque chose de noir. Une ombre… dans le mur.

Un trou.

Un beau trou glorieux, carré ; quelqu'un avait dû extraire l'une des pierres sculptées de l'enceinte. Et avec un peu de chance…

Il s'accroupit. *Yes !* Il parvint à s'y faufiler en se tortillant. Il s'aida de sa main libre pour avancer, et se rendit aussitôt compte qu'il avait perdu la perle. Comme dans un film au ralenti, il la vit qui roulait vers l'orifice par lequel il était entré. Il poussa un juron étouffé et étendit le bras pour la rattraper. Ses doigts se refermèrent dessus. C'est alors qu'il sentit sur sa main l'haleine chaude d'un Pit-Ghor ! Il recula précipitamment et les crocs énormes claquèrent à un centimètre de ses doigts. Une voix toute proche lui demanda :

– Besoin d'aide ?

Laureline !

Elle s'était glissée près de lui. En d'autres circonstances, ç'aurait été agréable de se retrouver serré contre elle dans ce trou, mais, à ce moment-là, il avait un sujet d'inquiétude légèrement prioritaire.

– Je voudrais juste récupérer mon bras, merci.

Les Pit-Ghors firent entendre des bruits affreux quand, libérés de leur laisse, ils foncèrent sur Valérian. Il appuya sur sa gâchette, gratifiant les bêtes d'une volée de balles. Les Pit-Ghors poussèrent un gémissement et battirent en retraite.

Laureline ouvrit un rabat latéral sur la Manche. Un tas de câbles en sortit. Elle s'accroupit, empoigna ce fouillis de fils électriques et se mit aussitôt à les réparer, en disant avec un sourire :

– Si tu as l'intention de demander ma main, je suppose qu'il faut que tu retrouves la tienne d'abord.

Il était en train de scruter l'orifice du renfoncement pour guetter ses attaquants, mais il tourna brusquement la tête vers elle, avec un sourire plein d'espoir.

– C'est un oui ?

Laureline leva sur lui des yeux impénétrables et se borna à dire :

– Ne bouge pas.

Il essaya d'obéir, mais se rendit compte à cet instant-là que les Pit-Ghors n'avaient pas fui bien loin. Ils s'étaient contentés de faire le tour du bloc et ils repartirent à l'assaut du seul objet qu'ils voyaient – la Manche – depuis l'autre côté. Valérian tourna le bras et leur tira dessus.

– Arrête ! s'exclama Laureline. Comment veux-tu que je te libère si tu bouges ?

– Si tu ne te dépêches pas, il n'y aura plus rien à libérer !

Valérian fit feu sur la meute acharnée. Les Pit-Ghors s'écroulèrent, mais un terrible, fatal *clic-clic* se fit entendre ; Valérian, désespéré, se rendit compte qu'il était à court de munitions. Si d'autres bestioles arrivaient ou des gardes…

– Voilà, c'est mieux ! Ne bouge pas ! dit Laureline en scrutant les entrailles mécaniques de la Manche.

Le regard de Valérian balayait fébrilement tous les points d'où pouvait surgir l'ennemi. Il jetait un coup d'œil au tas de Pit-Ghors morts lorsque l'un d'eux frissonna, grinça des dents et se remit péniblement debout. S'étant ébroué, il aperçut la Manche, et fonça droit sur les agents, en gagnant de la vitesse à chaque foulée.

– Plus vite, Laureline ! gémit Valérian. Il y en a un qui s'amène et je n'ai plus de munitions !

– Je fais de mon mieux, major !

– Fais-le plus vite !

Laureline leva les mains en l'air d'un geste brusque.

– Tu veux le faire toi-même ?

– Laureline, merde, ils arrivent. Remets-toi au boulot !

Il eut la vague impression que ce n'était pas la bonne manière de parler.

– OK, alors arrête de te plaindre et tiens-toi *tranquille*.

Valérian se sentit la bouche sèche. Affronter le danger lui était égal. Ce qui ne lui était pas égal, c'était de l'affronter avec une arme vide. La voix du major Gibson lui tonna dans l'oreille :

– Vous avez été détectés, criait-il. Séparez-vous !

Se séparer, c'était plutôt impossible pour l'instant. Le cœur de Valérian fit un bond dans sa gorge lorsqu'il constata que le Pit-Ghor blessé avait de la compagnie. Certains de ses copains avaient retrouvé assez de tonus pour se relever et fondre sur Valérian.

– Il y en a trois maintenant, dit-il au major. Je ne tiendrai pas longtemps.

– Donnez-nous encore quelques secondes, major, intervint Laureline.

Ses doigts volaient sur l'enchevêtrement des fils électriques, et la concentration avait figé ses traits.

– À l'attaque ! hurla un garde.

Laureline referma le rabat d'un coup sec et regarda Valérian, les yeux étincelants.

– C'est bon !

– Merci !

Tout en parlant, il roula sur le côté, esquivant l'attaque du premier Pit-Ghor. Celui-ci le dépassa et pivota sur lui-même pour foncer de nouveau sur la Manche trop tentante, les crocs découverts. Valérian, en retenant son souffle, martela de ses doigts le clavier pour composer le code.

Son bras disparut et le Pit-Ghor s'échoua pathétiquement dans la poussière, ses puissantes mâchoires se refermant sur l'air.

Valérian dégagea son bras de la Manche, et le toucha. Il avait eu sa dose de réalité virtuelle aujourd'hui, et éprouvait le besoin de s'assurer que son membre était bien là. Il fit un grand sourire et sortit du trou en se contorsionnant ; là, il se débarrassa du casque, qu'il jeta loin de lui, et secoua ses cheveux.

– OK ? Tu as tout ? demanda Laureline qui sortait derrière lui, serrant dans sa main la valise du convertisseur. On peut y aller ?

Sans attendre la réponse, elle s'élança vers le portail est, Valérian sur ses talons.

– Votre couverture est fichue, leur annonça Gibson pendant qu'ils couraient. L'écran des copains de Zito vient de flasher vos images. Continuez à courir. Ne changez pas de trajectoire !

– On n'en a pas l'intention, affirma Laureline.

*
**

Igon Siruss n'avait pas l'habitude de se déplacer vite, et même quand il le faisait, il n'était pas particulièrement leste. Ses gardes lui avaient annoncé que l'agent Valérian était pris au piège, et il s'était rendu sur les lieux d'un pas mollement vif. Il se tenait à présent au bout de la rue, mais tout ce qu'il voyait, c'étaient des gardes affichant une mine désolée, et des Pit-Ghors morts – ou quelques-uns désorientés qui couraient partout en flairant inutilement le sol.

– Désolés, patron, dit l'un de ses Kodhar'Khans.

– Il est reparti dans son monde, ajouta un autre. On ne sait pas bien comment, mais il a réussi.

Igon sentit la fureur s'amonceler en lui. Un premier instinct lui donna envie de déchirer ses gardes à mains nues. Il en était capable ; ça faisait désordre et il préférait laisser à d'autres ce genre de chose, mais il en était capable.

Mais non. Il aurait le temps de s'occuper d'eux plus tard.

Il avait appris un proverbe humain, longtemps auparavant : *La vengeance est un plat qui se mange froid.* La plupart du temps, Igon trouvait ce dicton très juste. Mais pas aujourd'hui.

Aujourd'hui, il voulait une vengeance rapide, rondement menée, et si possible sanglante.

– Apportez-moi un Megaptor ! rugit-il.

CHAPITRE 9

Le major Gibson donna ordre à ses hommes de sortir du vieux bus et de se tenir prêts à couvrir la fuite des deux agents qui allaient franchir le portail. Apparemment, la mésaventure liée à la Manche avait mis la moitié de Big Market aux trousses des fugitifs.

Gibson n'avait entendu dire que du bien du sergent Laureline – intelligence vive, talents éclatants au combat, attention méticuleuse aux détails, respect de la hiérarchie. Il avait aussi entendu dire du bien du major Valérian, mais à la différence des louanges décernées à la jeune femme, les compliments concernant Valérian étaient nuancés par certains adjectifs.

Un brin impulsif, avait dit quelqu'un. *Arrogant, mais rudement efficace*, avait jugé un autre. *Téméraire… mais il a sept médailles et pas encore trente ans*, avait ajouté un troisième personnage.

Gibson soupçonnait le gamin de n'avoir même pas lu les instructions relatives à la mission. Et maintenant Valérian ainsi que l'admirable sergent et l'inestimable convertisseur se trouvaient tous trois de l'autre côté de l'épaisse muraille rouge.

Il gardait les yeux fixés sur l'écran de Zito, et, de temps à autre, il jetait un regard sur le portail est. Soudain, ses yeux s'arrondirent : une large tache était apparue à l'écran. Quelque chose de très, très gros avait pris les deux agents en chasse – et les rattrapait à une vitesse qui faillit donner la nausée à Gibson.

– Les Siirts des autres tours de contrôle ont chargé leurs armes, annonça Zito.

– Attaque ! Niveau rouge. Je répète : Attaque ! Niveau rouge ! cria le pantin Siirt.

– Les flics se rapprochent d'eux, major, ajouta Zito.

– Couvrez-les ! cria Gibson.

– Qu'est-ce qu'on fait maintenant ? demanda la voix de Laureline à son oreille.

Il n'y avait qu'une réponse, Gibson la leur donna :

– *Courez !*

*
**

C'est ce qu'ils firent.

De petits nuages de poussière apparurent derrière eux, soulevés par chaque foulée fébrile des deux agents. Des rafales d'armes à feu les enveloppaient. Valérian leva les yeux et aperçut le pantin contrôlé par Zito qui se mettait à tirer sur ses potes – le pauvre gars avait l'air horrifié par ce qu'on le forçait à faire. Le portail était juste devant. Les deux agents le franchirent et foncèrent sans ralentir vers le bus.

Celui-ci était en train de se débarrasser de son camouflage de vieux véhicule déglingué. L'avant, phares et pare-chocs compris, s'ouvrait comme un livre pour former un bouclier défensif et parfaitement hostile. Des phares jumeaux roulèrent pour se fixer sur chaque côté. Un blindage se déploya sur chaque roue pour la protéger, tandis que de lourdes plaques de métal recouvrirent soudain la carrosserie latérale.

Les vieilles vitres crasseuses s'abaissèrent, remplacées par un grillage aux trous juste assez larges pour que des gueules de fusil s'y glissent à intervalles réguliers. Des grilles semblables, munies de barreaux horizontaux plus longs, descendirent sur le pare-brise. Dans un énorme vrombissement, une mitrailleuse émergea d'une tourelle et se mit d'elle-même en position de tir. D'autres armes, frémissantes et prêtes à l'action, apparurent le long de ce qui était devenu un puissant véhicule blindé.

Une grêle de balles entourait toujours Valérian et Laureline. Celle-ci courait à perdre haleine, la précieuse valise serrée contre sa poitrine, lorsqu'elle entendit derrière elle le bruit de *quelque chose.* Au mépris de ses bons réflexes habituels, elle jeta un coup d'œil – et l'horreur lui coupa le souffle.

– Plus vite ! Vite ! cria-t-elle en accélérant. (Valérian l'imita.)

C'était un Megaptor, une créature de cauchemar.

Il était gigantesque. Quatre fois la taille du plus gros des Pit-Ghors, et encore plus laid qu'eux. Laureline n'avait jamais imaginé qu'une chose pareille puisse exister. Un tiers de son énorme corps reptilien était constitué de sa tête, et au moins la moitié de cette tête n'était que dents. Il paraissait trop gros, trop musclé pour être aussi rapide. Et pourtant il rattrapait les deux agents, propulsé par de monstrueuses pattes avant munies de griffes assez larges pour enserrer la mince silhouette de Laureline. Des pointes noires et acérées hérissaient sa crête dorsale. Laureline crut sentir la chaleur de son haleine, et espéra très fort que c'était une illusion.

Elle se força à se concentrer sur la porte métallique de la sortie est, dont ils approchaient rapidement. Cette porte qu'on avait ouverte pour le flot de touristes était trop petite pour qu'un monstre pareil puisse y passer.

De plus, ils n'étaient pas seuls, Valérian et elle. Elle entendit le major Gibson donner l'ordre de tirer. Tandis que Zito déchargeait son arme sur les tours de guet qui attaquaient les fugitifs, les autres membres du commando resserrèrent les rangs autour de Valérian et Laureline, en tirant sur les créatures monstrueuses. Le bus avait presque achevé sa métamorphose. Lorsque, couverts de sueur et de poussière, saturés d'adrénaline, les deux agents spatio-temporels l'atteignirent, il ne restait de vulnérable que la porte en accordéon par laquelle Laureline et Valérian se jetèrent.

Les autres n'étaient pas loin derrière. La porte se referma et se barricada par une protection métallique épaisse de dix centimètres.

– Sortons d'ici ! aboya Gibson.

Le chauffeur démarra immédiatement ; épuisés et tremblants de soulagement, Laureline et Valérian s'affalèrent sur les sièges.

Ils avaient réussi ! Ils avaient…

Un vacarme terrible atteignit leurs oreilles.

Laureline colla un œil à l'une des petites meurtrières. Au centre du grand portail métallique, à la place de la sortie bien propre par laquelle Valérian et elle s'étaient échappés, il y avait un grand trou rond et béant, aux bords déchiquetés. Laureline et Valérian se regardèrent, les yeux écarquillés.

Puis un autre son puissant et effrayant leur déchira les oreilles, et le bus fit une embardée.

Le Megaptor était sur le toit.

Laureline entendit le *rat-tat-tat* de la mitrailleuse montée ; l'arme avait pivoté et faisait feu sur la cible, à bout portant. Mais elle ne servait pas à grand-chose, à en juger par les violentes secousses qui agitaient le bus, le bruit terrible des griffes lacérant le métal, et les beuglements furieux de la bête.

– Débarrasse-nous de cette bestiole ! hurla Gibson au chauffeur pour couvrir le vacarme.

Le chauffeur donna de brusques coups de volant à droite et à gauche. Les zigzags secouèrent les occupants du bus, mais n'eurent pas plus d'effet que l'arme automatique. Le paysage désertique qu'on apercevait par la vitre arrière fut soudain obstrué par une vision horrifiante : une peau tachetée de brun et de jaune, un œil unique et maléfique, puis une mâchoire qui découvrit ses crocs dans un rugissement terrible.

Trois des soldats tirèrent à travers les barreaux, en visant l'œil immonde et la gueule ouverte. Le Megaptor s'accrocha au moyen de ses pattes arrière et d'une patte avant ; quant à sa quatrième patte, il l'abattit sur l'arrière du bus. Les barreaux se tordirent aussi facilement que s'ils avaient été de jeunes arbres. Les griffes noires se refermèrent sur l'un des soldats, dont elles transpercèrent le corps sans effort. Il cria, pris de convulsions, tandis que le sang jaillissait. Le Megaptor le porta à sa gueule, croqua dedans, et rejeta le corps à l'intérieur du blindé. Puis il tendit sa patte dégoulinante et écarlate pour rafler d'autres proies.

Par-dessus les cris et les détonations, Valérian hurla dans son micro :

– Alex ! On a besoin de toi !

– J'arrive, major, fit Alex.

Laureline se dit qu'elle n'avait jamais été aussi heureuse d'entendre un ordinateur répondre.

Rien ne semblait pouvoir stopper le Megaptor. Délaissant le pare-brise, son attention se porta sur le toit, qu'il déchira à coups de pattes et de griffes. L'arrière du bus finit par céder et se laissa arracher avec des gémissements furieux ; on aurait dit que le monstre ouvrait une canette métallique. Il laissa entendre un cri de plaisir aigu, puis il replongea la patte dans le véhicule et cueillit un malheureux soldat. L'espace d'un instant, Laureline se dit que tout était fini, mais le membre de la bête s'arrêta à mi-chemin. Le grondement du Megaptor se transforma en grognement frustré : il se rendait compte qu'il ne pouvait introduire que sa patte et sa grosse tête dans le trou qu'il avait créé.

Tout le monde s'était regroupé à l'avant du bus et faisait feu sur la bête, mais les balles ricochaient sur sa carapace.

Laureline, qui tirait de derrière un siège, remarqua l'ombre qui passait sur la scène sanglante et risqua un coup d'œil par le pare-brise avant. C'était l'Intruder – la cavalerie dévalant la colline. Juste à temps.

– Je n'ai plus de munitions ! cria Laureline à Valérian, d'une voix vibrante de panique.

– Moi non plus ! répondit celui-ci.

– Allez-y ! cria Gibson. Prenez le convertisseur et filez !

Les deux agents échangèrent un bref regard. Comment pouvaient-ils laisser l'équipe se faire tailler en pièces par le Megaptor salivant ?

– C'est un ordre, agents ! cria Gibson. Allez-vous-en !

Les lèvres de Valérian se serrèrent. Il empoigna le convertisseur.

– Alex ? appela-t-il.

– Je suis en position, major.

Valérian prit un fusil des mains d'un mort ; il tira sur le pare-brise pour le pulvériser, tandis que le chauffeur appuyait sur un bouton. Les barreaux de métal se rétractèrent. La voie était libre.

Non loin devant eux se trouvait l'Intruder, qui s'était réglé sur leur vitesse. Alex fit sortir la rampe d'accès. Les deux agents jetèrent leurs armes et se faufilèrent à travers le pare-brise éclaté ; ils se trouvèrent en équilibre précaire sur l'avant du bus lancé à toute allure. Derrière eux s'élevaient des cris, des rugissements, et un affreux bruit de mastication.

L'Intruder se rapprochait… se rapprochait…

Ils firent un bond en avant. Laureline sentit un souffle brûlant sur ses jambes, et cette fois ce n'était *en aucun cas* le fruit de son imagination ; elle entendit le bruit d'une déchirure, et le mugissement d'un monstre contrarié.

Valérian et Laureline sautèrent sur la rampe d'accès, se remirent debout, et s'engouffrèrent dans le cockpit. Alex fit rentrer la rampe. Laureline se laissa tomber sur son siège. Une peur atroce l'étreignit, aussitôt dissipée lorsqu'elle vit Valérian déposer dans un coin la valise qui contenait le convertisseur. Elle poussait un soupir de soulagement, quand ses yeux tombèrent sur ses genoux.

Sa robe était en lambeaux.

– Oh non ! s'exclama-t-elle. Il m'a fichu ma dernière robe en l'air !

Puis, songeant à Gibson et aux autres, elle s'en voulut amèrement de déplorer cette perte superficielle. Elle se mit à décoder leurs coordonnées.

– Merci pour le sauvetage, Alex, dit Valérian. Je vais piloter en manuel.

Il vérifia les écrans de contrôle, tapa rapidement des données.

– Parés à entrer dans l'exo-espace.

Il jeta un coup d'œil à Laureline.

– Tu as les coordonnées du rendez-vous ?

– Je suis en train de les déchiffrer, répondit sa collègue.

Une brusque secousse parcourut toute la longueur du vaisseau spatial.

– Alex ? demanda Valérian. C'était quoi, ça ?

Alex répondit d'une voix anxieuse :

– J'ai bien peur que nous ayons un passager clandestin.

Laureline, tout à coup, ne se sentit plus aussi mal en pensant à Gibson et à son équipe.

Le Megaptor n'était plus un problème pour le commando.

Il l'était pour eux.

– Merde ! jura Valérian.

Puis il dit à Laureline :

– Accroche-toi !

Elle eut à peine le temps de se sangler qu'il tirait déjà de toutes ses forces sur le manche. Le dos de Laureline heurta le dossier noir : le XB982, nez pointé vers le ciel, s'élevait en chandelle.

Un écran s'alluma devant Valérian ; le visage d'un des ministres de la Fédération apparut. Il avait l'air vraiment, vraiment mécontent.

– Major Valérian, lança-t-il d'un ton sec et irrité, vous avez près de vingt minutes de retard !

– Vraiment ?

Valérian essaya d'afficher sa tête la plus innocente. Laureline laissa échapper un rire goguenard malgré la situation ; elle connaissait si bien cette expression-là. Valérian jeta un coup d'œil vers le plafond où, sans doute, un Megaptor déchaîné essayait de se tailler un passage à coups de griffes pour pénétrer dans le cockpit, et il ajouta :

– Le temps file quand on s'amuse !

– Nous avons le convertisseur Mül, monsieur le ministre, intervint Laureline.

Malheureusement, cela ne calma pas son interlocuteur autant qu'elle l'aurait espéré.

– Excellent, rétorqua-t-il froidement. Maintenant, peut-être pouvez-vous m'expliquer ce que vous faites à dix-sept années-lumière de votre rendez-vous ?

Valérian fit la grimace.

– Présentée ainsi, notre négligence est regrettable, admit-il. Mais si je vous dis que nous y serons dans…

Il se tourna vers Laureline, les sourcils interrogateurs.

– Neuf minutes, précisa Laureline.

– Neuf minutes, répéta Valérian, est-ce que vous nous pardonnerez ?

Le Megaptor perdait patience. L'Intruder faisait des embardées dans l'espace au fil des coups que lui infligeait le monstre.

– Je vais informer le commandant que vous êtes en retard sur l'horaire… et lui transmettre vos excuses, dit sèchement le ministre.

– Oui, faites cela, s'il vous plaît, répondit Valérian d'un air faussement enjoué.

Le ministre disparut de l'écran et Valérian poussa un soupir.

– Exo-espace dans cinq secondes, annonça Laureline.

– J'en connais un qui va retomber par terre et se faire une grosse bosse ! dit Valérian avec un grand sourire.

*
**

Le Megaptor avait faim, et les petites choses qui avaient criblé sa peau piquaient un peu. Il était furieux contre cette proie qui se dérobait ; de toute la journée, il n'avait rien mangé. D'habitude, les proies étaient molles, juteuses et faciles à manger, mais cette proie-là, cachée dans une boîte bizarre, était vraiment difficile à attraper.

Cette boîte était énorme, mais le Megaptor les avait vus bondir à l'intérieur, donc il savait qu'ils s'y trouvaient. Il rugissait, furibond, mais l'odeur de leur peur ne lui parvenait pas. Il n'arrivait pas à les flairer, il ne percevait que l'odeur du métal de la boîte.

Mû par un regain d'irritation, il mordit et griffa l'énorme boîte avec une vigueur renouvelée.

Mais, tout d'un coup, il n'y eut plus de boîte sous ses pattes.

Il n'y avait plus rien du tout, et lorsqu'il commença à dégringoler, le Megaptor comprit vaguement qu'il tombait de très, très haut.

CHAPITRE 10

Une fois qu'ils eurent largué leur indésirable passager clandestin et vérifié auprès de Gibson qu'il n'y avait pas eu d'autres victimes, Laureline se changea, quittant les haillons auxquels sa robe avait été réduite par les soins du Megaptor ; puis elle décida qu'il était temps de s'occuper de leur hôte, le convertisseur. Elle s'inquiétait des conséquences que toute cette aventure avait pu avoir sur lui. Elle espérait qu'il n'était pas blessé ; il devait à tout le moins être secoué. Personne n'aimait se trouver dans une petite boîte, à valser dans tous les sens au son des mugissements d'un Megaptor.

Sur la table de l'infirmerie de l'Intruder, Laureline déposa la boîte perforée qui contenait le convertisseur. Elle l'entendait s'agiter à l'intérieur. À l'aide d'une télécommande, elle déchiffra le code de verrouillage, et l'avant de la boîte s'entrouvrit avec un déclic.

– OK, dit-elle d'une voix douce, sors de là, petit gars, que je t'examine un peu.

Un grondement lui répondit, et l'animal se tapit tout au fond. Laureline s'accroupit et scruta l'intérieur. Elle tenta un petit claquement de langue amical et reprit, enjôleuse :

– Allez, Tigre, tout va bien. Je vais m'occuper de toi.

Des grondements encore, quoique moins fermes.

– C'est ça… allez…

Elle lui sourit et abaissa la main. L'animal hésita, ses yeux furetant partout, son long museau frémissant d'incertitude. Mais Laureline était patiente, et au bout d'un moment, la petite bête s'avança d'un pas indécis, puis posa sur la paume de Laureline une minuscule patte avant pourvue de quatre doigts. Son dos évoquait la peau d'un reptile, mais son ventre était couvert de fourrure.

– Gentil petit, roucoula Laureline.

L'animal, rasséréné, sortit de sa cage avec confiance. Il était assez petit pour tenir au creux d'une main. La fourrure de son ventre était bleu vif, mais clairsemée et pleine de croûtes. Il y avait aussi des croûtes sur son dos, mais les yeux fixés sur Laureline étaient bleus et doux.

– On mourrait volontiers pour tes beaux yeux, tu sais ça ?

À ces mots, le petit corps squameux devint rouge écarlate et aspira une bouffée d'air. Laureline ne put réprimer un sourire.

– Hé, tu es en train de flirter avec moi, petit gars ?

Son sourire s'éteignit lorsque, le caressant d'un doigt, elle se mit à l'examiner délicatement.

– Toutes ces croûtes ! Si je t'offrais des soins intensifs de la peau pour te remettre en beauté ?

Le petit animal ronronna de plaisir. À entendre ce bruit léger et agréable, Laureline éprouva tout à coup un vif désir de protéger cette minuscule créature. Le ronronnement devint plus fort lorsqu'elle ouvrit un placard intégré dans le mur ; elle y plaça l'animal et referma la porte. Il la regarda à travers le hublot rond, soudain inquiet.

– N'aie pas peur, le rassura-t-elle tout en composant un code d'un doigt léger. Un peu d'uranium de première qualité, et tu vas refaire peau neuve. Ne bouge pas !

Elle appuya sur le bouton. Quatre rayons nucléaires emplirent le régénérateur d'une puissante lumière bleue. Sous les yeux de Laureline, l'animal doubla de volume et se mit à rayonner de contentement. Lorsqu'elle rouvrit la porte pour le récupérer, il avait l'air en bien meilleure santé et se sentait clairement mieux. Laureline se sentit fondre lorsqu'il se blottit sous son menton.

– Tu sais, je me rappelle vous avoir étudiés à l'école, lui dit-elle en le déposant sur la table. Je meurs d'envie de savoir si les manuels avaient vraiment raison à votre sujet.

Après une nouvelle caresse rassurante, elle tendit la main pour détacher un diamant qu'elle portait en boucle d'oreille, et le présenta à l'animal. Le long museau frémit en flairant la pierre précieuse ; le convertisseur ouvrit une bouche hérissée de minuscules dents pointues, et l'avala.

Fascinée, Laureline vit le convertisseur inspirer et changer de couleur. Deux secondes plus tard, il soulevait délicatement sa queue semblable à celle d'un lézard, et déposait des centaines de diamants sur la table.

Laureline écarquilla les yeux devant le monceau de pierres scintillantes.

– Waouh ! dit-elle enfin. Il va falloir que je t'emmène faire du shopping avec moi.

Elle prit le convertisseur dans sa main et l'embrassa sur le sommet du crâne.

Il rougit.

*
**

Comme sa collègue, Valérian s'était levé et avait revêtu son uniforme. Revenu sur la passerelle, il observait la perle qu'il avait confisquée, palpant entre ses doigts la sphère lisse et parfaite. Il s'interrogeait sur son rêve étrange. Sur les êtres merveilleux qui avaient possédé cet objet et qui s'étaient montrés en chair et en os aujourd'hui, tout droit sortis des images de son sommeil.

Il introduisit soudain la perle dans un petit puits qui se trouvait sur la console.

– Alex ? dit-il à l'ordinateur du vaisseau. Analyse-moi ça, s'il te plaît.

– Bien sûr, major, répondit Alex.

Il alluma un rayon de lumière fin et vif, qu'il braqua sur la perle. Sous la lueur, celle-ci devint d'une beauté surréaliste. Hypnotisé, Valérian en oublia presque de respirer. Des données s'affichèrent à l'écran une fois que le rayon eut scanné la perle.

La taille, le poids…

Valérian cligna des yeux.

– Puissance : *vingt mégatonnes* ?

– Oui, répondit Alex. Cette perle contient une puissante dix fois supérieure à celle du vaisseau tout entier.

Perplexe, Valérian observa l'objet avec un respect nouveau.

– Elle vient d'où ?

– De Mül, une planète qui se trouvait dans la constellation QN34.

Valérian releva l'emploi de l'imparfait.

– Se trouvait ?

– Oui. Il y a trente ans que cette planète n'existe plus.

Valérian se laissa aller contre le dossier de son siège, intrigué.

– Montre-moi à quoi elle ressemblait.

– Bien sûr.

Une magnifique planète bleu-vert apparut à l'écran. Elle était surtout composée d'eau, mais çà et là, des étendues de terres luxuriantes émergeaient de l'océan omniprésent. De douces volutes de nuages effleuraient ce monde paisible.

– Végétation abondante, quelques espèces primitives, mais sans intérêt particulier, dit Alex.

– Je ne suis pas sûr de ça. Celle que j'ai vue dans mon rêve était assez intéressante, rétorqua Valérian.

Il se pencha en avant.

– Tu peux zoomer ?

L'image commença à s'élargir, mais elle se figea brusquement. Un message s'afficha à l'écran : ACCÈS REFUSÉ.

Valérian fronça les sourcils.

– Sers-toi de nos codes d'accès, ordonna-t-il à Alex.

– Cela ne suffira pas, major. L'accès est limité.

Cette affaire devient de plus en plus étrange.

– À quel rang ?

– Général. Cinq étoiles.

Cinq étoiles ? Valérian reprit la perle et caressa sa surface lisse.

– La princesse, dans mon rêve… Elle portait exactement la même perle autour du cou.

– C'est noté, major, répliqua sérieusement Alex.

Laureline entra, sourire aux lèvres.

– Comment va le convertisseur ?

– Il était en assez mauvais état, mais le régénérateur y a remédié. Il est trop mignon ! Un vrai charmeur. Tu as de la concurrence à bord.

Elle lui décocha un sourire moqueur, les mains sur les hanches, debout à côté de son siège. Valérian tendit le bras et lui prit la main.

– Je n'ai pas peur de la concurrence, répondit-il en caressant du pouce les doigts de Laureline. Mais j'attends toujours ta réponse.

– La mission n'est pas encore terminée, major, répondit-elle d'un ton professionnel, quoique sans faire de tentative pour retirer ses doigts. On a encore toute la partie « top secret » à mener. Ta mémoire parfaite serait-elle encore prise en défaut ?

Valérian tira doucement sur son bras pour la faire tomber sur ses genoux. Elle s'y cala et entoura de ses bras le cou du major.

– Allez ! Ne me fais pas poireauter comme ça, protesta-t-il.

Elle le scruta du regard et reprit :

– Valérian, tu es un type super, et on forme un bon tandem.

Un nœud se forma dans l'estomac de Valérian. Il y avait un « mais » quelque part.

– Mais…

Merde, en effet.

– L'amour, ce n'est pas juste être bons collègues. Ça va bien au-delà.

– OK, dit-il. Puis il lui demanda, d'un ton très raisonnable lui sembla-t-il : Et si tu me disais *exactement* jusqu'où ça va ?

Le silence dura assez longtemps pour devenir inconfortable. Valérian était intensément conscient de la tiédeur du corps de Laureline contre lui, de la courbure de sa gorge, du mouvement que firent ses cheveux lorsqu'elle détourna la tête pour rassembler ses pensées.

Puis elle parla, d'une voix calme et douce.

– On passe toute notre vie à apprendre qui on est, pour devenir plus fort et pouvoir se défendre. Puis soudain, l'amour surgit de nulle part. Et tout à coup, on est censé… s'ouvrir, baisser la garde. Laisser quelqu'un entrer dans notre cœur, et même dans notre ADN. Juste comme ça.

Un frisson parcourut la peau de Valérian, et son cœur s'emballa. Il n'avait jamais vu Laureline ainsi au cours des deux ans où ils avaient été presque tout le temps ensemble. Il l'avait vue agir froidement, puis s'échauffer sous le coup d'une crise de colère subite ; il l'avait vue intelligente, professionnelle, bienveillante.

Mais pas comme ça. Pas… timide. Pas fragile. Il se rendit compte, avec une humilité qui le saisit par surprise, qu'elle était plus dénudée devant lui en cet instant qu'elle ne l'avait été quand elle portait un bikini ou une robe aguichante.

Laureline continuait à regarder ailleurs en parlant.

– Tout à coup, on se sent vulnérable, dit-elle dans un murmure presque inaudible. Sans défense. Et on se dit que c'est pour ça qu'on ne tombe jamais amoureux. Parce qu'on a peur d'être faible. Mais en fait, c'est tout le contraire.

Elle tourna la tête vers lui, et, de nouveau captivé par l'intensité de ses yeux bleu-gris, il tomba tête la première dans leur profondeur.

– L'amour te rend plus fort, parce que tu as appris à faire confiance à quelqu'un d'autre, encore plus qu'à toi-même.

Laureline s'interrompit et se pencha vers lui. Il sentit la douceur de son souffle contre ses lèvres, et dut tendre l'oreille pour l'entendre chuchoter la suite :

– Valérian… tu crois être capable de ça ?

Il déglutit au prix d'un gros effort, et ouvrit la bouche pour lui répondre.

– Nous quittons l'exo-espace dans une minute, annonça Alex.

Valérian poussa un grognement de déception ; déjà Laureline se dégageait de ses bras.

Une occasion ratée.

– Sauvée par le gong ! s'exclama la femme parfaite, qui alla s'asseoir devant la console.

– Alex, murmura Valérian entre ses dents, là, tout de suite, je te hais.

– Voulez-vous que je régule vos hormones, major ? demanda poliment Alex.

– Non merci ! coupa Valérian.

– Comme vous voulez. Nous quittons l'exo-espace dans trente secondes, reprit Alex.

Valérian s'affala sur le siège du copilote. Puis, décidé à sauver ce qu'il pouvait de cette occasion, il se tourna vers Laureline assise à son côté.

– Tu sais quoi ? fit-il. Je vais poser dix jours de permission et t'emmener sur la plus belle plage de l'univers. Une *vraie*, cette fois !

– Dix secondes, reprit Alex.

Valérian fit la sourde oreille.

– Ce serait l'endroit parfait pour une lune de miel ! insista-t-il.

Laureline le regarda du coin de l'œil.

– La lune de miel vient *après* le mariage. Tu sais ça, non ?

– C'est vrai ? demanda Valérian, sceptique.

Elle sourit.

– Ouaip.

Insensible à leur échange de plaisanteries, ou peut-être immunisé à force, Alex continua :

– Décélération…

Les étoiles parurent exploser.

Il y eut une distorsion du temps, qui fut simultanément éternel et réduit à l'échelle d'un millionième de battement cardiaque, lorsque l'Intruder XB982 fonça hors de l'exo-espace, le non-temps, non-espace où l'on pouvait voyager plus vite que la lumière, et qu'il se retrouva au beau milieu d'un embouteillage composé de dizaines de milliers d'autres vaisseaux spatiaux. Sans s'affoler le moins du monde, Valérian les doubla tranquillement, louvoyant entre eux avec l'adresse que lui conféraient ses presque dix ans d'expérience. Tantôt il évitait une collision, tantôt il passait au-dessus d'une file de vaisseaux. La plupart de ces engins étaient d'énormes cargos, qui tentaient de doubler tout le monde pour s'arrimer à la station spatiale Alpha.

– Le trafic ne s'est pas amélioré, maugréa Valérian.

Il continua à slalomer pour se frayer un chemin dans cet agglutinement de cargos ; enfin, la Cité des Mille Planètes, comme on en était venu à la surnommer, parut jaillir sur l'écran de contrôle.

Depuis ses humbles débuts au cours du XXe siècle du calendrier terrestre, elle s'était étendue bien au-delà de tout ce qu'on aurait pu imaginer à l'origine. Quiconque la découvrait pour la première fois avait l'impression d'accoster une vraie planète, quoique noyée dans les ombres. Mais en réalité, elle n'avait rien de naturel. Elle s'était développée, vaisseau après vaisseau, année après année, au fil des millions d'arrivées, à mesure que des êtres venaient y faire du tourisme, négocier, chercher refuge, faire commerce, s'amarrer, pour ne jamais repartir. Depuis les petites embarcations à une place jusqu'aux vaisseaux pouvant transporter des milliers de passagers, presque toutes les espèces sensibles étaient venues visiter la station ou y demeurer pour former la plus grande station spatiale de tout l'univers connu.

Voilà quelque temps que les deux agents n'étaient pas venus faire un rapport à la base, et Valérian était curieux de voir à quel point la base gigantesque avait changé dans l'intervalle.

– Alex ? Tu peux nous mettre à jour ? demanda Valérian.

– J'en serais ravi.

Alex avait l'accent de la sincérité. C'était exactement le genre de tâche pour laquelle il était programmé.

– La station spatiale Alpha a connu une croissance de sept pour cent cette année, et atteint un diamètre de 19,95 kilomètres.

Tandis qu'il parlait, les images des écrans de contrôle montraient l'évolution architecturale de la station, à laquelle s'intégraient des vaisseaux de plus en plus nombreux.

– La population actuelle ? demanda Laureline.

– Environ trente millions, répondit aussitôt Alex. Trois mille deux cent trente-six espèces venues des quatre coins de l'univers – pour parler métaphoriquement, bien sûr, puisque nos connaissances tendent à prouver que l'univers *n'a pas* de coins – habitent la station, mettant en commun leurs savoirs et leurs cultures. Plus de cinq mille langues y sont parlées, sans compter les divers langages informatiques.

Des listes de langues défilèrent sur les écrans.

– D'autres données démographiques ? demanda Valérian.

– Dans la partie sud de la station sont situées les zones submergées. Il y a huit cents espèces situées là, qui vivent dans divers liquides.

Des créatures aquatiques variées apparurent sur son écran. Valérian reconnut la plupart d'entre elles, comme les Toinuls, à la fois gazeux et aquatiques, qui ressemblaient à un cerveau humain, les Martapuraïs, qui avaient été parmi les premiers aliens à établir un contact avec les humains ; les cultivateurs Poulongs, êtres bienveillants qui récoltaient du cobalt, et les énormes créatures généralement pacifistes appelées Bromosaures, qui mesuraient soixante-cinq mètres depuis le nez jusqu'à leur queue immense et habitaient dans les profondeurs des plaines de Galana. Mais il y en avait d'autres encore, qu'il ne reconnut pas. Il n'en fut guère surpris. La station Alpha continuait à croître.

– Au nord, nous avons des terres gazeuses, sur lesquelles règne toujours une large colonie d'Omélites, continua Alex.

Ces gars-là, Valérian les connaissait. Tout le monde les connaissait. Les Omélites, des êtres maigres pourvus de têtes démesurées et de longs bras qui pendaient le long de leur corps, étaient une vraie richesse pour la station. À la fois organiques et métalliques, ils avaient développé une société basée sur les technologies de l'information.

– À l'est des Omélites, bien sûr, les Azin-Mös ont toujours leurs champs de noyaux, dont la surface a augmenté de dix-huit pour cent depuis notre dernière visite.

Les Azin-Mös, eux aussi, étaient honorés et respectés sur Alpha. Ils avaient la faculté unique de produire n'importe quel type de cellule ; c'étaient des médecins hors pair, et des maîtres en neurosciences.

– Enfin, à l'ouest, dans une atmosphère pressurisée, nous avons neuf millions d'humains et d'espèces compatibles.

– *Home sweet home*, fit Laureline, sardonique.

Insensible à ce ton moqueur, Alex poursuivit dans son rôle de guide touristique.

– Les halls de transit qui relient les districts les uns aux autres atteignent maintenant dix-sept unités.

– Quel foutoir, fit Laureline avec un soupir.

– Depuis un an, l'économie se porte mal. Voulez-vous un résumé rapide ? demanda Alex.

– Non, répondit Valérian.

Et il ajouta, sarcastique :

– Assez d'infos passionnantes pour aujourd'hui.

Une voix ferme résonna à travers les écrans de contrôle :

– Intruder XB982. Autorisation de vous amarrer, section 1, accès VIP.

Laureline se tourna vers Valérian en affichant une stupéfaction théâtrale :

– Hé, on est célèbres !

– Pas trop tôt, répliqua Valérian.

CHAPITRE 11

Le général Noïntan Okto-Bar les attendait dans la salle de contrôle de la station Alpha. Valérian et Laureline connaissaient bien cette pièce. C'était le centre névralgique de la station ; ici, le moindre centimètre carré ou presque, sauf au sol, était couvert d'écrans. Des cadrans de contrôle aux couleurs variées, fixés sur un fond noir, affichaient toutes les informations possibles, depuis la température régnante à n'importe quel point de la station jusqu'au nombre d'habitants, depuis la composition chimique des gaz et liquides présents dans les différents districts jusqu'à la liste des portes verrouillées. À partir d'ici, les systèmes pouvaient être contrôlés et pris en main si nécessaire. Des décisions qui étaient autant de questions de vie ou de mort étaient prises chaque seconde par des dizaines de techniciens experts.

Cette vision était de nature à donner le vertige, même à des agents spatio-temporels comme les deux arrivants. Cela dit, ils étaient habitués à la technologie affichée là-dedans. Ce qui les ennuyait, c'était plutôt cette autre chose qui s'affichait ostensiblement aujourd'hui : l'armée.

Valérian et Laureline échangèrent un regard. De toute évidence, il se tramait quelque chose.

Valérian commença à regretter de ne pas avoir lu le brief de cette mission. Même s'il l'avait fait, cependant, il était de plus en plus clair que de nombreuses pièces manquaient au puzzle.

Le général Okto-Bar se tourna vers les agents, les lèvres serrées en une moue désapprobatrice, ses yeux bleus toujours froids exprimant un mécontentement glacial. Il était grand et mince, avait les cheveux d'un blond roux et l'air guindé. Valérian savait que, quoique issu d'une longue lignée de soldats célèbres, lui-même n'avait ni épouse ni enfants ; Okto-Bar avait dit plus d'une fois que ses hommes étaient sa famille. Tous ceux qui avaient servi sous ses ordres savaient que le général était du genre à les couvrir.

Sauf, peut-être, quand il était contrarié par eux. Comme en ce moment, par exemple.

– Vous êtes en retard, fit Okto-Bar sans préambule.

– Pardon, mon général, s'excusa Valérian. La mission a été un peu plus compliquée que prévu.

– Attendez-vous toujours au pire, déclara le général. Vous ne serez jamais déçu.

– Je m'en souviendrai, mon général.

– Quelles nouvelles du convertisseur ? reprit Okto-Bar.

Laureline sourit.

– Il est en grande forme !

– Mon général, dit Valérian, nous n'avons pas eu toutes les infos sur cette mission. Puis-je vous demander ce qui se passe ?

Pour toute réponse, le général se tourna vers l'écran principal.

– Déclassifiez ! ordonna-t-il.

Un plan global de la station apparut à l'écran. Cette vision-là aussi, les agents la connaissaient bien. Mais il y avait quelque chose d'inhabituel.

Au milieu des lignes bleues, on apercevait au centre une tache rouge un peu floue.

– Qu'est-ce que c'est ? demanda Valérian.

Ses tripes se contractaient déjà dans l'attente de la réponse, qu'il était presque sûr de connaître.

– Cette image date d'il y a un an. La tache rouge signale une zone radioactive, dit Okto-Bar d'un ton sévère.

Merde.

– Nous l'avons découverte poussant pile au milieu de la station, continua Okto-Bar. Aucun signal d'aucune sorte ne pouvait la traverser. Nous avons envoyé plusieurs sondes, aucune n'est revenue. Alors, l'an dernier, nous avons dépêché là-bas une unité spéciale.

Elle avait pour mission de s'approcher aussi près que possible de la zone et de définir la nature de la menace.

Le général se tut.

– Et ? demanda Valérian.

– Aucun survivant n'est rentré de la mission, déclara Okto-Bar de but en blanc.

Valérian et Laureline se figèrent dans un silence lugubre. *Une unité spéciale entière...*

– On sait qui les a attaqués ? demanda Laureline.

– Absolument pas, répondit le général.

Il ne parvenait pas à réprimer totalement la colère qui faisait vibrer sa voix, et Valérian ne pouvait pas le lui reprocher.

– Comme je disais, voici à quoi ressemblaient les choses il y a un an.

Le général marqua une pause, comme pour se blinder, puis il reprit :

– Aujourd'hui, voici la situation.

Sur un mouvement de tête du général, la technicienne enfonça une autre touche. Une deuxième image apparut à côté de la première.

La zone radioactive en rouge était dix fois plus étendue.

À côté de Valérian, Laureline frissonna imperceptiblement. Valérian lui-même se sentit légèrement nauséeux.

Okto-Bar poursuivit implacablement :

– L'air de la zone affectée est irrespirable et hautement contaminé. Et cette… chose… ne cesse de croître. Comme une tumeur.

Il cracha littéralement le dernier mot.

Une autre voix se joignit à la discussion – masculine, forte, ferme.

– Une tumeur qu'il nous faut supprimer le plus rapidement possible. Si le cancer continue à s'étendre, dans une semaine, Alpha sera détruite.

Celui qui venait de parler entra dans la salle de contrôle. Sa silhouette altière sanglée dans un uniforme bleu-vert, il arborait une expression soucieuse et pourtant confiante. Pas un pli sur son uniforme, pas un cheveu rebelle ; une impression d'énergie parfaitement maîtrisée émanait de cet homme. Valérian ne l'avait jamais rencontré, mais il le reconnut aussitôt. C'était le commandant Arun Filitt.

La réputation de Filitt le précédait, bien sûr. Depuis le début. Sorti du rang avec brio, devenu un authentique héros de guerre, il avait été promu au grade de général dès l'âge de trente ans. Depuis cette époque, il avait été relevé de ses fonctions militaires pour que sa personnalité exemplaire inspire l'humanité dans d'autres domaines. Pour l'heure, il était commandant de la station Alpha. Le bruit courait qu'il ne raffolait pas des aliens, ce qui amenait Valérian à se demander pourquoi on l'avait placé à la tête d'une station spatiale où les aliens étaient mille fois plus nombreux que les hommes ; mais ce n'était pas son rôle d'interroger ses supérieurs.

Il savait qu'Okto-Bar avait brigué le poste et devait trouver douloureux de voir Filitt dans ce rôle, mais les deux hommes se comportaient l'un avec l'autre de manière professionnelle.

Filitt était flanqué de deux des androïdes de combat K-TRONs qui servaient comme agents de police de la station. Leur corps, haut de trois mètres, avait un petit air humanoïde, mais les designers n'avaient pas cherché à les humaniser davantage. Leur tête était dépourvue de traits, à l'exception d'un voyant qui clignotait en mode bicolore. Tous les habitants de la station avaient appris à interpréter ces deux couleurs : bleu pour « avancez », rouge pour « éliminez la cible ». Leur armure quasi impénétrable était d'un noir luisant, strié de bandes jaunes aux endroits correspondant à la partie supérieure des bras et aux mollets. Malgré leur taille massive, ils se déplaçaient avec une grâce fluide et efficace.

Valérian et Laureline offrirent un salut impeccable.

– Mon commandant, dit Valérian.

Filitt lui répondit par un hochement de tête. L'attention de Valérian se reporta sur l'écran ; il cherchait, sans les trouver, d'éventuels indices concernant la sinistre tache rouge.

– Mon commandant… ça n'a pas de sens. Qui aurait des raisons de détruire Alpha ? Pratiquement toutes les espèces vivantes sont représentées ici.

Filitt tourna le regard vers l'écran et sa bouche se durcit.

– Cette radiation est une arme de destruction massive. Et derrière toute arme, il y a un tueur. Peu importe de qui il s'agit, major ; cette menace nous concerne tous, et doit être éliminée.

Valérian digéra difficilement la nouvelle. À l'expression de Laureline, il vit qu'elle n'aimait pas cela non plus. Il reprit :

– Bien sûr, la radiation doit être stoppée, mais si on pouvait déterminer…

Il fut interrompu par une apparition sur les écrans : c'était le ministre de la Défense de la Fédération.

– Monsieur le ministre, dit le commandant en saluant d'un hochement de tête. J'espère que vous avez des nouvelles ?

– Oui, commandant, dit le ministre.

Il avait dans les soixante-dix ans, mais ses cheveux noirs n'étaient nullement striés de blanc. Des rides marquaient sa peau sombre du sceau de l'expérience. Celles de son front s'accentuèrent lorsqu'il fronça les sourcils, soucieux.

– Le Conseil vous a donné le feu vert. Mais nous vous recommandons de respecter la loi internationale ainsi que les droits civiques de toutes les personnes concernées.

– Merci, monsieur le ministre. Et bien sûr, j'y veillerai personnellement, assura le commandant.

– Je confie aussi aux agents Valérian et Laureline la responsabilité de votre protection physique, poursuivit le ministre.

Cette information parut surprendre Filitt.

– Ce ne sera pas nécessaire, fit-il en désignant la paire de robots silencieux qui se tenaient à ses côtés. Comme vous pouvez en juger par la présence de mes compagnons, j'ai une unité de K-TRONs et je me suis personnellement entraîné pour…

Le froncement de sourcils du ministre s'accentua, et celui-ci coupa son interlocuteur au milieu de sa phrase.

– C'est un ordre direct du gouvernement, commandant. Les deux agents devront rendre compte du résultat des opérations.

Un muscle se tordit dans l'œil du commandant.

– Comme vous voudrez, se borna-t-il à répondre.

– Major, sergent, dit le ministre en les regardant tour à tour, bonne chance !

Son visage disparut. Filitt se tourna vers ses deux nouveaux gardes du corps avec une contrariété à peine dissimulée.

– Comme nous devons rejoindre votre équipe, pourriez-vous nous mettre au courant de l'opération ? demanda Valérian avec une politesse parfaite.

Le commandant le fixa du regard.

– Je vais m'adresser au Conseil de sécurité dans quelques minutes, dit-il d'un ton sec. Vous aurez tous les détails qu'il vous faut à ce moment-là.

Sans même se donner la peine de feindre la cordialité, le commandant tourna les talons et quitta la pièce, suivi par ses K-TRONs.

Laureline les suivit du regard.

– Cool ! fit-elle d'une voix traînante. On va bien rigoler !

*
**

Le commandant Filitt traversa la station d'un pas vif, mais ce n'était pas pour se rendre au Conseil de sécurité. Pas tout de suite, en tout cas. Il lui fallait d'abord gérer une autre affaire en cours.

La zone était sécurisée, mais son laissez-passer lui donnait un droit d'accès. Il emprunta un petit ascenseur où ils se retrouvèrent bien serrés, ses K-TRONs et lui. Au moins il n'était pas obligé d'assurer une conversation pendant la montée. Les robots étaient supérieurs aux êtres vivants à tant d'égards, oui, même aux hommes, se dit-il.

Il émergea de l'ascenseur et emprunta un couloir obscur, à peine éclairé par des lumières bleutées au sol, et qui menait à une pièce unique. Filitt composa son code et la porte coulissa pour le laisser entrer, tandis que les K-TRONs attendaient sur le seuil.

Un capitaine K-TRON se tenait à l'entrée de la pièce, parfaitement immobile, l'arme tenue d'un bras infatigable. L'éclairage était aussi faible que dans le couloir, et la silhouette qui occupait le fond de la pièce était noyée dans l'ombre. Ses réactions étaient contrôlées sur un écran. Elle était affaissée sur une chaise ; la seule chose qui l'empêchait de tomber, c'étaient les liens qui faisaient le tour de sa mince carrure. La lueur qui baignait la pièce se reflétait sur des instruments médicaux et diverses perfusions qui sortaient des bras de la silhouette.

L'un des hommes de Filitt, penché sur la créature, lui hurlait au visage, exigeant des renseignements. La forme ligotée était retranchée dans un silence exaspérant.

Un autre subordonné observait les écrans de contrôle. Quand la porte s'ouvrit, il vint se camper à côté du commandant. Filitt, l'air impassible, suivit l'interrogatoire un instant.

– Des informations ? demanda-t-il.

– On a essayé tous les moyens qu'on connaissait, répondit son subordonné, mais jusqu'à maintenant, il n'a pas craché un seul morceau.

Le commandant fit une grimace. Ce n'était pas bon. La torture était un art subtil, avait-il appris. Avec les aliens, c'était toujours tellement difficile de savoir à quoi ils allaient réagir. On ne pouvait pas faire grand-chose ; on risquait d'obtenir des aveux complètement faux, ou, pire, de voir le sujet mourir sans avoir révélé aucun renseignement essentiel. D'un autre côté…

– Augmentez la dose, ordonna-t-il.

L'homme hocha la tête et retourna à son poste, où il effleura quelques boutons. Divers liquides s'écoulèrent par les tubes jusque dans la chair du sujet. Celui-ci se tassa ; la capuche qu'il portait tomba, révélant un visage pâle, crispé par la souffrance. Sa peau était presque lumineuse ; elle avait l'éclat d'une perle, sauf aux endroits où elle était décolorée par les coups reçus.

Et sa bouche avait beau être ouverte, tordue de douleur, la créature continuait à observer un silence obstiné.

Tu m'embêtes, pensa Filitt. *Je n'ai presque plus de temps.*

Il prit une décision.

– S'il n'a pas parlé dans une heure, achevez-le.

– Bien, commandant.

Le commandant se détourna pour quitter la pièce. Avant de franchir le seuil, il murmura au capitaine K-TRON :

– Si l'opération tourne mal, vous savez ce que vous avez à faire.

Le capitaine K-TRON hocha sa tête inhumaine. Filitt se plaça de manière à ce qu'aucun témoin dans la pièce ne puisse le voir, et il donna au robot un petit dispositif de stockage de données.

La réunion, maintenant, pensa Filitt ; et il carra les épaules comme s'il se préparait à foncer dans la bataille.

Parce que, en un sens, c'était le cas.

CHAPITRE 12

Le convertisseur les attendait patiemment dans le régénérateur, mais dès qu'il eut repéré Laureline, il se mit à faire des bonds excités. Malgré la gravité de ce qu'ils venaient d'apprendre – et de ce qu'ils s'apprêtaient à faire – Laureline sourit en éteignant la machine et en ouvrant la porte.

– Oooh, je t'ai manqué ? Viens voir, dit-elle, et l'animal grimpa tout content dans ses bras. (Elle le berça affectueusement et se rendit compte qu'elle s'attachait vraiment à lui.) Il est trop chou, non ? dit-elle à Valérian en lui tendant leur protégé.

Valérian tapota la tête de l'animal d'un air absent, le visage dur.

– On essaie de nous cacher des choses, dit-il brusquement.

Le moral de Laureline dégringola en flèche. Même les reniflements joyeux du convertisseur sous son menton ne pouvaient plus l'émouvoir, soudain.

– Je suis d'accord. Partir sans savoir contre qui on va se battre, c'est suicidaire.

– Bien sûr que oui, mais je ne parlais pas de ça. Je pensais à la planète Mül. Tu te rappelles ce rêve dont je t'ai parlé ? Les images qu'on m'a envoyées ?

Elle fit oui de la tête sans cesser de caresser le convertisseur qui ronronnait ; elle se demandait où Valérian voulait en venir.

– La planète était habitée, poursuivit son collègue. Il y avait des gens dessus. J'ai vu leurs maisons, leurs enfants. Et il y avait une jeune femme qui appelait à l'aide.

Laureline interrompit ses câlins au convertisseur et se raidit légèrement.

– Vraiment ? ironisa-t-elle. Et tu appelles ça un mauvais rêve ? Te connaissant, je dirais que c'est plutôt un rêve devenu réalité.

Elle écarquilla les yeux et, forçant la voix, elle s'exclama :

– Oh, major Valérian ! Au secours ! Sauvez-moi !

Il répondit d'un ton abrupt, inhabituel, qui prit sa coéquipière au dépourvu :

– Arrête ça ! Laureline, cette femme avait un convertisseur Mül avec elle.

Laureline reprit son sérieux. Elle gratta le convertisseur sous le menton et demanda :

– Comme celui-ci ?

– Oui, quasiment le même. Et ce matin, je suis tombé sur deux habitants de la planète, en chair et en os !

Elle le fixa d'un regard stupéfait.

– Tu veux dire... À Big Market ?

Valérian acquiesça.

– On a été envoyés pour reprendre à Igon Siruss le convertisseur volé, mais eux aussi, ils essayaient de l'obtenir de lui. En fait, je les soupçonne de l'avoir payé pour nous le voler.

Laureline jeta un coup d'œil au petit animal qu'elle cajolait.

– Waouh ! lui dit-elle. On dirait que tout le monde te court après !

Le convertisseur lui répondit par un gazouillis.

– C'est possible. Mais ce que je voudrais savoir, c'est pourquoi on a besoin de lui pour cette mission.

Laureline fit un grand sourire.

– On va percer ce mystère, dit-elle. Allez, on se prépare ?

*
**

Lorsqu'ils se présentèrent aux quartiers du commandant Filitt, ils trouvèrent deux K-TRONs postés de part et d'autre de la porte.

– Agents Valérian et Laureline. Nous sommes les nouveaux gardes du corps du commandant, annonça Valérian.

Il se demanda si cette présentation allait causer un problème, mais fut assez surpris de voir les sentinelles s'écarter pour les laisser entrer.

Filitt achevait de revêtir ses insignes d'apparat. Lorsque les agents entrèrent, il toisa leur tenue de combat.

– Waouh ! fit-il, sarcastique. Vous êtes impressionnants, tous les deux. Je vois que vous prenez ma protection très au sérieux.

Laureline souleva la boîte qui contenait le convertisseur. La petite tête de l'animal était pressée contre une fente de l'avant. Il glissa son fin museau au-dehors pour flairer l'air, et ses narines frémirent.

– Sa protection à lui, en fait, corrigea Laureline. Il est unique en son genre. Extrêmement précieux.

– C'est vrai, dit Valérian. Étant donné sa valeur, mon commandant, vous êtes sûr qu'il est nécessaire de l'emmener pour une mission aussi dangereuse ?

Filitt ajusta sa veste et se regarda d'un œil critique dans le miroir.

– Le convertisseur Mül est capable de fabriquer n'importe quel produit en un temps record. Il nous sera très utile si nous devons négocier.

Satisfait de sa veste, il attrapa la large ceinture traditionnelle qu'il allait passer autour de sa taille. Elle avait en son centre une décoration circulaire, creuse à l'intérieur. Il était habituel pour les militaires de porter cette petite poche centrale. Au fil des ans, toutefois, elle était devenue un insigne de pouvoir plus qu'un accessoire pratique de l'uniforme, et son contenu reflétait le rang de l'officier. Celle du commandant, remarqua Valérian, était vide pour l'instant, et il avait une petite idée de ce que Filitt voulait glisser dedans.

Comme le commandant se retournait pour fermer sa ceinture, Valérian dit :

– Avec l'armée de K-TRONs que vous avez, je suis surpris que vous ayez le projet de négocier, mon commandant. Ils ne sont pas vraiment entraînés pour ça, vu qu'ils ne peuvent pas parler.

Cette remarque parut irriter Filitt, qui rétorqua laconiquement :

– Occupez-vous de ma sécurité, major, je gère les négociations.

Il se dirigea vers Laureline et tendit le bras vers la cage qu'elle transportait. Ouvrant la porte, il y plongea la main dans l'intention de saisir le petit animal.

Le convertisseur le mordit aussitôt. Valérian se dit que la créature faisait preuve d'un excellent discernement, mais il préféra ne pas exprimer sa pensée à voix haute.

– Pour votre sécurité personnelle, mon commandant, dit-il tandis que Filitt retirait prestement sa main et examinait son doigt, pourquoi ne laisseriez-vous pas l'animal aux bons soins de l'agent Laureline ?

Filitt le regarda fixement en plissant les yeux.

– Vous suggérez que je porte ma ceinture sans rien à l'intérieur ? C'est contraire au protocole, major. Je suis l'officier le plus haut gradé de cette station !

– Et cet animal, pour autant qu'on sache, est le dernier spécimen de son espèce. L'univers tout entier cherche à s'en emparer. Si vous le portez, vous devenez automatiquement une cible, fit observer Valérian.

Laureline ajouta, narquoise :

– C'est pour ça que le major Valérian préférerait que ce soit *moi* qui le porte.

Le commandant hésita. Il jeta un coup d'œil au convertisseur, qui faisait montre de son admirable perspicacité en grondant et en montrant ses petites dents.

– Bien, dit enfin Filitt, mais ne quittez pas mon champ de vision, agent Laureline.

Laureline fit un signe au convertisseur tapi dans sa cage. L'animal lui sauta dans les bras en ronronnant, et Filitt parut encore plus irrité. La jeune femme ouvrit l'avant de sa propre ceinture et y glissa le convertisseur.

La porte s'ouvrit et le général Okto-Bar apparut, lui aussi sanglé dans un uniforme impeccable.

– Vos invités attendent, commandant, annonça-t-il à Filitt.

– Très bien, dit Filitt en jetant un dernier coup d'œil à la ceinture de Laureline. Faisons vite !

*
**

– Reste ici en renfort, ordonna Valérian à Laureline.

– Oui major, répondit-elle.

Tous deux se tenaient à vingt pas derrière le commandant Filitt qui entrait dans la salle, mais, sur la consigne de Valérian, Laureline demeura dans le couloir tandis que le major suivait le commandant dans le hall des cérémonies. Une foule de dignitaires extraterrestres, parmi lesquels figuraient les membres du Conseil de sécurité de la station, s'avança pour serrer la main du commandant. Filitt, incarnation du décorum militaire le plus assumé, regarda chacun d'eux dans les yeux – ou dans ce qui servait d'yeux – et serra fermement tous les appendices qu'on lui tendait.

Le commandant se dirigea vers l'estrade, suivi par Valérian et Okto-Bar. Grave, tiré à quatre épingles, Filitt monta les marches d'un pas léger et prit un moment pour balayer du regard la marée des visages aliens levés vers lui. Okto-Bar se plaça sur un côté, tandis que Valérian prenait position légèrement en biais et en retrait par rapport à l'homme qu'il protégeait. Il se mit à scruter la foule, attentif à tout ce qui pourrait représenter une menace potentielle. Son

HUD avait deux écrans transparents qui lui relayaient des informations en continu. Il n'appréciait pas beaucoup le commandant, mais il n'était pas près de laisser mourir l'homme qu'il devait protéger.

– Où est l'agent Laureline ? demanda Filitt à voix basse.

– Tout au bout du hall, dans le couloir, répondit Valérian.

– Je lui avais ordonné de rester près de moi, fit le commandant.

Sa voix, quoique étouffée, avait un côté tranchant.

– Oui mon commandant, mais nous sommes vos gardes du corps, et je l'ai placée à l'endroit que j'ai jugé être le plus judicieux.

– Mais…

– Mon commandant, plus vite vous parlerez, plus vite nous en aurons fini, lui rappela Valérian.

Le regard que lui jeta son supérieur était de nature à faire fondre l'acier, mais le commandant se borna à serrer les mâchoires avant de se retourner vers son auditoire.

– Bonsoir, commença-t-il. Merci à tous d'avoir répondu à l'appel dans des délais aussi brefs. En tant que représentant élu de la Fédération humaine, j'ai convoqué cette réunion du Conseil de sécurité de la station Alpha pour vous mettre au courant de l'état d'urgence dans lequel nous nous trouvons. Comme vous le savez tous, le cœur historique de la station

Alpha a été contaminé par une puissance dont l'origine reste un mystère. Ce qui n'est pas un mystère, c'est qu'il s'agit d'un acte délibéré procédant d'un mal absolu. Nous avons déjà mené plusieurs opérations militaires pour tenter de comprendre la nature – et la gravité – de la menace. Mais elles se sont toutes soldées par un échec, et ont causé des pertes importantes à nos troupes.

Il laissa à son public le temps d'intégrer ces renseignements ; des commentaires chuchotés dans plusieurs dizaines de langues parcoururent le vaste hall. Filitt reprit :

– La zone affectée mesurait environ neuf mètres il y a huit mois.

Il fit une pause pour préparer son effet, et ajouta :

– Elle atteint aujourd'hui 1,9 kilomètre de long.

Des murmures inquiets s'élevèrent de plus belle.

– Étant donné cette menace alarmante qui ne cesse de s'étendre et nous concerne tous, la Fédération humaine demande votre permission et votre soutien pour lancer une attaque militaire de grande ampleur destinée à éradiquer ce phénomène une fois pour toutes. Vous comprenez, j'en suis sûr, qu'il faut agir très vite, et je suis ici pour répondre à toutes vos questions sur les détails de l'opération.

– Quelles troupes allez-vous engager ? demanda un Chrysokar.

Les êtres de cette espèce insectoïde de grande taille avaient jadis été belliqueux, c'étaient des guerriers hors pair. Au fil des siècles, ils avaient mis leurs talents et leur nature au service d'activités paisibles, mais nombre d'entre eux, dont leur ambassadeur apparemment, nourrissaient encore de l'intérêt pour les affaires martiales. Valérian éprouvait un respect particulier envers cette espèce. À sa sortie de l'Académie, son premier poste l'avait mené à servir dans l'infanterie, et il avait passé un an à travailler pour un ingénieur militaire Chrysokar du nom de Prek'Tor ; celui-ci avait partagé ses formidables connaissances en stratégie militaire avec le jeune humain avide d'apprendre.

– Treizième bataillon, division spéciale Assauts, répondit Filitt. Cette unité compte environ deux cents hommes.

– Les armes employées représenteront-elles une menace potentielle pour nos troupes ? demanda un Azin-Mö.

En tant que médecins de la station Alpha, ses congénères allaient avoir pour priorité naturelle la sécurité des soldats.

– Nous ne ferons pas usage d'armes chimiques ou bactériologiques pendant l'assaut, assura Filitt.

– Quel est le but principal de cette mission ?

Cette question venait du représentant des plus vieux amis de l'humanité, les Kortân-Dahuks, premiers aliens de l'espace à avoir serré une main humaine.

– Nous voulons détruire leur système de défense, qui a rendu inopérant tous nos moyens de communication.

– Pourquoi est-ce *vous* qui organisez cette mission ? interrogea l'ambassadeur des Toinuls.

Ces aliens étaient hautement respectés sur la station Alpha ; leurs scientifiques avaient apporté une contribution énorme par leurs connaissances et leurs informations, et ils avaient participé à de multiples découvertes et inventions. Ils étaient toujours disposés au débat intellectuel, et leur ambassadeur estimait clairement que cette mission en méritait un.

– C'est le Comité central qui m'a confié cette mission, et ce sera un honneur pour moi de m'acquitter de ma tâche avec succès.

Valérian observait la foule lorsqu'il entendit la voix de Laureline lui parler à l'oreille.

– On avait bien besoin de ça !

– Quoi ? demanda-t-il.

– Les Doghan Daguis.

– Oh, génial, répondit-il en levant les yeux au ciel.

CHAPITRE 13

Trois aliens trapus, qui mesuraient environ cent vingt centimètres de haut, se tenaient devant Laureline. Ils levaient en l'air des mains pourvues de quatre doigts boudinés, et leurs petits yeux globuleux, écarquillés au-dessus de museaux pareils à des trompes, étaient fixés sur Laureline. Ils étaient bruns, ridés et voûtés, couverts de touffes de poils irrégulières.

Laureline avait dégainé son arme, surprise par ces arrivants qui avaient fait irruption derrière elle ; mais elle l'abaissa, et ils baissèrent les bras.

– Quel plaisir de vous revoir… lui dit l'un d'eux, qui avait une tache bleue autour de l'œil.

– … agent Laureline… compléta le deuxième.

Lui avait des marques bordeaux autour des yeux.

Le troisième Doghan Daguis, dont les taches étaient jaunes, acheva la phrase :

– … toujours aussi radieuse.

– Qu'est-ce que vous fabriquez ici ? demanda sèchement Laureline.

– Nous allons là où le travail nous appelle.

– Nous parlons plus de cinq mille langues…

– … ce qui peut être pratique…

– … dans une fête comme celle-ci, conclut le premier.

Et le deuxième ajouta :

– Avez-vous besoin de nos services ?

Laureline tapota le pistolet qu'elle venait de remettre à sa ceinture.

– Non merci. J'ai mon traducteur personnel, dit-elle d'un ton sans appel. Fichez le camp !

La voix de Valérian lui parvint à l'oreille :

– Demande-leur s'ils ont des tuyaux sur Mül.

Il est vraiment obsédé par ce rêve, pensa Laureline avec une grimace, *mais je comprends.* Elle demanda en soupirant aux trois aliens :

– OK, le major Valérian a quand même des infos à vous demander. La planète Mül, ça vous dit quelque chose, les gars ?

– Une affaire très sensible ! s'exclama Bleu.

– La personne à qui parler… continua Bordeaux.

Et le Doghan Daguis jaune acheva :

– … serait le major Samk.

– Alex ? interrogea Valérian. Qu'est-ce qu'on a comme fiche sur un major Samk ?

La photo d'un beau militaire à la peau sombre, arborant une barbe taillée avec soin, s'afficha sur l'écran de

Laureline, avec ses données. *Samk, major Aton. 33. Décédé.*

– Le major Samk est mort il y a un an, dit Laureline au trio d'un ton accusateur.

Les Doghan Daguis ne parurent aucunement perturbés. Le premier exhiba un petit appareil pour montrer à Laureline sa propre photo de Samk – raide mort à son bureau. Laureline écarquilla les yeux.

– Oui, commença Bleu, une disparition des plus curieuses…

– … qui n'a jamais été complètement expliquée, ajouta Bordeaux.

– Un meurtre, diraient certains, dit Jaune d'un ton mélodramatique.

Laureline réprima une forte envie de lui décocher un coup de poing sur la trompe.

– J'écoute, dit-elle.

– Le major Samk était un spécialiste de la planète Mül, continua Bleu.

– Il a emporté tous ses précieux renseignements…

– … dans sa tombe, dit Jaune.

– Quel gâchis, soupira le premier Doghan Daguis.

– Si vous apprenez quoi que ce soit sur la planète, leur dit Laureline, ça nous intéressera.

– Ce serait un plaisir de travailler pour vous, Laureline, répondit Bleu d'un air enthousiaste.

– Avant de nous séparer… commença le deuxième.

– … permettez-nous de vous donner…

– … quelques renseignements…

– … à titre gratuit, conclut Bordeaux.

Laureline lorgna les trois aliens d'un air sceptique.

– Gratuit ? répéta-t-elle. Vous vous sentez mal ?

– Le convertisseur est précieux…

– … et hautement convoité, ajouta Bordeaux avec un sage hochement de tête.

– Des mercenaires vont venir… dit Jaune.

– … pour s'en emparer… continua Bleu.

– … plus tôt que vous ne le croyez, acheva solennellement Bordeaux.

– Quel genre de mercenaires ? demandèrent Laureline et Valérian en même temps.

Les aliens lorgnèrent Laureline d'un air satisfait, et Bleu leva un doigt :

– Le premier tuyau était gratuit.

– Pour la suite, il va falloir nous payer, dit Bordeaux.

– Nous vous ferons un prix, bien sûr, ajouta Jaune.

La voix de Valérian se fit entendre dans la radio :

– Alex ? Qu'est-ce que c'est que ça ?

Laureline, elle aussi, voyait une lumière rouge clignoter sur son écran.

– Une douzaine d'individus s'approchent, les informa Alex. Ils ne sont *pas* sur la liste des invités.

– Quel genre d'individus ? demanda Valérian d'un ton pressant.

– Indétectable pour l'instant, répondit Alex.

Mi-figue mi-raisin, Laureline s'adressa aux Doghan Daguis :

– J'ai l'impression que votre tuyau vient de perdre sa valeur. Ouste, allez-vous-en !

Les trois aliens se dirigèrent vers la sortie, la mine abattue. Valérian remarqua avec inquiétude que le voyant rouge clignotait plus vite.

– Valérian, dit Laureline, ça sent le danger.

– Oui. Entre tout de suite dans la salle et rapproche-toi du commandant ! Alex ? Ils arrivent d'où ?

– De partout, répondit Alex. Ils passent à travers les murs.

Laureline entra en trombe et se fraya un chemin vers l'estrade à travers la salle bondée. Elle croisa le regard de Valérian ; celui-ci prit sa décision :

– Laureline, évacue le commandant ! Je m'occupe de ces intrus.

Laureline écarta vivement les derniers membres de l'auditoire qui lui barraient le passage, bondit sur l'estrade et fonça vers Filitt. Le saisissant par le bras, elle l'entraîna avec elle.

– Agent, qu'est-ce que... protesta-t-il.

Mais elle l'interrompit :

– Désolée ! Protocole d'urgence !

Le général Okto-Bar, qui se tenait sur un côté de l'estrade, bondit pour prendre position de manière à couvrir la sortie du commandant, pistolet au poing, visage résolu. La foule commençait à paniquer.

J'espère vraiment que c'est une fausse alerte, pensa Laureline. Mais elle savait que c'était peu probable.

*
**

Le regard de Valérian passait de l'écran à la foule. Le voyant rouge clignotait plus vite, et l'adrénaline montait.

– Alex ? Merde, j'ai besoin de connaître l'identité des attaquants ! C'est qui ?

– Je suis navré, major, mais je n'arrive pas à lire leur ADN, répondit Alex.

– Quoi ? s'exclama Valérian.

C'était tout simplement impossible. Le programme de l'Intruder XB982 comportait l'ADN de tous les êtres vivants connus. Alex ne pouvait pas…

Au fond du hall de réception, le mur explosa.

Des cris de terreur jaillirent, plusieurs invités furent soulevés de terre. Valérian écarquilla les yeux, stupéfait par ce qu'il voyait.

Une douzaine de silhouettes minces, vêtues de robes grises, déferlaient dans le hall. Sous leurs capuches, leurs visages aux yeux bleus, blancs comme des os – comme des *perles*, songea Valérian – exprimaient une grande détermination. Ils brandissaient des objets qui ressemblaient à de gracieux vases de verre ou de céramique, mais au lieu de les porter à la verticale, ils les tenaient de manière à ce que l'ouverture soit dirigée vers l'avant. Au creux de ces objets brillait une pâle lueur bleue.

Mais ce n'étaient pas des vases, bien sûr. C'étaient des armes, et les aliens se mirent à tirer au hasard sur la foule.

Valérian se prépara au pire des carnages, mais au lieu de balles, la gueule de leurs armes cracha une substance gélatineuse. Celle-ci se répandait rapidement sur le corps, formant une toile ou un cocon ; prisonnières à l'intérieur, les victimes étaient complètement immobilisées.

Valérian repensa au moment où il avait demandé à Alex d'analyser la perle. L'ordinateur lui avait affirmé que Mül était inhabitée. Mais Valérian avait rêvé de ses habitants, puis il les avait vus sur Kirian, et voilà qu'il les retrouvait.

Alex avait été incapable d'analyser l'ADN des Perles *parce que les Perles n'existaient pas.*

Il reprit ses esprits ; les hommes du commandant avaient déjà ouvert le feu sur les frêles et pâles silhouettes. Mais en plus d'être non-existants, ces attaquants semblaient aussi être intouchables. Ils bondissaient et esquivaient les balles avec des mouvements agiles et fluides, aussi beaux qu'ils l'étaient eux-mêmes. Avant même que Valérian ait pu réagir, Okto-Bar, Laureline et le commandant Filitt lui-même se trouvèrent enveloppés dans les étranges cocons gélatineux.

Valérian plongea à l'abri d'un large pilier de marbre blanc.

– Alex, souffla-t-il, file-moi un truc qui fasse un peu d'effet.

Il baissa les yeux sur son pistolet et observa le clignotement des LED.

– Arme nouvelle génération, répondit Alex. Analyse en cours. Balles de plasma. Pas prêtes avant trente secondes.

– Super !

Valérian tira un tube de sa poche, l'activa d'un coup sec et le coinça entre ses lèvres, en serrant les dents pour le maintenir. Les Perles avaient atteint la scène ; ils se saisirent du cocon qui emprisonnait le commandant, le hissèrent, et l'emportaient avec eux quand Valérian bondit de derrière son pilier. Il ouvrit le feu.

Il n'avait pas vu le Perle qui s'était débrouillé pour se glisser derrière lui, mais il vit en revanche le gel bleu se répandre sur son visage et sur son corps, et il sentit sa tiédeur visqueuse l'envelopper comme elle l'avait fait pour les autres. Il lutta contre elle pendant une nanoseconde, mais elle eut raison de lui et il tomba par terre. Heureusement, cette substance était très rembourrée.

– Trente secondes, annonça Alex. Balles de plasma opérationnelles.

Ça me fait une belle jambe, pensa Valérian. *Je ne peux même plus remuer un petit orteil, là.* Les secondes passaient, mais Valérian refusa de céder à la panique. C'est alors que, par bonheur, le tube qu'il avait coincé dans sa bouche émit un clignotement rouge et se fendit en deux.

Une petite araignée mécanique émergea du tube. À travers le gel bleu, Valérian suivit des yeux la petite trace laissée par son clignotement rouge. Un couteau sortit du dos du minuscule robot ; il plongea dans le cocon et pratiqua une déchirure nette tout le long du corps de Valérian, de haut en bas.

Valérian aspira une bouffée d'air frais et s'assit. À force de contorsions, il se débarrassa de sa seconde peau collante ; puis il se dirigea vers Laureline d'un pas chancelant, tira un canif de son kit et ouvrit le cocon de la jeune femme. Celle-ci cligna des yeux et inspira profondément.

– C'était *quoi* ? demanda-t-elle.

– Les Perles de Mül, lui expliqua Valérian. Et ils ont emmené le commandant ! Libère le général et file à la chambre de contrôle. Tu pourras nous suivre de là-bas, eux et moi.

Elle acquiesça. Elle avait le visage et les cheveux couverts de cette matière visqueuse. Et il ne rêvait que d'une chose, c'était de l'embrasser. Mais il n'en fit rien. Il s'élança à la poursuite des Perles.

Il s'était inquiété à l'idée de perdre leur trace, puisque Alex n'était pas capable de suivre leur piste ADN. Mais il constata vite que c'était un jeu d'enfant.

Il n'avait qu'à suivre les trous énormes qu'ils avaient faits dans les murs.

CHAPITRE 14

Étonnamment, et heureusement, aucune victime n'était à déplorer parmi les extraterrestres assemblés dans le hall de réception. Les soldats du commandant avaient tiré avec assez d'adresse pour éviter tout dommage collatéral, et les armes employées par les Perles n'avaient fait qu'immobiliser leurs cibles. Le convertisseur était indemne, et une vérification rapide révéla qu'il avait dormi pendant tout l'assaut.

Quelques instants plus tard, Laureline et le général Okto-Bar étaient de retour dans la salle de contrôle. Tous deux posèrent la main sur l'écran d'identification.

– Suivi du major Valérian. Niveau Cinq. Urgence, déclara Laureline en veillant à garder une voix calme et détachée.

– Accepté, répondit Okto-Bar.

Laureline afficha à l'écran une carte de la station spatiale et tapa le code. Un voyant rouge apparut sur la carte. Valérian semblait être au cœur de la zone technologique de la station, et pile au milieu d'une intersection importante.

– Valérian ? Je t'ai en visuel, dit Laureline.

– OK, mais j'ai perdu leur piste. Essaie de localiser le commandant !

Laureline tapa le message, mais au lieu de la localisation de Filitt, ce fut le visage du ministre de la Défense qui apparut à l'écran.

– Je suis l'agent Laureline, dit la jeune femme. J'ai besoin d'avoir accès au code génétique du commandant Arun Filitt.

Mais le ministre secouait la tête d'un air désapprobateur.

– Ces codes sont strictement confidentiels, agent Laureline. Vous savez très bien que je…

Laureline n'avait pas le temps. Elle posa la main sur un scanner qui émit une lueur rouge au contact de sa paume.

– Le commandant a été enlevé, déclara-t-elle. Si on ne le repère pas dans la minute qui vient, on l'aura perdu.

Le scanner vira au vert.

Okto-Bar lut le résultat à voix haute :

– Détecteur de mensonge négatif, monsieur le ministre. Et je peux confirmer que le commandant a été victime d'un enlèvement.

Le ministre hésita, et finit par hocher la tête :

– Très bien. Accès autorisé.

Laureline entra le code dès que le ministre de la Défense le lui eut envoyé, et un autre point rouge apparut sur la carte virtuelle. Elle poussa un soupir de soulagement.

– Merci, monsieur le ministre. OK, Valérian, je l'ai sous les yeux. Il est aux docks. Les assaillants doivent se diriger vers leur vaisseau.

– OK ! Et le chemin le plus court pour y aller ?

– Nord-nord-est, 113 degrés.

*
**

Valérian fit volte-face, les yeux rivés à la boussole digitale qu'il portait au poignet. Il leva la tête, surpris.

– Nord… est… Laureline, ça me fait foncer dans un mur !

– Tu disais que tu voulais le chemin le plus court !

Valérian soupira. C'est vrai, il l'avait dit. Il enfonça un bouton sur sa manche. Avec une série de petits bruits secs, sa tenue de combat se transforma en une carapace solide. Il prit un moment pour se blinder en vue de l'expérience, puis il s'élança.

Il avait déjà fait ça, et savait donc qu'il ne risquait rien physiquement. Malgré tout, il éprouvait une crampe à l'estomac chaque fois qu'il piquait un sprint droit vers un mur.

Mais cette réaction très humaine ne le freina pas. Au contraire, il accéléra encore, franchit à grand fracas le mur de métal noir, et la chasse reprit. Il se trouvait dans la partie ouest de la station – la zone des humanoïdes. Il fonça de plus belle par le chemin le plus droit et le plus court, faisant irruption dans des domiciles privés, traversant comme l'éclair des espaces de détente et de shopping.

Il était si concentré sur ce qu'il avait devant lui qu'à un moment donné il faillit ne pas voir ce qu'il avait sous les pieds – ou plutôt, ce qu'il n'avait *pas* sous les pieds ; il franchit un mur à grand fracas et se trouva dans un espace ouvert. Plusieurs petits engins spatiaux vaquaient à leurs affaires ; Valérian plongea vers le bas, entouré d'immeubles pareils à des monolithes noirs, tachetés çà et là de lumières. Des flots lumineux magenta et bleus signalaient des tubes servant de passages piétons entre les immeubles. Le défaut de sa combinaison était de fonctionner à tout instant comme s'il se trouvait dans une situation de gravité normale, sauf reprogrammation spéciale. Il était donc en train de dégringoler tout droit vers l'un des tubes piétonniers ; il composa frénétiquement le code grâce auquel sa combinaison arrêterait de transpercer la matière solide.

Il avait intérêt à se dépêcher…

Valérian fit exploser le plafond transparent du tube, et sa combinaison se transforma juste à temps pour qu'il s'arrête sur le sol du couloir au lieu de passer à travers. Il atterrit à quatre pattes, mais en sécurité.

Plusieurs humains se trouvaient dans le couloir. Frappés d'une stupéfaction compréhensible, ils reculèrent pêle-mêle, cherchant à éviter les débris de verre qui leur tombaient dessus ; mais personne n'avait l'air blessé. Ils s'en remettraient ; déjà la brèche ouverte par Valérian et sa combinaison était colmatée par un champ de force magnétique.

– Alex ! hurla Valérian. Le réglage surface, s'il te plaît !

– Tout de suite, s'empressa de répondre Alex. Reconfiguré, annonça-t-il un instant plus tard.

Valérian se remit à courir.

– C'est le trajet le plus court, peut-être, mais pas le plus facile, dit Valérian hors d'haleine à Laureline.

La combinaison le protégeait de toute blessure physique et accroissait sa force, mais la vitesse dépendait toujours de ses efforts à lui.

– Continue, l'encouragea la voix de Laureline. Ils sont en train de te distancer !

– Je t'ai dit que je faisais de mon mieux !

– Fais-le plus vite !

Valérian refoula une réplique : il fallait qu'il économise son souffle pour continuer à courir. Il fonça le long du passage fermé et translucide, qui pour l'instant le faisait avancer dans la bonne direction. Ce tube déboucha sur un immeuble de petits appartements ;

Valérian continua tout droit tandis que le couloir de l'immeuble partait sur la gauche. Il eut vaguement conscience de franchir l'un des murs du logement d'une famille d'Arysum-Kormns, fait d'un matériau translucide ; mais il ne comprit que c'était du verre que lorsqu'il l'eut fait éclater en mille miettes ; et de nouveau il fut entraîné dans une chute.

Cette fois, cependant, il était préparé. Alex avait reconfiguré son arme pour en faire sortir un disque de plasma étincelant, d'une finesse trompeuse et d'un diamètre de cent vingt centimètres environ. Valérian y posa le pied droit et reprit sa course à l'horizontale, en tirant devant lui avant chaque bond qu'il faisait.

Depuis le dernier disque de plasma, il sauta dans le champ où les Azin-Mös cultivaient leurs bouquets de noyaux. Il fit la grimace. La race de médecins de la station fabriquait des sphères de divers matériaux génétiques destinés aux urgences, et Valérian allait forcément en piétiner un certain nombre. Tant pis, ça regardait Arun Filitt en tant que commandant de la station et victime de l'enlèvement, et ce n'était pas son problème à lui, Valérian. Il traversa le champ comme une tornade, en criant : « Désolé ! » Il se consola un peu en se rappelant que les Azin-Mös cultivaient des centaines de champs comme celui-ci, qui à lui seul paraissait compter des dizaines de milliers de ces sphères douces et rayonnantes.

Le champ de noyaux marquait la limite entre la région des humanoïdes à l'ouest et la partie gazeuse de la station. Valérian poursuivit sa course. Son « raccourci » lui fit franchir un énorme mur doré et rayonnant, composé de technologie informatique complexe qu'un groupe d'Omélites s'employait à mettre à jour ; Valérian distingua en passant leurs silhouettes bio-métalliques pourvues d'une large tête bulbeuse, de plusieurs appendices grêles et d'yeux laser. Les dégâts qu'il provoqua en passant l'ennuyèrent plus encore que le saccage du champ de noyaux. Il espéra n'avoir rien commis d'irréparable. Les Omélites avaient développé la faculté de communiquer par télépathie, et le cerveau de l'agent capta très nettement des messages exprimant leur mécontentement. Il ne leur prêtait pas l'intention de l'attaquer, mais il fut soulagé de s'éloigner de leurs regards laser.

– Vite ! lui dit la voix de Laureline. On dirait qu'ils se dirigent vers un point d'embarquement et tu y es presque !

– Je fais de mon mieux ! rouspéta Valérian.

Il surgit de l'autre côté des rangées géantes d'ordinateurs et, se sentant repartir en chute libre, il tira des salves de disques plasma pour se frayer un chemin à travers une marée de créatures translucides et flottantes qui faisaient penser à des méduses aériennes.

– Attends ! dit Laureline. Ils ont embarqué. Vaisseau sans plaque, modèle totalement inconnu. Changement de plan : 140 degrés est ! Continue tout droit et cherche une porte avec le numéro 81. Alex te récupérera là !

Sans ralentir, Valérian jeta un coup d'œil à sa montre et corrigea son cap. Toutes les régions d'Alpha, quels que soient les habitants qui s'y étaient installés, possédaient des docks capables d'accueillir des vaisseaux et des environnements divers. C'est vers l'un de ces docks qu'il se dirigeait à présent. Celui-ci n'avait pas beaucoup servi ces dernières années ; nul doute que les Perles l'avaient choisi pour ne pas attirer l'attention.

Il l'atteignit enfin ; ses pieds ne foulaient plus les disques plasma mais un sol métallique. Valérian traversa violemment un autre mur et se retrouva dans un conduit d'aération. Il poursuivit sa course.

– Alex ? fit la voix de Laureline à son oreille. Je t'envoie les coordonnées. Récupère-le !

Valérian commençait à se fatiguer, mais il ne pouvait pas se laisser aller. Pas maintenant, alors qu'il était si proche.

– Intruder en position, fit la voix d'Alex.

– C'est une bonne nouvelle ! fit Valérian en haletant.

Il bondit sur une porte de fer où le numéro 81 était affiché de manière bien visible.

– C'est ça ! dit Laureline. Continue !

Tel un bélier, Valérian chargea une paroi d'acier et se retrouva dans l'espace.

Malheureusement, l'Intruder n'était pas là pour le cueillir, et il se mit à dégringoler à la verticale, en dépassant de multiples étages de docks vides.

– Hé, Alex ! Où es-tu ? cria-t-il en tombant.

*
**

Laureline jeta un coup d'œil stupéfait à la carte. Elle fit tourner le bouton et la carte pivota. Horrifiée, Laureline se rendit compte que le numéro 81 se transformait en 18.

– Alex ? Tu es au 81 ?

– Affirmatif, sergent.

– Désolée, je me suis trompée. C'est au 18 !

La voix de Valérian retentit :

– Génial ! Tu vois ? Je te fais plus confiance qu'à moi-même, et regarde où ça m'embarque !

Laureline se sentit les joues en feu.

– Alex ? Récupère-le. Au 18 !

Elle attendit en se mordant la lèvre, avec l'impression qu'il s'écoulait des heures ; en réalité, au bout de dix secondes, un Valérian essoufflé et irrité lâcha :

– Merci Alex ! La plage s'il te plaît !

Laureline s'autorisa un sourire soulagé.

*
**

Valérian rebascula sa combinaison en mode normal et grimpa dans le cockpit. Il retrouva son énergie sous forme d'adrénaline en découvrant le vaisseau, qui remplissait tout son écran. C'était celui-ci, pas de doute possible. Le vaisseau amarré au dock 18-et-pas-81 correspondait exactement au genre d'engin que pourraient construire ces Perles aussi pâles que beaux. Il était énorme, et ses trois flancs se rejoignaient pour donner à l'ensemble la forme d'une étoile. Les dizaines de moteurs fixés à sa base étaient de forme sphérique, blanche et parfaite ; et sa surface bombée, au lieu d'être d'une couleur homogène, présentait une douce combinaison de nuances chatoyantes, tout en délicatesse.

Aussi beau qu'il fût, ce vaisseau appareillait pour prendre la fuite, et le commandant Filitt se trouvait à bord.

– Je ne sais pas d'où vous venez, marmonna Valérian en visant sa cible, mais je sais où je vais vous envoyer.

Le XB982 ouvrit le feu sur le vaisseau. Celui-ci accéléra à fond et s'éloigna en décrivant des zigzags, suivi de près par Valérian. Une course-poursuite s'ensuivit, aussi vive que fluide. Les deux vaisseaux louvoyaient entre les tankers qui faisaient la queue à l'entrée des docks, Valérian admirant malgré lui la vitesse à laquelle manœuvrait cet engin bien plus large que l'Intruder. Il parvint malgré tout à ajuster son tir de manière à pouvoir atteindre l'arrière de sa cible.

– Je vais neutraliser leurs moteurs, annonça-t-il à Laureline et Okto-Bar.

– Leurs boucliers protecteurs sont très sophistiqués, l'avertit Laureline. Tu ne pourras pas les transpercer.

– Essayons avec quelque chose de plus puissant, alors.

Il s'apprêtait à tirer lorsque l'impensable se produisit. Des dizaines de fissures apparurent le long de ces flancs aux teintes de coquillage. L'espace d'une seconde, Valérian crut que le vaisseau allait exploser. Mais les « fentes » s'élargirent et Valérian se rendit compte que l'énorme vaisseau était en train de se morceler en plusieurs engins plus petits, identiques les uns aux autres, qui se dispersèrent aussitôt dans toutes les directions.

– Merde ! Laureline ! cria Valérian. Le vaisseau vient de se disséminer en un tas de petits appareils. Le commandant se trouve à bord duquel ?

– Neuf heures ! Sud ! répondit Laureline.

– Neuf heures ? répéta Valérian, furieux et irrité. Tu es bien sûre ? Pas six heures ?

– Neuf heures ! fit sèchement Laureline. Dépêche-toi !

Les vaisseaux volaient au-dessus de lui, devant lui, et sous lui à présent. Il repéra celui que lui avait désigné Laureline, en dessous de l'Intruder, à neuf heures en effet. Il ajusta son cap pour prendre en chasse le petit engin, qui plongea dans les entrailles de la station.

Valérian adorait piloter l'Intruder. Il était très attaché à Alex. Mais il faillit percuter de plein fouet un autre vaisseau et entendit Laureline lui hurler « Fais gaffe ! » à l'oreille. Alors il prit une décision :

– Je suis trop gros pour les poursuivre, dit-il à Laureline et à Okto-Bar. Je prends le Sky Jet !

CHAPITRE 15

Okto-Bar fronça les sourcils.

– Bizarre. On dirait qu'ils ne cherchent pas à prendre le large dans l'espace… ils font demi-tour…

Il s'interrompit. Les deux points rouges approchaient de la tache radioactive située au cœur de la station.

– Tu es près de la zone mortelle, annonça Laureline. Rabats-les ici avant que je te perde !

Valérian lui répondit du tac au tac :

– C'est bien ce que j'essaie de faire !

Les yeux rivés à la carte, Laureline suivit avec une angoisse croissante les deux points rouges qui prouvaient que Valérian se rapprochait du commandant Filitt, mais aussi de la zone affectée par les radiations.

– Valérian ? dit-elle. D'ici dix secondes, je te perds.

– Je n'arrive pas à les faire ralentir ! répondit Valérian.

– Cinq secondes…

– Oh, merde ! cria Valérian.

Puis il n'y eut plus qu'un grand silence.

Les points rouges avaient disparu de la carte. Laureline sentit son cœur se serrer.

– Valérian ? Valérian, tu me captes ?

Pas de réponse. Aucun signe de vie.

Laureline se tourna brusquement vers Okto-Bar.

– Il me faut un Sky Jet !

– Sergent Laureline, vous ne pouvez pas partir à sa recherche, fit Okto-Bar d'une voix dure.

– Pourquoi ? demanda-t-elle.

Il abattit son index sur la carte.

– Cette zone est trop dangereuse et elle est sous le contrôle de l'ennemi.

– Un ennemi que vous n'identifiez même pas ! rétorqua-t-elle.

– Un ennemi qui vient de nous *attaquer* !

– En nous endormant, sans tuer un seul des nôtres ? s'écria-t-elle. Pourquoi nous laissent-ils la vie sauve ? Pourquoi ?

Il la fixa des yeux, et pendant un instant, son expression autoritaire fit place à un regard perplexe.

– Je… ne sais pas.

– Valérian a déjà vu ces créatures. Elles viennent de la planète Mül.

Okto-Bar fronça les sourcils.

– Ridicule. La planète Mül a explosé il y a trente ans !

Le temps passait. Valérian était peut-être déjà… non, Laureline ne s'autorisa même pas à y penser. Elle tourna les talons pour quitter la pièce, renonçant à convaincre Okto-Bar. Mais celui-ci la saisit par le bras.

– Je ne peux pas vous laisser partir ! Ce que vous dites… n'a aucun sens !

– C'est notre *mission* qui n'a aucun sens, mon général ! cria Laureline, sans crainte d'être entendue par des témoins. Quelqu'un nous ment. Trouvez qui c'est, moi je m'occupe de récupérer mon collègue !

Elle dégagea son bras et s'élança vers la porte. Sur un signe de tête du général, deux sentinelles lui barrèrent la sortie.

Laureline fit volte-face.

– Général, Valérian est un agent incomparable. Vous ne pouvez pas vous permettre de le perdre.

– Je ne peux surtout pas me permettre d'en perdre *deux* le même jour !

Il soupira.

– Navré, sergent.

Et il ajouta à l'intention des gardes :

– Enfermez-la jusqu'à l'arrivée des renforts. Déclenchez le niveau d'alerte maximal, *et retrouvez-moi le commandant !*

L'un des gardes prit son pistolet à Laureline et le mit à sa ceinture.

– Suivez-nous, s'il vous plaît, lui dit-il.

Le visage en feu, elle refoula une remarque. Okto-Bar n'était pas disposé à l'écouter. Il était convaincu que les Perles n'existaient pas, et quoi qu'elle fasse, elle ne pourrait pas le faire changer d'avis.

Flanquée des deux soldats, elle suivit le couloir d'un pas furibond. À une intersection, elle repéra soudain trois silhouettes trapues et familières, reconnaissables à leur long museau et à leurs ailes, qui s'éloignaient. Une idée la traversa ; elle s'arrêta.

– Eh, les gars ! dit-elle aux soldats. Je crois que vous devriez me menotter.

Ils la regardèrent de travers.

– Non, c'est vrai. Passez-moi les menottes. D'abord parce que c'est la règle. Ensuite, parce que j'ai une sérieuse envie de m'échapper !

Les deux soldats échangèrent un regard dérouté. L'un d'eux haussa les épaules.

– Pourquoi pas, dit-il.

Il sortit une paire de menottes magnétiques. Comme il s'avançait pour les passer autour des fins poignets de Laureline, celle-ci empoigna le bras de l'autre garde et le présenta aux menottes avant que la première sentinelle ait eu le temps d'interrompre son geste.

Clac.

Les deux hommes, dont l'un se retrouvait partiellement menotté, se dévisagèrent un bref instant, sous le choc.

Cet instant suffit à Laureline pour envoyer sa longue jambe dans le genou d'un garde. L'articulation craqua, l'homme s'affala. Laureline se tourna vers l'autre garde et lui tordit le bras ; avant qu'ils aient compris ce qu'il leur arrivait, l'un d'eux avait le poignet menotté, et son collègue, blanc comme craie, s'était vu gratifier d'une menotte autour de sa jambe sans doute cassée. Laureline lui reprit lestement son pistolet et haussa les épaules.

– Bien joué les gars !

Elle retourna d'un bond à l'intersection des couloirs. Les trois Doghan Daguis étaient déjà loin, mais elle les rattrapa en courant. Ils se retournèrent au bruit de ses pas ; elle dégaina son pistolet. Pour la seconde fois en moins d'une heure, ils levèrent leurs bras courts vers le plafond. Son arme braquée sur le trio, Laureline chercha des yeux un lieu plus intime pour y tenir une conversation. Elle aperçut une porte entrouverte qui donnait sur une réserve, et la désigna d'un mouvement de son pistolet.

– Par ici. J'ai un mot à vous dire.

Ils obéirent. Elle entra derrière eux dans la pièce et ferma la porte.

– Flash info ! s'exclama-t-elle d'un ton faussement enjoué. Si vous ne m'aidez pas à retrouver Valérian, vous signez votre arrêt de mort.

Posant son pistolet sur la tempe ridée de Bleu, elle ajouta :

– Et ce sera toi le premier.

Les aliens n'eurent pas l'air aussi effrayés qu'ils auraient dû l'être. Laureline crut même les voir esquisser un petit sourire ironique.

Le premier commença :

– C'est pour éviter des situations pareilles…

– … que tous nos renseignements…

– … sont divisés en trois parties, compléta Jaune d'un air suffisant.

– Tuez l'un de nous… reprit le premier.

Et Bordeaux ajouta :

– … et vous tuez le renseignement.

– Ce serait vraiment dommage ! s'exclama Jaune, lapidaire.

Laureline abaissa son arme avec un soupir.

– OK, vous avez gagné, admit-elle. Mais il va falloir me faire crédit. Je n'ai pas grand-chose sur moi.

Les trois Doghan Daguis hochèrent la tête à l'unisson.

– Comme c'est ennuyeux, dit Bleu.

– Si le commandant était là… ajouta Bordeaux.

– … il pourrait se servir du convertisseur pour nous payer, se lamenta Jaune.

– Mais il a été enlevé…

– … précisément parce qu'il avait le convertisseur sur lui, termina Bordeaux.

– À moins que pour des raisons de sécurité… glissa Jaune.

– … quelqu'un d'autre se soit chargé du convertisseur, intervint Bleu, l'air très content de lui-même.

Laureline les fixa avec des yeux ronds, à la fois consternée et impressionnée.

– D'où vous vient cette info ?

– Ce n'est pas de l'info, répliqua Bordeaux.

– C'est de la déduction, précisa Jaune.

– On sait comment fonctionnent les humains, ajouta Bleu, la mine satisfaite.

– Ils sont tous *tellement* prévisibles, s'exclama Bordeaux avec un mélange d'arrogance et de mépris dans la voix.

La colère s'empara de Laureline. Sans aucun doute, le général Okto-Bar était déjà sur ses traces. Le commandant Filitt était toujours prisonnier, le sort de Valérian toujours incertain. La dernière, absolument dernière chose qu'elle souhaitait faire, c'était de rester là à écouter trois petits informateurs grassouillets débiter des sarcasmes sur son espèce. Brandissant de nouveau son pistolet, elle se pencha et hurla dans l'oreille sensible de Bleu :

– Tous sauf les femmes ! Surtout quand elles sont de mauvaise humeur.

Bleu recula et plaqua les mains sur ses oreilles. Ses ailes se soulevèrent d'inquiétude, heurtant une pile de caisses.

– Oh ! OK ! OK !

– Calmez-vous ! s'exclama Bordeaux.

– Qu'est-ce que vous voulez savoir ? demanda Jaune.

– Où est Valérian ! dit Laureline.

– Difficile à dire, commença Bleu, les mains toujours sur les oreilles.

– Mais on connaît un moyen de le pister…

– … avec une précision absolue, termina Jaune.

– Combien ? demanda Laureline.

– Cent baduls, dit Bleu.

– Pour chacun, spécifia Bordeaux.

– En liquide et payables d'avance, ajouta Jaune.

Laureline se demanda s'ils se rendaient compte qu'elle était littéralement sur le point d'exploser. Elle dit entre ses dents :

– Je *n'ai pas* de baduls.

– Vous avez un convertisseur, répliqua le premier Doghan Daguis.

Laureline extirpa un petit sachet d'une sacoche qu'elle avait à la taille.

– Oubliez. Voilà tout ce que j'ai.

Il y avait là quelques dizaines des diamants que le convertisseur lui avait fournis. Les Doghan Daguis scrutèrent l'intérieur du sachet, puis, l'un après l'autre, ils tournèrent la tête vers Laureline. Ils étaient déçus.

– Les diamants ont moins de valeur que les baduls, dit Bleu.

Ça. Suffisait. Comme. Ça.

– Fin de la négociation ! trancha Laureline en pointant son arme sur l'autre oreille de l'alien, dont les yeux de fouine s'écarquillèrent.

– OK, OK, dit Bordeaux en levant les mains en un geste apaisant. Vu les circonstances…

– … on accepte le marché.

– Bien, fit Laureline. Maintenant, *où est Valérian ?*

– Suivez-nous, dit Bleu en se frottant l'oreille.

*
**

Le général Okto-Bar avait été un homme de guerre, mais il avait trouvé sa vraie vocation à bord d'Alpha. Il ressentait une fascination et une paix étrange à gérer le quotidien de l'immense station, et excellait à son poste depuis quatre ans. Il s'était attaché aux aliens qui, comme lui, appelaient ce lieu « chez nous », et il avait noué avec certains d'entre eux des amitiés fidèles. La perspective d'un péril encouru par eux, par ses camarades humains, par cette station qui au fil des siècles avait été un havre d'interaction harmonieuse et de coopération bienveillante entre espèces, cette perspective était inacceptable.

Il avait pensé en toute logique que, s'il continuait à gérer sans heurts les problèmes quotidiens d'une population aussi énorme, on le récompenserait en le nommant commandant de cette place qu'il aimait tant. Mais Arun Filitt était homme à forcer d'emblée l'admiration ; quand il avait fallu lui offrir de l'avancement, on l'avait promu commandant de la station Alpha à la place de l'homme qui avait si bien veillé sur elle, avec une passion discrète, pendant plusieurs années. Okto-Bar continuait donc son travail dans l'ombre de ce personnage au charisme affirmé.

Cependant, le commandant avait disparu. Okto-Bar était conscient que la survie de Filitt – et celle de sa station bien-aimée – dépendait à présent de lui.

La nouvelle de l'évasion de l'agent Laureline était spécialement contrariante. Il n'avait pas besoin d'agents téméraires évoluant n'importe où. Okto-Bar, immobile, fixait des yeux la carte de cette station qui était à la fois son fardeau et sa joie.

Ses meilleurs soldats d'élite se tenaient à côté de lui dans l'attente de ses ordres.

– Phillips, foncez vers l'endroit où le major a disparu. Milo, partez à la recherche de l'agent Laureline. Quand vous l'aurez retrouvée, amenez-la-moi sans violence. Rompez !

Les soldats sortirent en toute hâte. Le général resta là, pensif, à observer la carte.

Il n'était pas homme à éprouver des émotions extrêmes, ou à se laisser emporter par son imagination. Pour ce qui était de cette dernière, certains allaient même jusqu'à l'accuser d'en manquer totalement, chose qui ne l'ennuyait pas du tout. Quand l'agent

Laureline avait prétendu que des habitants de Mül se trouvaient sur la station, et que l'agent Valérian les connaissait, elle n'avait dit que des balivernes, bien sûr.

Et pourtant… Il savait qu'elle était aussi solide que franche, pas comme son collègue si impulsif. Alors, cette insistance de sa part…

Il manquait de solutions, et une investigation ne ferait aucun mal.

Okto-Bar posa la main sur un scanner en verre.

– Déclassifié. Je veux tous les renseignements possibles sur la planète Mül.

Au bout d'un moment, une lueur rouge envahit le scanner, et un message s'afficha : ACCÈS REFUSÉ.

Quoi ? De surprise, le général haussa les sourcils.

– Qui a autorité sur ce dossier ? demanda-t-il.

La réponse s'afficha aussitôt : COMMANDANT ARUN FILITT.

Okto-Bar fixa des yeux ronds sur le nom qui clignotait. Il devait *bel et bien* posséder une imagination, car celle-ci s'emballait.

CHAPITRE 16

Laureline crut tout d'abord que les Doghan Daguis la menaient en bateau. Son impatience augmentait à chaque pas qu'ils faisaient vers le sud, la partie de la station conçue pour accueillir les espèces aquatiques. Ils parvinrent dans la région de Galana, dont les plaines sous-marines étaient réputées pour leur beauté. Mais Laureline n'était pas là pour jouer les touristes.

– Vous feriez bien de ne pas me croire née de la dernière pluie, murmura-t-elle soudain.

– Qu'est-ce que c'est…

– … que la pluie ? enchaîna Bordeaux.

– Et pourquoi la dernière ? ajouta Jaune.

Laureline se frotta les tempes. L'adrénaline continuait à monter et ne la rendait pas vraiment plus patiente.

– Laissez tomber, dit-elle. Rappelez-vous seulement que mon arme est chargée et que je serai heureuse de m'en servir si je sens qu'on perd le nord.

– En fait… dit Bleu.

– … c'est vers le sud…

– … qu'on est en train d'aller.

Laureline ne répondit pas. Elle savait que si elle ouvrait la bouche ce serait pour hurler d'exaspération, ce qui la soulagerait mais n'aiderait en rien Valérian.

Enfin, suivis par Laureline, les Doghan Daguis atteignirent un quai en béton sur les rives d'une mer intérieure d'un vert trouble. Il régnait ici une puanteur de saumure et de pourriture mêlées, et Laureline fit un effort pour ne pas froncer les narines. L'endroit était désert ; on entendait l'écho de divers sons étranges et sinistres.

Non, se dit Laureline, *pas tout à fait désert.* Elle venait d'apercevoir le kiosque d'un tout petit sous-marin qui semblait être amarré au quai. Sa partie émergée n'inspirait guère confiance. Le métal paraissait ancien, susceptible de prendre l'eau d'un instant à l'autre.

Les Doghan Daguis s'avancèrent d'un pas décidé vers un mécanisme rouge fixé à l'extrémité du quai et qui, comme le sous-marin, n'était pas de première jeunesse. Laureline supposa qu'il s'agissait d'une sorte de grue. Bleu actionna un levier et un petit crochet en descendit. Bordeaux tira une bouteille de l'une des innombrables sacoches fixées à sa ceinture, et l'attacha soigneusement au crochet. Bleu actionna un autre levier et la grue tourna sur elle-même ; puis elle fit descendre la bouteille de manière à ce que celle-ci tinte sans se briser contre le sous-marin.

Avec un grincement assourdissant, le haut du kiosque s'ouvrit.

L'un des hommes les plus étranges que Laureline ait jamais vus sortit la tête du sous-marin. Il plissa les yeux, attrapa le cadeau qu'on lui faisait, l'ouvrit avec les dents, vida son contenu d'une traite et jeta la bouteille vide dans les eaux sombres.

Il avait de longs cheveux blancs et une barbe touffue de la même couleur ; son visage était tanné comme du vieux cuir. Son nez avait subi cassure sur cassure, et les yeux qu'il fixa sur les arrivants étaient vairons ; l'un d'un brun sombre, profond ; l'autre, bleu pâle, était sans doute artificiel. Un genre d'implant était fixé en haut à gauche de son front et ses oreilles bizarres étaient ornées d'anneaux.

– Votre plan ne me dit rien qui vaille, murmura Laureline.

Le pirate – c'est du moins l'identité que Laureline prêtait au bonhomme – la lorgnait de ses yeux étranges. Il gronda d'une voix bourrue :

– Qu'est-qu'c'est qu'vous voulez ?

Le premier Doghan Daguis prit la parole :

– On aimerait pouvoir pêcher…

– … des méduses cortex, ajouta Bordeaux.

Et Jaune précisa :

– Mâles, de préférence.

Bleu jeta l'un des diamants de Laureline au pirate. Celui-ci tendit la main gauche et l'attrapa avec une adresse dont Laureline ne l'aurait pas cru capable – jusqu'au moment où elle se rendit compte que le bras était complètement cybernétique.

Le pirate examina la pierre et émit un grognement. Sans lâcher le diamant, il leva les yeux et lança :

– C'est pas la saison.

Bordeaux lui jeta une nouvelle pierre. À nouveau, il attrapa au vol le minuscule projectile. Cette fois, il dit :

– Les mâles sont plus durs à attraper.

Il se demandait visiblement jusqu'où il allait pouvoir tenter sa chance.

Jaune soupira et lui envoya un troisième joyau.

Le pirate leur fit l'honneur d'un sourire en or.

– Bienvenue à bord ! déclara-t-il.

*
**

Les Doghan Daguis restèrent à quai, et Laureline pénétra dans le sous-marin l'esprit tournant à mille à l'heure. L'appareil était aussi petit qu'elle se l'était imaginé, et encore plus vétuste qu'elle ne l'avait craint. Il était conçu pour accueillir deux humanoïdes, tout juste, et le pirate avec qui elle venait de faire alliance prenait beaucoup de place. Le cockpit, avec sa large bulle d'observation, occupait environ un tiers du submersible. Le reste, c'était l'espace où le pirate dormait, et mangeait peut-être, même si Laureline le soupçonnait de puiser la plupart de ses calories dans la boisson. Dans la queue du sous-marin se trouvait un moteur étonnamment puissant. Une petite grue à griffes était fixée à la base du sous-marin, sans doute pour les besoins de la pêche.

Le submersible se lança dans la traversée des plaines sous-marines de Galana. Quel contraste entre l'angoisse qu'éprouvait Laureline à l'égard du sort de Valérian et la beauté sereine des paysages ! Elle dut s'avouer que le décor qui l'entourait était stupéfiant. En d'autres circonstances, elle aurait savouré son voyage.

Ils passèrent à travers les célèbres champs de cobalt de mélodies et d'histoires ; c'étaient des fonds bleu-vert d'une fraîcheur merveilleuse où poussaient des fleurs bleu sombre qui oscillaient doucement dans l'eau, leurs bordures frangées d'une lumière bleu pâle. Sous le regard de Laureline, un cultivateur Poulong traversa le champ à la nage. Il appartenait à l'une des premières espèces aquatiques installées sur Alpha, un peuple d'une grande douceur. Sur la terre, il aurait eu l'air squelettique et pataud, le corps bossu et anguleux. Mais il était ici dans son milieu naturel. Il avait la peau bleue et marbrée, si bien que la lumière venue de la surface semblait jouer dessus en permanence. Une lampe était fixée sur son casque et reliée par un fil à un concentrateur. Il s'agissait du fameux Krikbang, puissant ordinateur qui reliait tous les Poulongs entre eux pour coordonner les activités des cultivateurs. Le regard de Laureline s'attarda sur cette paisible créature qui faisait un bouquet de plantes aquatiques en boutons ; ses longs doigts délicats cueillaient les tiges élancées au ras des fonds marins. Lorsque la tige cédait, la luminescence qui ourlait la fleur jetait un vif éclat bleu-blanc, l'espace d'un instant. Les pétales ondulaient, impuissants, tandis que le pêcheur plaçait sa prise dans son sac à dos avant de passer à la suivante. La lueur était belle, mais Laureline ne put s'empêcher de se demander si ce n'était pas un cri de douleur de la plante.

Cette pensée lui fit mal ; elle se détourna donc pour regarder vers l'avant. Le pirate s'avérait taciturne, ce qui convenait très bien à la jeune femme. Elle s'assit dans le siège du passager. Le sous-marin passait à présent entre de hautes colonnes à demi effondrées, comme s'il franchissait des portes donnant sur un monde perdu. Ce décor était apaisant, hypnotique, mais un détail aiguisa soudain l'attention de Laureline.

Quelque chose de large se déplaçait, une tache vert sombre sur le fond plus clair de l'eau. Quelques battements cardiaques plus tard, Laureline requalifia le mouvement de « large » à « gigantesque », en ajoutant une nuance de « monstrueux » pour plus d'exactitude.

Le pirate pointa un doigt dans cette direction-là.

– Des Bromosaures ! annonça-t-il d'un ton triomphal.

Des bêtes énormes évoluaient de-ci, de-là, l'air placide. Aux yeux inexpérimentés de Laureline, elles évoquaient le croisement entre un reptile et un insecte. La jeune femme distingua les larges plaques qui leur recouvraient le dos et la queue, et compta huit pattes – minuscules étant donné les proportions de ces animaux – qui se balançaient sous leur corps. Le Bromosaure semblait pouvoir se pelotonner sur lui-même, le nez contre la queue, avec ses plaques comme bouclier. Laureline n'avait pas envie de savoir quel prédateur marin pouvait menacer des animaux mesurant plus de soixante mètres de long.

– Ils sont dangereux ? demanda-t-elle.

– Pas vraiment, répondit le pirate. Il faut juste faire attention qu'ils ne nous avalent pas sans le faire exprès.

Laureline se détendit légèrement, et regarda avec plus de curiosité que d'inquiétude l'un des Bromosaures qui aspirait la vase du fond et tout ce qu'elle contenait.

– On a de la chance, reprit le pirate. C'est un mâle.

– À quoi le voyez-vous ? demanda Laureline.

– Ils sont beaucoup plus petits que les femelles.

Laureline haussa les sourcils.

– Contente de l'apprendre.

Le petit sous-marin s'approchait du bromosaure.

– Hum... On n'était pas censés chercher une méduse cortex ?

Le pirate tourna son regard déconcertant vers Laureline.

– Si vous voulez la méduse, il faut d'abord trouver le Bromosaure !

Il secoua la tête comme pour dire : *Qu'est-ce qu'on leur apprend aujourd'hui aux gamins à l'école ?*

Laureline demanda :

– OK, mais… comment est-ce qu'on peut être sûr que celui-ci contient une méduse ?

– Ils en ont tous, dit le pirate. Savez… le Bromosaure recrache de l'eau pure, et une méduse cortex, ça peut pas survivre sans c't'eau-là. C'est pour ça que les méduses vivent sur les Bromosaures à longueur de temps. Et c'est d'elles qu'ils tirent leur hypersensibilité.

Laureline le fixa des yeux quelques instants, presque plus impressionnée par l'éloquence soudaine du pirate, et par ses connaissances, que par l'animal gigantesque qu'ils avaient devant eux.

Ils en étaient tout près, à présent, et elle remarqua que le bromosaure avait une narine unique, énorme. Une méduse s'y trouvait accrochée, en effet, juste au-dessus du large trou par lequel un flot d'eau était en train de s'échapper.

Le petit sous-marin s'arrêta pile devant l'animal, qui était au moins cent fois plus gros que lui.

– Pourquoi est-ce qu'on s'arr…

Les doigts de Laureline s'agrippèrent au bras de son siège ; le petit navire était attiré en avant.

– Il est en train de nous aspirer ! s'écria-t-elle.

Le pirate gardait un calme parfait.

– Il faut s'en approcher frontalement, lui dit-il, toujours d'un ton détaché et pédagogique.

Il se pencha vers elle et ajouta, avec une expression conspiratrice :

– C'est l'angle mort de sa vision.

Elle le regarda, hébétée. Elle l'avait pris pour un fou, ensuite pour un puits de science, mais elle revenait à l'étiquette « malade mental ». Le sous-marin avançait de plus en plus vite. Laureline se tourna vers la bulle d'observation et vit les serres de la grue se déployer à l'avant du sous-marin.

– Nous y voilà, murmura le pirate en se penchant en avant pour manœuvrer la grue. Doux comme la soie…

Laureline le regarda faire ; elle comprenait à présent ce qu'il allait tenter.

– Je peux vous aider ? proposa-t-elle. Je suis bonne en pilotage.

Le pirate ne détourna pas le regard de ce qu'il faisait ; son corps tout entier était concentré sur les gestes à accomplir.

– Oh, il ne s'agit pas de piloter, dit-il tout bas. Il s'agit de… *sentir.*

– Je ne suis pas mauvaise pour ça non plus, dit obligeamment Laureline.

– Chut, souffla le pirate avec un froncement de sourcils furibond.

Laureline retomba sur son siège, et laissa le pirate mériter son salaire de trois diamants.

Ils continuaient à être aspirés vers l'avant à toute allure. Laureline déglutit ; elle n'avait plus qu'à placer ses espoirs dans les talents cachés du pirate.

De fait, à la toute dernière seconde possible, le pirate mit le cap vers le haut, dégageant d'un coup le petit sous-marin de l'attraction du monstre ; il passa au-dessus de la tête de l'animal. Les doigts du pirate coururent sur le tableau de bord, et les serres de la grue se refermèrent sur la méduse.

– C'est comme ça qu'on fait ! lança gaiement le bonhomme.

Laureline, soulagée, allait elle-même pousser une exclamation de joie, lorsque le Bromosaure, qui se trouvait derrière eux et en dessous, se redressa brusquement. À une vitesse surprenante pour un animal si gros et nonchalant, il fit volte-face : en un éclair, ce ne fut plus le dos immense de l'animal que Laureline eut sous les yeux, ni sa queue, mais une gueule démesurée pourvue de dents aussi grandes que l'homme assis à côté d'elle.

– Je croyais vous avoir entendu dire qu'ils n'étaient pas dangereux ! s'écria Laureline.

– Ils ne le sont pas, dit tranquillement le pirate. Sauf quand on s'empare de leur copine.

– Super !

Une poursuite s'engagea. Le pirate, nullement inquiet, poussa le moteur à fond et le submersible glissa le long du dos gigantesque ; il esquiva ensuite l'attaque d'un second bromosaure qui partageait visiblement l'indignation de son congénère privé de sa « copine ».

– On ne va pas pouvoir les semer ! cria Laureline.

– Ce ne sera pas la peine, répondit tranquillement le pirate.

Laureline détestait rester assise pendant que d'autres agissaient, mais il n'y avait pas grand-chose à faire, sauf s'accrocher en espérant que le sous-marin allait résister.

Une queue énorme fouetta l'eau ; le courant qu'elle suscita propulsa le sous-marin en avant. C'est alors que Laureline saisit l'intention du pirate. Droit devant eux, deux des piliers géants en ruine se dressaient comme des sentinelles de pierre. Le pirate se dirigeait droit vers l'espace qui les séparait.

Les mains de Laureline se crispèrent sur les bras de son siège. *Allez, allez...*

Le sous-marin se faufila entre les colonnes jumelles.

Les Bromosaures n'y parvinrent pas ; ils se heurtèrent aux piliers. Leur tête était juste assez étroite pour passer, mais leurs épaules percutèrent la pierre antique avec une telle violence qu'une énorme lézarde zébra l'un des piliers. Perplexes et furieux, ces deux habitants des plaines de Galana renouvelèrent leur tentative en y mettant plus d'énergie : mais leur proie minuscule et leur copine plus petite encore avaient déjà disparu au loin.

Laureline entendit derrière elle un beuglement puissant et désespéré. Elle s'affala sur son siège et garda les yeux fermés tout le restant du voyage.

*
**

Laureline se sentait complètement vidée lorsqu'elle sortit du sous-marin. Les trois Doghan Daguis étaient toujours sur le rivage ; elle ne voulut pas admettre que cela lui faisait plaisir de les retrouver. Elle s'était à moitié attendue à ce qu'ils aient pris la poudre d'escampette.

Une fois qu'elle fut à quai, le rabat du kiosque se referma d'un coup sec et elle entendit grincer son verrou. C'était très bien ainsi. Après cette aventure, elle n'aurait pas été certaine de pouvoir dire poliment au revoir à l'étrange pirate.

– Alors ? demanda Bleu.

– Ils mordaient ? s'enquit Bordeaux.

– Vous en avez attrapé une ? dit Jaune, paraissant tout excité.

– Oui, répondit Laureline.

Ils se tournèrent tous pour suivre du regard les serres du sous-marin qui émergeaient lentement de l'eau et brandissaient leur prise visqueuse.

– Il n'y a pas de temps à perdre, dit Bleu.

– La méduse cortex est extrêmement fragile, expliqua Bordeaux.

– Montrez-lui des images de Valérian… dit Jaune.

Et Bleu compléta :

– Elle vous montrera ce qu'il a vu.

– D'accord, dit Laureline, en regardant avec une certaine répugnance la méduse suspendue aux griffes de la grue. Mais comment ?

– Il faut la placer…

– … sur votre tête…

– … et qu'elle vous tombe jusqu'aux épaules.

Laureline fit une grimace de dégoût.

– Vous rigolez.

Ils la regardèrent le plus sérieusement du monde.

– Jamais quand nous travaillons, déclara Bleu.

– Par une sorte d'osmose… expliqua Bordeaux.

– … vous pourrez communiquer avec elle, acheva Jaune.

Laureline, écœurée, lorgna l'animal dégoulinant et gluant. Une partie d'elle-même se demandait si les Doghan Daguis étaient en train de se payer sa tête. Mais l'affirmation de Bleu lui parut sincère. C'étaient de repoussants petits informateurs pot-de-colle, certes, mais on ne se moquait pas du client, c'était mauvais pour les affaires.

À propos de repoussant… Laureline se força à saisir la méduse glissante avec précaution, en faisant un effort pour ne pas reculer lorsque ses doigts la touchèrent.

Sur la tête, jusqu'aux épaules. *Berk.*

Elle prit une grande bouffée d'air, se blinda mentalement et souleva l'invertébré froid et poisseux. Elle s'immobilisa en entendant Bleu lui dire d'une voix grave :

– Faites très attention…

– … à ne pas rester sous cette créature… poursuivit Bordeaux.

– … plus d'une minute…

– … faute de quoi elle se nourrirait…

– … de votre mémoire, compléta Bordeaux.

Laureline écarquilla les yeux, horrifiée, puis elle laissa échapper un rire brusque et forcé :

– Autre chose qu'il faut que je sache avant de laisser ce truc m'avaler ? Je lui fourre la tête dans le cul ?

Ils clignèrent des yeux à l'unisson.

– Pas pour autant qu'on sache, fit Bleu, prudent.

– Vous pouvez y aller.

– Bonne chance ! fit Jaune.

Laureline leva la méduse au-dessus de sa tête.

– N'oubliez pas !

Bleu avait l'air sincèrement inquiet.

– Une minute !

– Pas une seconde de plus !

– Pigé, répliqua Laureline.

Et elle se coiffa de la méduse.

CHAPITRE 17

Le corps visqueux et suintant de la méduse se plaqua sur le visage de Laureline, enserrant sa mince silhouette jusqu'à la taille. Le contact était encore plus répugnant qu'elle ne l'aurait cru, et pendant une seconde elle dut lutter contre un frisson de peur, lorsque la substance gélatineuse lui recouvrit la bouche et le nez. Mais elle se rendit compte qu'elle pouvait toujours respirer.

Mettant sa répulsion de côté, elle se concentra sur Valérian.

Elle l'imagina avec toute la précision dont elle était capable. Elle essaya de tout se rappeler : son visage, son sourire, sa supériorité crâneuse et enjouée. Sa voix, son odeur, son contact. La pression de ses lèvres contre les siennes. L'expression qu'il avait eue lorsqu'il la tenait dans ses bras, juste avant leur arrivée sur la station. Ses yeux, doux et grands ouverts, tandis qu'il l'écoutait exprimer ses pensées les plus intimes, celles qu'elle n'avait jamais révélées à quiconque. Juste avant qu'il commence à lui répondre pour être aussitôt interrompu, elle l'avait vu trembler.

Et elle avait fait de même.

Valérian...

Et soudain, malgré ses yeux fermés, Laureline put voir.

Elle se débattait pour se libérer du cocon que les Perles avaient...

Non. Ce n'était pas elle qui se débattait.

C'était *Valérian.*

Les Doghan Daguis avaient raison. Elle voyait tout à travers ses yeux à lui.

Le cœur de Laureline s'accéléra à mesure qu'elle vivait les expériences de son compagnon : la sensation étonnante et euphorique de traverser les murs sans douleur ; les bonds accomplis en l'air grâce aux disques translucides servant de marchepieds ; la course à travers les champs de noyaux, le hurlement télépathique des Omélites furieux ; la poursuite engagée pour rattraper le vaisseau des Perles d'une beauté surnaturelle ; le choc éprouvé lorsque ce vaisseau s'était fractionné en plusieurs engins ; la décision prise de continuer la course en Sky Jet.

– Quinze secondes !

La voix perçante faillit détourner l'attention de Laureline. Un battement cardiaque plus tard, elle comprit que les Doghan Daguis lui lançaient un avertissement.

Elle se replongea dans le point de vue de Valérian et le regarda propulser un harpon qui le relia au joli petit vaisseau si rapide. Elle sentait son cœur cogner à toute allure contre sa cage thoracique.

Le vaisseau essayait de se dégager, malmenant Valérian, le secouant en tous sens comme un jouet d'enfant…

La sueur se mit à ruisseler le long du corps de Laureline.

Valérian était ballotté d'avant en arrière, lorsque soudain, la coque d'un vaisseau de transport approcha, vite, trop vite, et le Sky Jet s'y heurta de plein fouet…

Laureline poussa un cri.

L'épave gisait au sol, éclairée par de faibles lueurs bleu-violet erratiques. Laureline était au bord du désespoir lorsque, par bonheur, Valérian parvint à s'extraire de l'épave fumante du Sky Jet ; il fit quelques pas titubants puis s'écroula par terre.

Tout devint noir. Soudain, Laureline quitta le point de vue de Valérian ; elle se tenait au bord d'un précipice et apercevait, tout au fond, la forme inanimée de son ami. *Valérian !* Son image devint soudain floue. L'espace d'une affreuse seconde, elle crut être en train de perdre contact avec lui, mais elle se rendit compte que c'étaient ses larmes qui brouillaient sa vision.

Le cri de Bordeaux fit irruption dans sa peur :

– Trente secondes !

Laureline regarda Valérian un instant encore, puis elle crispa les mâchoires. Ce n'était pas en pleurant sur lui qu'elle pourrait le sauver. Il serait plus utile de repérer le lieu de l'accident. Elle arracha son regard à la forme évanouie de son ami pour examiner les abords du précipice d'où elle était témoin de la scène.

– Cinquante secondes ! s'écria Jaune.

– Sortez de là !

– Tout de suite ! hurla Bordeaux.

Impossible, elle ne pouvait pas.

Pas encore. Pas avant d'avoir localisé l'homme qu'elle…

L'image se brouilla de nouveau, mais pas à cause des larmes. Laureline se sentit soudain épuisée, comme si elle avait couru cent cinquante kilomètres sans pause ; et elle se rendit compte que ce n'était pas son corps, mais son esprit qui s'épuisait sous l'effort.

Allez, Laureline…

Enfin, voilà. Son regard fébrile tomba sur un tuyau où s'étalaient des lettres peintes. Laureline avait le tournis. Elle lutta contre cette sensation, mais ses jambes se mirent à trembler et cédèrent sous elle. Elle tomba à genoux ; mais elle avait vu et mémorisé l'information.

N.630.E.SUL-DÉSACTIVÉ

L'image disparut.

Laureline pouvait à peine soulever les bras, mais elle se força à le faire. Ses doigts engourdis et tremblants cherchèrent une prise sur la bête glissante qui lui recouvrait la tête et le torse. Dans un ultime sursaut d'énergie, elle arracha la créature accrochée à elle. La méduse atterrit sur le quai avec un « splatch » mouillé. Laureline fixa les yeux sur elle, tremblante, trempée de sueur et d'eau de mer, réduite par l'épuisement à une semi-inconscience.

La méduse avait viré au noir.

– Incroyable ! s'exclama Bleu.

– Une minute…

– … et dix secondes ! coassa Jaune, tout excité.

– Un record ! proclama Bleu.

La méduse frémit. Avec une moue de dégoût, Laureline la regarda se traîner jusqu'au bord du quai et replonger dans son élément.

– Vous allez bien ? s'enquit Bordeaux, inquiet.

– Vous l'avez trouvé ? demanda Jaune.

Haletante, Laureline lâcha : « N.630.E.SUL-DÉSACTIVÉ ». Elle était toujours à quatre pattes, et leva les yeux vers ses compagnons.

– Une idée de ce que ça veut dire ?

Ils échangèrent des regards entendus, et c'est Bleu qui prit la parole.

– Niveau 630 est.

– Sans doute un tuyau de sulfate, ajouta Bordeaux.

– Désactivé, apparemment, fit Jaune qui semblait contrarié qu'on ne lui ait laissé que cette évidence à énoncer.

Ces trois aliens avaient largement irrité Laureline par le passé. Mais aujourd'hui, ils avaient fait tout ce qu'ils s'étaient engagés à faire – contre rétribution, certes. Grâce à eux, elle allait pouvoir retrouver Valérian.

– Merci, fit Laureline d'une voix sincère, en les gratifiant d'un sourire.

– Avec plaisir, sergent, dit Bleu qui plaça sa main boudinée contre son cœur et s'inclina légèrement.

– Souhaitez-vous une carte détaillée ? proposa Bordeaux.

Et bien sûr, Jaune ajouta :

– Pour un tarif de rêve.

*
**

Le sergent Neza avait enfin une bonne nouvelle pour Okto-Bar : on avait localisé l'agent Laureline.

Neza, grand et mince, droit comme un piquet, montra du doigt la carte de la station.

– Nous avons trouvé ici les traces biologiques du sergent Laureline.

– Que faisait-elle au bord de la mer de Galana ? demanda Okto-Bar surpris.

Cette affaire devenait de plus en plus étrange.

– On ne sait pas encore, mon général, répondit Neza. Ce qu'on sait, c'est qu'elle a ensuite volé un véhicule pour se diriger vers la zone rouge.

Okto-Bar haussa les sourcils. La zone rouge… Il esquissa un léger sourire.

– Je ne sais pas comment elle s'y est prise, mais elle a dû localiser le major !

Une bonne nouvelle de plus, si c'était exact.

Une femme sergent montra la tête par la porte et dit d'un ton timide :

– Mon général ? Il y a là trois… euh… Doghan Daguis, qui disent détenir un renseignement susceptible de nous intéresser.

Personne n'aimait les Doghan Daguis. Ils vivaient de la vente de leurs informations, qu'ils n'offraient jamais gratuitement. Il était logique que la jeune femme ait hésité à mentionner leur nom. Mais à ce stade, deux fleurons de l'agence spatio-temporelle étaient portés disparus, et Okto-Bar ne voulait négliger aucune piste – pas même un indice apporté par un trio de Doghan Daguis.

– Faites-les entrer.

Les trois aliens s'avancèrent d'un pas traînant, la mine obséquieuse.

Okto-Bar les dévisagea l'un après l'autre d'un air sévère.

– Nos humbles respects, général, commença Bleu.

– Puissiez-vous connaître la santé…

– … et la prospérité, termina Jaune en adressant à Okto-Bar ce qui passait pour un sourire chez son espèce.

– Droit au fait ! coupa brusquement le général en croisant les bras.

Ils se mirent à parler, et plus ils en disaient, plus le visage d'Okto-Bar prenait une teinte grisâtre. Lorsqu'ils eurent terminé, un nœud de colère froide s'était formé au creux de son estomac. Il se tourna vers Neza, qui lui aussi avait l'air hébété et vaguement écœuré, et lui dit :

– Suivez-moi !

*
**

Le général Okto-Bar entra d'un pas ferme dans la salle des interrogatoires, accompagné par quatre de ses meilleurs soldats. Les Doghan Daguis trottinaient derrière, aussi vite que leurs courtes pattes pouvaient les porter. Les sentinelles qui gardaient la porte se mirent au garde-à-vous, l'air confus et vaguement effrayé, comme rêvant d'être ailleurs.

– Mon général, on… commença l'une d'elles, une femme.

– Ouvrez cette porte, lieutenant, interrompit Okto-Bar avec un calme glacial, ou vous regretterez beaucoup de ne pas l'avoir fait.

Elle s'exécuta.

Okto-Bar espérait sincèrement que le renseignement acheté aux Doghan Daguis était faux. Hélas, il ne l'était pas.

L'alien mince et pâle était ligoté à sa chaise. Il avait visiblement reçu des coups, et devant l'inefficacité de ce traitement, eh bien… le général devina que la dizaine de perfusions qui lui entraient dans le corps n'étaient pas tout à fait des remontants. Les trois petits aliens qui l'avaient amené jusqu'à cette pièce gardaient les yeux prudemment rivés au sol.

Okto-Bar pivota sur lui-même pour faire face à l'interrogateur et demanda d'une voix vibrante de fureur :

– Capitaine ! Que se passe-t-il ici ?

Le capitaine le regarda, en proie à une panique évidente. Ses yeux furetèrent partout comme s'il cherchait une sortie de secours et il répondit avec des trémolos dans la voix :

– Je suis au service direct du commandant Arun Filitt ! Je n'ai pas à…

– Je suis le général Okto-Bar ! rugit l'officier supérieur.

Il venait de perdre tout ce qu'il lui restait de patience. La patience n'avait pas cours face à la torture.

– En l'absence du commandant, c'est moi qui gouverne la station Alpha. Sergent Neza, arrêtez ces hommes ! Et détachez immédiatement ce pauvre bougre.

Le sergent Neza et un autre soldat s'empressèrent d'obéir. Les Doghan Daguis s'attardaient sur le seuil ; ils semblaient se délecter de la scène.

L'alien blême fut libéré de ses liens et de ses perfusions. Il rejeta la tête en arrière et sa poitrine se gonfla d'un soupir. Le général Okto-Bar s'approcha de lui et lui dit d'une voix douce, quoique encore empreinte d'une juste colère :

– Je vous demande sincèrement pardon pour ces sévices. Nous allons vous conduire à notre prison à présent, parce que votre peuple vient de nous attaquer, mais je vous promets que nos médecins vont s'occuper de vous. Vous ne subirez plus aucun mal.

Tout en parlant, le général se demandait si l'inconnu allait survivre assez longtemps pour recevoir des soins. On lui avait fait tant de choses…

L'alien ouvrit de splendides yeux bleus et adressa un faible sourire au général. Au prix d'un violent effort, il leva une main pour prendre celle d'Okto-Bar.

– Aidez-nous… supplia-t-il.

Curieuse requête de la part de quelqu'un dont les congénères avaient attaqué la station, mais le général lui répondit :

– Si vous voulez que je vous aide, dites-moi tout ce que vous savez, et d'abord, pourquoi vous nous attaquez.

Le prisonnier torturé répondit d'une voix sans force :

– Parce que… vous avez… ce dont nous avons besoin.

Il ferma les yeux. L'espace d'un instant, le général Okto-Bar crut qu'il était mort. Il ne s'attendait pas à la suite : la créature à l'agonie étendit les bras en grand et cambra le dos, comme s'il essayait d'embrasser l'univers tout entier.

Une vague bleue sembla jaillir de son corps ; elle déferla à travers la pièce avec des mouvements de pulsation, à travers la pièce et à travers tous ceux qui s'y trouvaient, témoins bouche bée aux yeux agrandis par la stupeur.

CHAPITRE 18

Pistolet au poing, Laureline émergea du tuyau de sulfate désactivé au niveau 630 est ; elle se trouvait à flanc de précipice. Elle s'approcha du bord d'un pas vif mais prudent, et scruta du regard le gouffre insondable. Les ténèbres de l'abîme étaient illuminées de temps à autre par des papillons phosphorescents qui éclairaient les parois en passant. Ils étaient d'une beauté magique ; leurs ailes jetaient des éclats magenta, violets et bleu nuit.

– Valérian ? appela Laureline.

L'écho répercuta sa voix et elle se dit que hurler n'était peut-être pas la meilleure chose à faire. Mais s'il pouvait lui répondre…

Elle n'entendit que l'écho de sa propre voix qui s'éteignait, puis un grand silence.

C'était là pourtant, elle en était certaine. Elle n'avait pas spécialement remarqué ces papillons, mais elle avait vu Valérian et l'épave du Sky Jet éclairés par leur luminescence. Et elle avait fait reproduire assez de diamants par le convertisseur pour être certaine que la carte fournie par les Doghan Daguis était fiable. Sa vision lui avait fait entrevoir un Valérian en piètre état. Elle ne pouvait qu'espérer qu'il survivrait jusqu'à ce qu'elle le rejoigne.

Elle fouilla dans son kit et y trouva un câble fin mais solide attaché à un piton. Laureline enfonça fermement le piton qui s'auto-fixa dans le rocher ; elle tira dessus pour vérifier qu'il tenait bien, puis effectua un rappel le long de la paroi presque verticale. Elle ne s'arrêta que lorsque ses pieds touchèrent une corniche qui faisait saillie sur le rocher et lui offrait un espace plat d'environ trois mètres. D'un mouvement de poignet, elle détacha le câble, l'enroula et le rangea dans son kit.

La pierre qu'elle avait sous les pieds était lisse, et c'est avec prudence qu'elle avança le long de la corniche à la recherche de son collègue. De temps à autre, un papillon lui effleurait la joue d'un baiser léger comme une plume ; c'était étrangement agréable au milieu de tant de peur et d'angoisse.

La corniche s'incurva et Laureline découvrit l'entrée d'une grotte. Elle alluma une torche et réprima un cri. Le Sky Jet était là – du moins ce qu'il en restait. Elle serra les lèvres, chassa la peur qui risquait de l'affaiblir, et appela de nouveau :

– Valérian ?

Pas de réponse. Elle s'élança vers l'épave aussi vite qu'elle l'osait.

Elle trouva Valérian de l'autre côté. Il gisait par terre, sa combinaison déchirée et pleine de sang. Laureline se laissa tomber à genoux.

– Valérian ! Je suis là !

Elle posa son pistolet au sol et fouilla fébrilement dans son kit. Elle en tira un système compact de premiers soins, passa sa main sous la nuque de Valérian et lui glissa le système dans la bouche. Sa lumière rouge vira au bleu ; une petite cartouche fit ingurgiter à Valérian le médicament approprié.

– Réveille-toi, Valérian… s'il te plaît !

Rien. Les secondes s'écoulèrent. Était-elle arrivée trop tard ? Son kit était efficace, mais…

Il ouvrit les yeux et s'assit, toussant et crachant. Le soulagement déferla sur Laureline avec une telle puissance qu'elle fut prise de faiblesse. Son visage lui faisait mal, soudain ; elle se rendit compte que c'était son sourire qui lui donnait une crampe. Elle toucha la joue de Valérian, puis, se penchant vers lui sans réfléchir, elle l'embrassa de toutes ses forces.

Il resta figé une seconde, stupéfait, puis il lui rendit son baiser. Lorsqu'elle recula, il la dévisagea d'un air perplexe.

– Laureline ! Qu'est-ce que tu fais ici ?

– Je suis venue te chercher. Tu as bousillé ton Sky Jet. Tu te rappelles ?

D'un mouvement de tête, elle désigna l'épave.

Valérian cligna des yeux, encore étourdi.

– Ouais… Je l'ai perdu dans un virage.

– Tu as failli y passer, répondit Laureline, incapable de refréner son grand sourire.

Elle n'arrivait pas à détacher les yeux ni les mains de lui, et elle n'en avait pas envie. Le coup avait été trop dur.

– Une chance que je t'aie retrouvé !

Des bribes de souvenirs revenaient à Valérian.

– Et le commandant ? demanda-t-il. On sait où il est ?

– Aucune trace de lui, répondit Laureline. Leur vaisseau a disparu dans la zone rouge. On ne pouvait plus suivre.

Valérian hocha la tête.

– OK. Pas de temps à perdre, à ce que je vois. Allons-y !

Il se remit sur ses pieds avec une certaine raideur.

Laureline resta à genoux sur la pierre dure, les yeux fixés sur Valérian ; elle le vit avec stupeur s'approcher de l'épave pour y récupérer tout ce qu'il pouvait. Pendant quelques instants, elle ne parvint même pas à formuler des mots. Elle dit enfin :

– C'est tout ?

Il se retourna vers elle. Le mufle, il ne lui tendait même pas la main pour l'aider à se relever !

– Pourquoi ?

– Pas de « merci », pas de « bravo Laureline » ?

Le visage de Valérian s'éclaira d'un de ses bons vieux sourires crâneurs. Il se rapprocha d'elle d'un pas vif, la releva et l'embrassa sur les lèvres. Elle était en train de fondre complètement lorsqu'il recula, lui encadra le visage des deux mains, et lui dit avec une grande sincérité :

– Merci.

Puis il ajouta aussitôt :

– Mais j'aurais fait la même chose pour toi.

Laureline plissa les yeux et sentit la chaleur d'une colère ravageuse lui envahir les joues. Avec un sourire, Valérian esquiva la gifle qu'elle lui destinait.

Elle repensa à tout ce qu'elle avait enduré – le pirate puant, les mâchoires de bromosaures, la méduse visqueuse qui avait failli lui *manger* ses souvenirs...

Laureline eut envie de lui lâcher tout cela, jusqu'aux moindres détails horrifiants, mais elle n'avait même plus les pensées très claires, et ne put qu'articuler :

– Tu es vraiment un jean-foutre !

– Hé, du calme ! répondit Valérian avec un petit rire.

Ça l'amusait, en plus ! Il se baissa pour ramasser le pistolet qu'elle avait posé sur la roche, et le passa à sa ceinture.

– Je t'ai fait confiance, encore plus qu'à moi-même. Ce n'est pas ce que tu voulais ?

– Non !

Valérian esquiva une autre baffe, puis il lui passa les bras autour de la taille et l'attira à lui.

– Tu es une femme étonnante, Laureline. Pourquoi tu crois que je veux t'épouser ?

– Pourquoi j'épouserais un vaniteux, un ingrat, qui…

– Oh, je ne sais pas, dit-il, sans doute parce que tu n'arrives pas à vivre sans lui. Regarde : dès qu'il s'aventure hors de ta vue, tu te lances à sa recherche !

Tant d'ego et de toupet laissèrent Laureline sans voix. Il se pencha pour l'embrasser de nouveau, mais pas de ça : elle détourna la tête et l'écarta avec raideur. Lorsqu'il recula, elle ne lui offrit que la froideur de ses yeux bleus.

– On a une mission à terminer, major. Vous vous souvenez ?

Valérian soupira et laissa retomber ses bras, qu'il releva aussitôt en un geste *t'as gagné*, et retourna vers le Sky Jet pour continuer sa fouille. Ils allaient avoir besoin d'armes.

Laureline se détourna et scruta l'obscurité de la caverne qui s'ouvrait devant eux. Elle porta une main à sa ceinture pour caresser le convertisseur, autant pour se réconforter elle-même que pour lui offrir un geste d'affection. Il lui mordilla délicatement les doigts, et elle sourit.

– Tu ne m'as pas dit que la fille de tes rêves avait un convertisseur comme celui-ci ? demanda Laureline.

Elle effleura une dernière fois les écailles du petit dos, puis referma soigneusement la poche de sa ceinture.

– C'est vrai, répondit Valérian, qui, le dos tourné, poursuivait ses recherches.

Un papillon se posa sur la main de Laureline. Il était beau – si délicat, si fragile, et ses couleurs étaient si vives. Il avait une sorte de queue, une longue vrille qui ondulait derrière lui. Laureline le regarda ouvrir et replier ses ailes, en veillant à ne pas bouger la main pour ne pas l'effrayer.

– Donc, si le convertisseur est originaire de leur planète, reprit-elle, on peut comprendre qu'ils veuillent récupérer le dernier spécimen vivant, non ?

– Oui, acquiesça Valérian, et ils ont enlevé le commandant sans doute parce qu'ils croyaient que c'était lui qui le portait.

– Et comme ils ont dû s'apercevoir que ce n'était pas le cas, je suis la prochaine sur leur liste, dit Laureline.

Le papillon restait sur sa main, et malgré la contrariété que lui procurait l'attitude pénible de Valérian, elle sourit. La beauté existait encore dans l'univers.

– Ne t'inquiète pas, la rassura Valérian. Je ne te laisserai pas me quitter !

Elle soupira et laissa s'éteindre son ressentiment.

– *Moi non plus*, je ne te laisserai pas me quitter.

Elle l'entendit s'esclaffer. Tout allait bien de nouveau entre eux. Valérian reprit :

– Je ne vais pas chercher à pousser l'avantage, je crois. Question de prudence.

– Oh oh, je vois que la sagesse pousse avec les cheveux blancs, s'amusa Laureline.

– Un, rétorqua-t-il. Tu en as trouvé *un*.

Laureline sourit au bel insecte qui la gratifiait de sa présence.

– Ils sont jolis, ces papillons, dit-elle.

– C'est vrai, fit-il d'un air distrait, mais ne les laisse pas te toucher, en aucun cas.

Le sourire de Laureline s'éteignit d'un coup.

– Pourquoi ? souffla-t-elle, tendue.

Le papillon plia et rouvrit les ailes.

Elle restait parfaitement immobile.

– Parce que, fit-il en se retournant pour la regarder, certains d'eux sont…

Il écarquilla les yeux.

– *Non !*

Il s'élança vers elle, mais trop tard. En un éclair, le papillon enroula sa « queue » d'une délicatesse trompeuse autour de la main de Laureline, et l'entraîna.

Valérian se précipita juste à temps pour voir Laureline, suspendue par le poignet au bout d'une interminable vrille qui jetait des lueurs violettes, s'élever dans le vide insondable de l'abîme. Levant les yeux, il suivit la ligne du regard et aperçut, à près de cinquante mètres au-dessus de lui, une énorme créature bosselée, l'air vaguement humanoïde, assise au bord du précipice. Elle balançait ses affreuses jambes et tenait à la main ce qui ressemblait terriblement à une canne à pêche.

Le monstre rembobinait son fil pour hisser Laureline. Il tendit la main pour attraper sa prise comme s'il s'était agi d'une poupée et poussa un beuglement de victoire en l'exhibant à ses congénères, qui pêchaient eux aussi au bord du canyon ; ceux-ci poussèrent des jappements admiratifs.

Valérian dégaina son pistolet et visa la créature ; mais s'il la tuait, elle lâcherait sa canne à pêche… et Laureline. Il jura à voix basse et respira un grand coup.

– Pas le choix, marmonna-t-il.

Il rengaina son arme, fit un bond en avant et se jeta dans le vide pour attraper un papillon.

S'il te plaît ne sois pas réel. S'il te plaît.

Il ne l'était pas. Par chance, c'était aussi un appât ; Valérian n'avait pas plongé vers la mort en essayant d'attraper un maudit papillon.

Le leurre enroula fermement sa « queue » autour de la taille de Valérian, qui fut hissé dans les hauteurs, si vite qu'il en eut le souffle coupé. Il se retrouva tout près d'un visage hideux, pareil à celui d'une grenouille, dont la bouche inversée s'ouvrit pour laisser échapper un cri de joie perçant. Valérian vit cligner deux yeux rougeoyants, dont les fentes laissaient à peine entrevoir les pupilles, tandis que le Boulan-Bathor attirait à lui ce qui s'annonçait comme la meilleure prise de la journée.

Le monstre posa rudement Valérian sur la corniche et tendit un filet pour l'y placer. Mais Valérian brandit son pistolet, un sourire en coin.

– Désolé, cria-t-il, je ne suis pas comestible !

Il laissa sur place le cadavre sans tête et très peu présentable du pêcheur qui avait prétendu s'emparer de lui, et s'élança dans la direction où il avait vu Laureline disparaître. Malheureusement, son ravisseur avait décidé que sa journée était terminée ; il avait jeté sur son dos un grand panier grillagé, et se dirigeait vers le grand portail qui marquait l'entrée du territoire Boulan-Bathor. Valérian eut une vision fugace de Laureline dans le panier. Elle criait sur son ravisseur tout en cherchant à repérer un défaut dans le panier dont elle était prisonnière.

Valérian courut de toutes ses forces, mais le pêcheur avait une longueur d'avance sur lui, et ses pattes de grenouille avançaient à une sacrée allure. L'énorme porte de métal s'ouvrit pour laisser entrer le pêcheur, et Valérian pila tout net en apercevant une dizaine de sentinelles aux silhouettes hérissées de pieux et de lances.

Il piqua sur sa droite et se cacha derrière un rocher noir saillant ; écœuré, il ne put que suivre des yeux le pêcheur – et Laureline – qui franchissait le seuil. Le portail fatal se referma.

Sa bien-aimée était prise au piège à l'intérieur du palais Boulan-Bathor. Et il ne pouvait rien faire.

CHAPITRE 19

Okto-Bar n'aurait pas dû éprouver un tel chagrin à la mort de l'étrange alien, mais il en était ainsi. Quelque chose en lui était incroyablement triste, même si cette émotion allait contre toute pensée rationnelle. Comment pouvait-on pleurer la mort d'un être qu'on ne connaissait pas – un être issu d'une race qui s'était montrée agressive ?

Aidez-nous, avait imploré cet être.

Et bizarrement, Okto-Bar avait envie d'aider. Il allait commencer par chercher un maximum d'informations sur ce bel alien délicat, dont les congénères, ainsi que l'avait souligné l'agent Laureline, étaient parvenus à attaquer une salle bondée sans faire un seul blessé.

Quels ennemis étranges ! Il poussa un soupir et demanda à Neza :

– Avez-vous fait une recherche ADN ?

– Oui, répondit le sergent, mais le résultat ne correspond à aucune des millions d'espèces de notre base de données.

– Comment est-ce possible ? demanda Okto-Bar incrédule.

– Il y a deux explications possibles, mon général. Soit il appartenait à une espèce complètement inconnue, soit…

Le soldat s'interrompit.

– Soit ? fit Okto-Bar.

– Soit son espèce a été délibérément effacée de la base de données.

Les deux hommes se regardèrent. Neza n'avait pas à suggérer des théories à son supérieur sans être invité à le faire, et Okto-Bar n'était disposé à formuler aucune des hypothèses de plus en plus étranges qui se bousculaient dans sa tête. Il retourna à son siège, s'y affala, et essaya en vain de forcer les faits à donner une conclusion qui n'ait pas l'air absurde. Il avait les yeux fixés sur la myriade d'écrans colorés, mais ne voyait pas leurs images.

Qui étaient ces étranges aliens qui avaient enlevé le commandant Filitt ? Pourquoi ne trouvait-on pas trace d'eux ?

Le sergent Neza reprit la parole, l'interrompant dans ses sombres réflexions.

– Mon général, le major a refait surface ! En bordure de la zone rouge.

Okto-Bar se leva d'un bond.

– Excellent. Dans quel district se trouve-t-il ?

Le sergent rougit :

– Euh… Ça a l'air d'être l'allée du Paradis, mon général.

– L'allée du Paradis ? Qu'est-ce qu'il peut bien fabriquer là-bas ? souffla Okto-Bar.

La rougeur du sergent Neza s'accentua.

– Je n'en ai aucune idée, mon général.

– Eh bien, fit le général d'une voix plus bourrue que d'habitude pour cacher sa stupeur, alertez toutes les unités du secteur !

*
**

Dans l'allée du Paradis, la nuit était toujours une période intense pour les forces de l'ordre. Les choses ce soir ne s'annonçaient pas autrement. Un agent de police jeta un coup d'œil à l'écran fixé sur son poignet.

La photo d'un jeune homme brun s'afficha. L'agent fit oui de la tête ; quelqu'un lui parlait à l'oreille.

– Bien reçu, dit-il à voix basse.

Comme il regardait autour de lui, il sentit un pistolet pressé contre sa tempe ; celui qui le tenait était justement le jeune homme dont le portrait ornait son poignet.

– Je peux vous aider ? demanda l'agent de police, tendu.

– Bien sûr, répondit Valérian. Dépêchez-vous de glisser votre pistolet dans mon étui.

L'agent s'exécuta.

– Merci, dit Valérian. Maintenant, ne bougez pas.

Il tira, et un rayon de lumière bleue jaillit de son arme. Atteint à la nuque, l'agent se figea, telle une statue vivante. Il ne risquait pas de quitter son poste, à moins que quelqu'un ne vienne neutraliser l'immobilisateur dans les trois heures. L'effet du produit se dissiperait de lui-même après ce temps.

Valérian appuya sur un des boutons de son pistolet. Un petit bouclier coulissa par-dessus, courbant les rayons de lumière afin que l'arme devienne invisible, à toutes fins utiles. Valérian le coinça dans son pantalon derrière son dos, et il se blinda mentalement en vue de l'épreuve qu'il allait affronter.

Carrant les épaules, il sortit dans la rue principale et se mêla à la foule déroutante, composée de races multiples qui exhibaient leurs charmes sous des lumières criardes, en un lieu où régnait une nuit permanente.

– Salut, beau gosse. Tu rêves d'une expérience sauvage ?

Celle qui l'avait abordé parlait d'une voix profonde et rauque, mais féminine ; le léger pelage de son visage paraissait doux. Mais les dents qu'elle découvrit étaient pointues, et Valérian bredouilla poliment :

– Euh… non, merci.

En reculant pour s'éloigner d'elle, il se heurta à des jumelles aux longues jambes, aux longs cheveux blonds, à la longue robe blanche.

– Salut toi, direntelles en chœur. Tarif deux-pour-une. Ce soir seulement.

Une fille légèrement vêtue passa et repassa devant Valérian avec un doux sourire, lui offrant l'occasion de quitter les jumelles pulpeuses et artificielles. À son second passage, la lumière éclaira les ailes de gaze fixées à ses épaules. Avec un geste joyeux de la main, elle demanda :

– Une balade ?

Une femme plantureuse en souliers pointus, bas blancs, jarretières, minijupe et corset serré agita un mouchoir et sourit à Valérian. Son visage rond était lourdement poudré et ses cheveux – ou sa perruque ? – culminaient à soixante centimètres. Elle lança dans un français archaïque :

– Par ici mon chéri[1] !

Valérian se mit les mains sur les yeux.

– Non merci !

Une autre jolie créature lui barra le passage. Son corps ferme et tendu était couvert de belles plumes irisées de bleu et de vert. Ses doigts se terminaient par des griffes acérées, mais ce fut d'un geste délicat et enjoué qu'elle prit le menton de Valérian entre ses mains, en faisant la roue comme un paon.

1. En français dans le texte.

– Viens voler avec moi ! murmura-t-elle.

– Navré, répondit Valérian, je suis allergique aux plumes.

Il recula à la recherche d'une échappatoire. Son regard tomba sur un panneau : « Tout ce que tu veux. Humains seulement. »

– Va-t'en d'ici, pervers ! s'exclama une voix masculine. Tu as fait le bon choix, soldat ! Jolly va dénicher, rien que pour toi, la meilleure compagnie que puisse offrir l'allée du Paradis.

Valérian se retourna et découvrit un homme, Jolly sans doute, qui était indéniablement humain mais aussi indéniablement ridicule. Il portait des bottes militaires et un pantalon de camouflage gris. Sa veste aussi paraissait être une antiquité militaire. Quant à son chapeau, il aurait convenu à un héros de la conquête de l'Ouest. Le manteau, entrouvert sur une chemise noire et jaune, offrait un arc-en-ciel de couleurs : manches bleues, rayures canard, épaulettes rouges. Des lunettes noires, une ceinture bourrée de munitions et un bouc taillé avec soin complétaient cet accoutrement fantasque.

Avec un grand sourire qui révéla des dents blanches et égales, le souteneur passa fraternellement le bras autour de l'épaule de Valérian ; il poussa l'agent vers l'intérieur de son établissement d'un geste aimable mais péremptoire.

– J'peux te dire que ce club, c'est le meilleur que tu puisses trouver dans toute cette foutue station !

Il gratifia d'une tape l'épaule de Valérian.

– Reste là. Je reviens dans une seconde.

Mais à présent qu'il avait trouvé l'établissement qu'il cherchait, Valérian avait hâte d'obtenir ce qu'il voulait.

– Je souhaite quelque chose d'un peu spécial…

Jolly leva les bras en un geste expansif.

– Quelle que soit cette chose, je l'ai ici ! Fais-moi confiance. Entre !

Valérian hésitait.

– Je suis… euh… pas complètement sûr de ça.

Qu'est-ce que je fous ici ? Laureline me tuerait si elle découvrait ça. Elle n'acceptera plus de demande en mariage, c'est sûr.

Mais c'était pour elle que Valérian était parti en quête de cet endroit. Si elle découvrait quoi que ce soit, Valérian espérait qu'elle lui laisserait l'occasion de s'expliquer avant de le mettre K-O.

– Alors ! s'exclama Jolly. Qu'est-ce que tu cherches ? Raconte-moi.

– Une glamopode, répondit Valérian.

– Ah ! Toi, mon ami, c'est ton jour de chance ! Non seulement j'en ai une, mais j'ai la *meilleure* de tout l'univers.

Valérian laissa Jolly l'entraîner à l'intérieur, sous le regard sournois des deux videurs qui gardaient l'entrée.

Il espérait vraiment, vraiment qu'il avait pris une bonne initiative – et que Laureline allait survivre assez longtemps pour qu'il la sauve.

*
**

Laureline espérait que Valérian allait bien.

Lors de sa montée vertigineuse dans le gouffre, elle l'avait vu bondir en avant pour tenter d'attraper un leurre. Sur ce, jetée dans le panier de pêche, elle avait été amenée dans ce somptueux palais – habité par des grenouilles.

Il avait été édifié par des Boulan-Bathors pour des Boulan-Bathors, et toutes choses y étaient donc démesurées aux yeux d'un humain. Le pêcheur, insensible aux supplications, cris et menaces, transporta Laureline à travers un immense couloir de pierre, jusqu'à une salle gigantesque. Le panier fut ouvert et renversé, la projetant sans cérémonie sur un épais tapis moelleux. La jeune femme se releva, mais déjà la porte se refermait : elle était coincée dans la salle.

Celle-ci était assez confortable. Laureline devinait dans la pénombre de hauts plafonds peints de motifs géométriques, et des tapisseries suspendues aux murs. Au centre de la pièce, une vapeur parfumée s'échappait d'une amphore.

Laureline avait de la compagnie. Quelques femmes Boulan-Bathors se tenaient aussi dans cette vaste salle, occupées à découper du tissu et à en coudre les morceaux. Laureline les observa, un peu angoissée, mais les couturières Boulan-Bathors paraissaient détendues.

À l'extrémité de la salle, des rideaux s'écartèrent, livrant passage à une autre créature féminine qui portait un grand panier. Une gérante ou directrice quelconque, se dit Laureline, car son apparition déclencha des hochements de tête, des révérences et un regain d'activité.

L'arrivante était de la même carrure que les mâles de son espèce – large et replète, avec un long cou grêle et une petite tête – et, comme eux, elle était vêtue d'un pagne. Mais elle portait aussi deux paires de coupes métalliques qui couvraient modestement quatre seins opulents, et un chapeau à plumes rouge vif qui s'élevaient du sommet de son crâne en un fouillis original. Elle était aussi parée de bijoux : d'énormes cercles autour de sa gorge décharnée et des anneaux sur deux doigts.

Elle s'approcha de Laureline, et ses lèvres se tordirent en un sourire qui ne l'embellissait pas forcément.

Laureline se redressa de toute sa taille et se démonta le cou pour regarder la créature qui la surplombait. Valérian, *cet imbécile*, lui avait pris son pistolet, mais elle avait toujours sa carte d'identité, et elle brandit ses lettres de créance.

– Bonjour. Agent Laureline. Je travaille pour le gouvernement, dit-elle d'un ton vif. Si vous souhaitez éviter un incident diplomatique, je vous suggère de me relâcher immédiatement.

La femme Boulan-Bathor la dévisagea en clignant ses yeux protubérants, hocha la tête, et se mit à déverser aux pieds de Laureline la corbeille qu'elle transportait.

L'agent spatio-temporel regarda le monceau de tissus et se rendit compte que son interlocutrice lui présentait une pile de vêtements à taille humaine.

– Non merci, dit-elle, je n'ai pas l'intention de me relooker. Il faut que j'y aille. Vous comprenez ?

La femme lui adressa un autre affreux sourire et hocha de nouveau la tête, ce qui fit tressaillir les plumes de son couvre-chef. D'une main aux doigts énormes, elle ramassa l'une des robes et la présenta à Laureline.

Celle-ci pinça les lèvres.

– Je ne veux pas de votre robe débile ! Appelez votre chef, ou votre traducteur, qu'on puisse au moins communiquer.

La créature sourit une troisième fois, et Laureline réprima une grimace à la vue de ses horribles dents d'une taille démesurée. Une autre robe lui fut présentée ; l'alien pencha la tête, la mine interrogative. Celle-ci convenait-elle mieux ?

Laureline en avait assez. Elle gonfla ses poumons, se dressa sur la pointe des pieds, et cria de toutes ses forces à la face amphibienne de la Boulan-Bathor.

La femme recula, surprise ; ses bras battirent l'air. *Maintenant tu vas peut-être aller me chercher quelqu'un*, se dit Laureline. Mais la créature cligna des yeux comme si elle réfléchissait. Puis, se baissant pour mettre son visage au niveau de celui de Laureline, elle ouvrit sa gueule énorme et émit un beuglement inhumain qui ravala le cri de Laureline au rang d'un miaulement de chaton.

Les oreilles sifflantes, couverte de pied en cap de postillons Boulan-Bathors, Laureline cligna des yeux.

– OK… Je vais la mettre, votre robe.

*
**

L'intérieur du club était bien plus agréable que ce à quoi s'était attendu Valérian. Bon, en même temps, il s'était attendu un peu à tout.

De larges meubles rembourrés étaient recouverts de velours aux teintes sombres et chaleureuses. Aux murs, des tableaux représentaient, disons… certaines activités dont Valérian n'avait pas la moindre envie d'être témoin tout de suite. Plusieurs portes s'alignaient le long de cette vaste pièce centrale, certaines ouvertes, d'autres fermées.

Il y avait un petit comptoir à l'entrée de la salle et Jolly se glissa derrière en arborant son grand sourire artificiel.

– C'est ici que tu déposes ton équipement, cow-boy, dit-il à Valérian.

– Je préférerais le garder. Je suis de service.

Le sourire de Jolly se crispa.

– Le règlement, c'est le règlement, soldat ! On fait *l'amour* ici, pas la guerre.

Au terme d'un débat intérieur, Valérian déposa avec une gravité théâtrale sur le comptoir le pistolet qu'il avait confisqué à l'agent de police.

– Ah, c'est mieux ! C'est toujours ça que tu n'auras plus à enlever, si tu vois ce que je veux dire.

– Hum, fit Valérian.

Jolly le prit par le coude et Valérian dut réprimer l'envie de lui repousser brutalement le bras. Le souteneur l'entraîna vers une porte et l'introduisit dans un confortable petit théâtre à l'ancienne, où il n'y avait que quelques sièges. Un épais rideau noir masquait la scène éclairée par une rangée de petits spots. Valérian remarqua un antique piano dans un coin de la pièce. Jolly escorta l'agent jusqu'à un siège où il le fit asseoir d'une bourrade.

– Écoutez, dit Valérian en se relevant aussitôt d'un bond, on va faire un marché…

– Hé, hé, on causera finances plus tard, soldat. Pour l'instant, on va causer plaisir.

Il repoussa Valérian sur son siège et remua les sourcils.

– Qu'est-ce que t'aimes comme musique ? Techno ? Macro ? Bio ? Nano ?

– Euh, fit Valérian, je suis plus rétro.

Jolly parut ravi.

– T'as tellement raison, mon pote ! Les vieux tubes, y a qu'ça de vrai ! Détends-toi maintenant… et profite du spectacle !

Il alla s'asseoir au piano, fit craquer ses articulations et se mit à jouer. Ce fut une surprise pour Valérian qui l'écouta impressionné. D'habitude, les souteneurs ne cultivaient guère de talents utiles, à part celui de malmener les gens, mais Jolly paraissait être une exception.

Les lumières s'éteignirent et le rideau s'ouvrit, révélant la silhouette d'une créature féminine étonnamment moulée. Elle se tenait debout, les jambes croisées au niveau des chevilles, une main posée sur une canne, l'autre sur le rebord d'un chapeau melon posé sur sa tête. Elle délaissa son immobilité absolue pour se mettre à danser. Ses pieds semblaient voler, sa canne passait d'une main à l'autre ; c'était une silhouette magnifique animée de mouvements fluides.

Soudain, l'éclairage s'intensifia, et Valérian se figea de stupeur.

CHAPITRE 20

La danseuse avait la peau douce et sombre ; elle portait un gilet noir étincelant par-dessus une combinaison transparente. Ses longues jambes étaient lisses et musclées, et sur son visage brillaient deux grands yeux bruns au regard hypnotisant, qui semblaient percer les secrets les plus ténébreux de l'âme.

La canne disparut, dissoute dans sa main, et cette même main s'éleva pour ôter le petit chapeau. Ses cheveux noirs se transformèrent en une cascade jaune pâle qui lui tomba sur les épaules ; et le gilet noir se métamorphosa en une robe blanche moulante à sequins tandis qu'elle s'avançait vers Valérian en se léchant les lèvres.

Incapable de détacher son regard de la créature, Valérian remua sur son siège, mal à l'aise. Elle traversa la scène comme si elle était maîtresse des lieux, rejetant en arrière sa chevelure jaune brillante ; les sequins de sa robe étincelaient de mille feux.

Une perche surgit du sol, la danseuse bondit dessus ; ses bras énergiques et ses longues jambes la propulsèrent dans un enchaînement acrobatique et presque aérien. Sa blondeur sensuelle disparut ; elle se trouva soudain vêtue de cuir noir de la tête aux pieds – avec des oreilles pointues, féline, et une queue qui fouettait l'air. Puis, en un éclair, elle fut coiffée de couettes et attifée d'un uniforme scolaire sur sa silhouette adulte.

L'« écolière » fut remplacée par une danseuse dynamique et musclée, dont la peau sombre jetait des éclats au fil de ses pas puissants ; elle rejetait la tête en arrière, perdue dans les transes d'une mélodie ancienne. Elle martelait la scène de ses pieds nus – qui se trouvèrent soudain chaussés de rollers. Valérian cligna des yeux, stupéfait à l'idée qu'on puisse danser en rollers. C'est pourtant ce qu'elle fit, toute tournoyante, vêtue d'un short serré, d'un haut moulant et de longues chaussettes rayées.

Le cœur de Valérian remonta dans sa gorge lorsqu'il la vit bondir en l'air, exécuter une roulade, puis se transformer, avant de toucher terre, en une femme de chambre vêtue d'une courte jupe noire et d'un tablier blanc. Avec un clin d'œil, elle brandit un plumeau comme une baguette magique ; elle l'agita en direction de Valérian avant d'exécuter une nouvelle roulade en l'air. Cette fois, elle retomba sous sa première apparence, celle d'une fille de cabaret au teint mat, munie de son chapeau et de sa canne.

Elle ôta son chapeau melon pour saluer Valérian et sourit. Elle n'était même pas essoufflée. Jolly lui fit un clin d'œil, ferma le piano et quitta discrètement l'auditorium.

La danseuse s'approcha de Valérian et plaça un pied sur le siège, à côté du mollet de Valérian.

– Alors ? ronronna-t-elle. Qu'est-ce que ce sera pour toi, soldat ?

– Écoute, bégaya Valérian dans un effort désespéré pour redresser cette situation pourrie, c'est cool, tout ça, mais c'est pas exactement ce que je cherche, là, tout de suite.

Elle tendit un doigt et lui souleva le menton.

– J'ai *plein* d'autres cordes à mon arc. Dis-moi juste ce que tu as en tête.

Il se cala contre son dossier, cherchant à mettre de la distance entre elle et lui.

– Moi, j'ai *plein* de choses en tête. Et pas une minute pour ça. Je veux pas.

Les yeux de la danseuse s'agrandirent et elle retira sa jambe pour se tenir droite devant lui. La canne et le chapeau réapparurent dans sa main ; elle se mit à respirer plus vite. Des larmes jaillirent dans ses grands yeux, elle commença à trembler.

– Tu… n'as pas aimé mon numéro ?

– Non !

Il se leva comme un ressort, malheureux de la voir si bouleversée et regrettant amèrement sa gaffe.

– Je veux dire, si ! corrigea Valérian, lisant une franche détresse dans les yeux de son interlocutrice. J'ai adoré, tout simplement ! Tu as été stupéfiante !

Il était sincère à cent pour cent. C'était la première fois qu'il assistait à un spectacle de glamopode.

Les lèvres pulpeuses de la danseuse esquissèrent un timide sourire qui rasséréna Valérian. Elle leva sur lui des yeux rayonnants.

– J'ai commencé très jeune, et j'ai appris le métier dans les meilleures écoles. Je peux jouer n'importe qui, n'importe quoi.

Divers scénarios d'une extrême maladresse se bousculèrent dans l'esprit de Valérian.

– Je, ah… Oui, tu peux, j'en suis sûr.

– Enfin, corrigea-t-elle, sans remarquer ou paraître remarquer son embarras, sauf Néfertiti. C'est un rôle que je continue à ciseler, je ne suis pas encore prête. Mais je finirai par le maîtriser !

Elle leva vers lui un regard scrutateur.

– Laisse-moi deviner. T'es plutôt classique comme mec, non ? Je connais tout Shakespeare par cœur, si tu veux. Ou alors, je peux te déclamer les œuvres complètes de Molière. Ou de la poésie, peut-être ? Tu aimes la poésie ?

Elle réduisit encore la distance infime qui la séparait de Valérian et passa ses bras veloutés autour du cou de l'agent.

– Euh, bien sûr, bredouilla celui-ci.

– Rimbaud ? Keats ? Verlaine ?

Valérian était perdu. Il ne connaissait rien à la poésie.

– Difficile de choisir, parvint-il à lâcher.

Sa bouche était sèche comme le désert et il ne pouvait détacher son regard des yeux de la fille, qui brillaient comme deux étangs sombres. Elle jouait d'une main avec sa nuque. Soudain, elle exerça une légère pression avec ses doigts, ses ongles laqués appuyés contre la peau de Valérian. Elle déclama dans un murmure :

– *J'ai peur d'un baiser, comme le baiser de l'abeille. Je souffre ainsi, et sans fin me réveille…*

Et tout à coup, déclenchant une cascade d'émotions chez Valérian, elle se métamorphosa en Laureline.

– *J'ai peur d'un baiser*, répéta-t-elle tout bas.

Valérian la fixa d'un regard hébété. Comment avait-elle su ? C'était Laureline, jusqu'à sa dernière mèche blonde, jusqu'à la courbe de ses lèvres, jusqu'au parfum même, unique, et sur lequel Valérian ne pouvait se méprendre.

Et elle était dans ses bras, elle s'offrait à lui, la bouche entrouverte, les yeux bleus écarquillés. Il n'avait plus qu'à incliner la tête, passer les bras autour d'elle et la serrer contre lui.

Il porta une main à sa ceinture, et d'un mouvement leste, il appuya sur le bouton de son pistolet pour le rendre visible ; puis il le braqua sur la tempe de « Laureline ». Les yeux bleus s'agrandirent d'effroi.

– Tu veux vraiment que je te dise ce que j'ai en tête ? dit Valérian d'une voix froide, presque cruelle.

La fausse Laureline recula, terrifiée, et se mit à crier. Elle se métamorphosa de nouveau, mais cette fois, ce ne fut pas pour prendre l'apparence d'une belle femme. La danseuse de cabaret fondit et devint une masse bleu pâle translucide et gélatineuse. Trois bras dépourvus d'os, qui se terminaient par trois doigts, ondulèrent en tous sens, et de grands yeux, un peu plus bleus que le reste du corps, clignèrent à toute allure. Dans sa terreur, la glamopode avait repris sa forme réelle.

– Eh ! s'exclama Valérian. Arrête de crier !

Mais c'était trop tard. Jolly fit irruption dans la salle et comprit d'un coup d'œil la situation : son regard alla droit au pistolet de Valérian.

– J'ai dit : pas d'armes, mon pote ! dit-il sèchement.

Il dégaina la sienne et la leva, mais Valérian tira deux fois avant que le souteneur ait pu ouvrir le feu. Puis il se retourna vers la glamopode… et se retrouva face au visage furieux du ministre de la Défense.

– Major Valérian, fit le « ministre », je vous conseille de rengainer ce pistolet !

Mais pour Valérian, le jeu suffisait comme ça. Le spectacle était terminé. Il s'était achevé à l'instant où la créature avait choisi de prendre la forme de Laureline.

Il visa la glamopode.

– Et moi, je te conseille de t'asseoir.

La créature obéit et s'affala dans un siège du théâtre, prenant aussitôt la forme d'un garçon brun de dix ans aux yeux écarquillés et remplis de larmes.

– S'il te plaît ! sanglota l'enfant. Non ! Ne tire pas !

Valérian le fixa des yeux, hébété, vaguement écœuré, comme s'il avait reçu un coup de poing dans l'estomac.

– Qu'est-ce que c'est que ça ?

Mais il savait. Il savait.

Le garçon leva sur lui des yeux que Valérian reconnut.

– C'est toi, quand tu avais dix ans. Tu ne vas pas te tirer dessus, si ?

Un flot d'émotions envahit Valérian. *Dix ans.* L'âge où il avait perdu sa mère, et avec elle, son innocence. L'âge où des révélations laides et des réalités brutales s'étaient abattues sur lui, déclenchant sa métamorphose à lui – de Valentin Twain en Valérian puis en un agent téméraire.

– Arrête ça ! gronda-t-il.

L'apparence prise par la glamopode se recroquevilla, terrorisée, et Valérian respira profondément.

– Reprends ta forme normale, s'il te plaît.

– OK, dit l'enfant d'une petite voix apeurée.

Le garçon qui affichait la tête de Valérian fut absorbé dans la masse gélatineuse tremblotante.

Valérian fit la grimace.

– Pas aussi normale que ça ! L'autre. La première. Avec le chapeau.

Soucieuse de plaire, la glamopode obéit et se retransforma en fille fatale de cabaret, avec sa tenue sexy et son chapeau melon.

Ça non plus, ça n'allait pas faire l'affaire. Valérian se força à la patience. Son interlocutrice essayait de coopérer, il le voyait bien.

– Tu peux enfiler une tenue un peu plus passe-partout ? Il faut qu'on cause, dit-il.

Le gilet et les bas se transformèrent en tissu solide et recouvrirent tout son corps. Elle tira un peu dessus et la tenue se changea en un costume d'homme austère.

Valérian poussa un petit soupir de soulagement.

– Merci. OK. Alors, comment tu t'appelles ?

Elle lui sourit.

– Comme tu voudras, mon trésor.

Valérian tenait toujours son pistolet braqué sur elle ; il l'agita, agacé.

– Pas le temps de jouer… mon trésor. Allez, comment tu t'appelles ?

– Ils m'appellent Bulle, répondit-elle.

Valérian éprouva un élan brusque et fugace de culpabilité. Il se demanda si cette créature connaissait son propre nom, si les êtres de son espèce en avaient un. Il se demanda combien de temps elle avait passé dans cet endroit.

– Écoute, Bulle, reprit-il. J'ai perdu ma collègue. Tu vas m'aider pendant une heure, et en échange, je te donnerai ta liberté.

Il s'attendait à ce qu'elle soit contente, mais elle eut l'air encore plus triste.

– À quoi bon être libre quand on est une migrante illégale, loin de chez soi ?

– Je travaille pour le gouvernement, insista Valérian. Le service que tu vas me rendre sera précieux aussi pour lui. Je vais t'obtenir des papiers d'identité. Je t'en donne ma parole.

Bulle s'agita sur son siège, visiblement indécise. Une partie de son visage ainsi qu'une jambe reprirent une forme gélatineuse bleue, et un troisième bras tenta une percée ; mais elle jugula l'initiative, et leva les yeux sur Valérian.

– Tu ne comprends pas, lui dit-elle. Si je pars d'ici, Jolly me tuera.

Valérian jeta un coup d'œil vers la porte. Une flaque rouge s'y était formée, et il apercevait une paire de bottes pointées vers le plafond.

– Jolly ne tuera plus jamais personne.

Bulle suivit son regard et ses yeux s'agrandirent. Valérian ne décela pas de malveillance sur ses traits ravissants, mais de la joie et du soulagement mêlés. Elle se retourna vers Valérian.

– … Tu as vraiment aimé mon numéro ? lui demanda-t-elle d'un ton hésitant, presque timide.

Il sentit fondre la colère qu'il avait éprouvée à son encontre, et la gratifia d'un sourire sincère.

– C'est le meilleur que j'aie jamais vu, lui dit-il.

Il le pensait vraiment.

Bulle sourit comme un ange. Elle jeta un nouveau coup d'œil à la porte et parut prendre une décision.

– Alors, demanda-t-elle, qu'est-ce que je peux faire pour toi ?

*
**

La soirée avait été calme, et les deux videurs postés devant le club de Jolly n'avaient rien eu à faire, ce qui n'était pas pour leur déplaire. Il y avait eu un peu de remue-ménage, à un moment donné, quand quelqu'un avait repéré un flic changé en pierre. Mais ce n'était peut-être qu'une statue que quelqu'un avait placée au milieu de la rue pour rigoler. En tout cas, le policier/statue portait à présent un énorme chapeau mou, une fausse barbe, trois écharpes et une guirlande de fleurs ; des inscriptions salaces étaient peintes sur son uniforme dans au moins quatre langues. Les videurs s'amusaient donc, ce soir, plus qu'ils ne tabassaient.

Tous deux se redressèrent pourtant, histoire de se donner un air féroce, lorsque leur patron sortit du club d'un pas tranquille. Il dévisagea l'un, puis l'autre.

– Les gars, je m'absente dix minutes.

Il sourit, découvrant presque ses dents.

– Ayez à l'œil le petit soldat qui se trouve là-dedans… Il me paraît fêlé, ce type…

– OK, patron, répondit l'un des videurs, dont les yeux s'agrandirent de stupeur lorsque Jolly lui tapota la joue avant de s'éloigner dans la rue.

– Tu crois qu'il a fumé de ce truc qui circule dans les clubs ? marmonna son collègue.

– Aucune idée, fit l'autre, mais c'était bizarre.

*
**

– OK, Bulle, dit Valérian, éloigne-nous d'eux. Voilà, c'est là-bas qu'on va.

La voix de l'agent était étouffée, mais Bulle l'entendait de manière audible.

– Waouh, il y a des grilles, dit-elle, impressionnée, d'une voix sourde qui flotta jusqu'à Valérian.

– Oui, des grosses. Lâche-moi !

– D'accord, répondit la glamopode. Attends, je vois un recoin, là-bas, en face des grilles… On va s'y cacher.

Une fois à l'abri, Valérian sentit la chair tiède et gélatineuse – *pouvait-on vraiment appeler ça de la chair ?* – se détacher de son visage et de son corps : Bulle s'en allait. L'agent se secoua et aspira une bouffée de cet air pas très frais mais quand même bienvenu.

Son plan avait fonctionné. Bulle avait agrandi sa forme de manière à l'envelopper, et elle avait adopté l'apparence de son employeur détesté ; c'est sous cette apparence qu'ils s'étaient rendus sans encombre jusqu'au palais des Boulan-Bathors.

Ayant repris sa forme de danseuse de cabaret, Bulle observa les énormes grilles – ainsi que les gardes qui patrouillaient devant. L'entrée du palais était taillée dans la roche noire du canyon où Valérian et Laureline avaient été pêchés. Les Boulan-Bathors étaient une espèce contradictoire – hideusement laide, du moins selon les canons humains, mais capable de créer des objets d'une grande beauté. Leur palais était une splendeur, avec ses rangées de colonnes merveilleusement sculptées, dorées à la feuille, qui se dressaient dans les airs.

D'imposants braseros se reflétaient doucement sur les piliers dorés, et dispensaient une chaleur intense. Des marches noires sculptées menaient au portail, et l'on voyait la colonnade se prolonger à l'intérieur de l'enceinte. C'était presque écrasant… et Bulle se sentait visiblement écrasée.

– Tu veux entrer *là-dedans* ?

– Oui, répondit Valérian, mais les étrangers sont interdits. La seule façon de pénétrer ici, c'est de ressembler à l'un d'entre eux.

– C'est sûr, mais…

Bulle hésita et reprit :

– Je n'ai jamais joué le rôle d'un Boulan-Bathor.

Encore heureux qu'elle n'ait jamais eu un public assez déjanté pour lui réclamer de prendre une apparence pareille. Valérian faillit le lui dire, mais il décida que ce n'était pas le moment de s'engager sur ce terrain. Il préféra en appeler à la fierté légitime qu'elle tirait de ses talents, et lui lança un défi :

– Hé, tu es une artiste, ou non ?

– Si, mais il me faut du temps pour entrer dans un rôle, observer l'attitude et les mouvements, saisir le personnage. Ses motivations, son histoire, ce genre de choses. Ensuite, on fait quelques répétitions, tu me passes des notes…

Valérian était plutôt bien renseigné sur les Boulan-Bathors, mais s'il partageait ses informations avec Bulle, ça ne lui donnerait pas forcément d'assurance au moment de jouer le rôle. Elle prendrait plutôt ses jambes à son cou – ce qui, pour être honnête, serait une réaction assez saine. Tandis que le plan qu'il mijotait ne l'était pas. Mais Laureline se trouvait en ces lieux ; il savait le danger qu'elle courait, et il fallait qu'il la tire de là.

– Une petite impro ne te fera aucun mal, interrompit-il.

Il ne débordait pas d'enthousiasme à l'idée d'être de nouveau enveloppé par la glamopode, mais le temps filait. Laureline était toujours dans ce palais, le commandant toujours porté disparu.

– Allez, on y va !

Bulle poussa un soupir.

– D'accord, dit-elle à contrecœur. Retourne-toi !

Elle se plaça derrière Valérian et glissa les bras autour de lui. Une seconde durant, elle appuya la tête contre l'épaule de l'agent, puis elle se transforma.

Valérian bougea avec maladresse ; il portait l'alien comme on porte un manteau bizarre, et inspectait sa nouvelle apparence, tandis que Bulle se lamentait :

– C'est nul ! Ces griffes… Il me faudrait une manucure !

– On y va, insista Valérian.

Émergeant de leur cachette, ils se dirigèrent vers les grilles du palais.

CHAPITRE 21

C'était très différent de leur marche en tandem sous l'apparence de Jolly. De l'intérieur de son déguisement, Valérian remarqua qu'ils faisaient des embardées à droite et à gauche. Bulle devait chercher à donner à son personnage l'air d'un ivrogne. Il se demanda si l'ivresse existait chez les Boulan-Bathors.

– Hé, qu'est-ce que tu fabriques ? demanda-t-il.

– Laisse-moi une seconde pour m'adapter, répondit Bulle, contrariée.

– Vite, souffla Valérian en regardant à travers elle, les gens nous regardent !

– *Je t'avais dit* que j'avais besoin de répétitions !

Ils approchaient du portail. Valérian, inquiet, vit l'un des gardes donner un coup de coude à son collègue ; mais à présent Bulle contrôlait sa démarche pataude, son pas lourd se faisait moins titubant. L'énorme portail de métal s'ouvrit pour les laisser passer. Les gardes les observaient d'un regard suspicieux, mais ils n'intervinrent pas.

Valérian se prit à espérer un succès.

– Beaucoup mieux, dit-il à Bulle. Tu es géniale !

– C'est plus dur que de jouer les femmes fatales, murmura Bulle.

Les pensées de Valérian retournèrent malgré lui à la danseuse de cabaret, à la danseuse classique, à la méchante nurse, à l'« écolière » adulte.

Et à Laureline.

Laureline. Pourvu que tu ailles bien. S'il te plaît.

*
**

– Mon général, dit Neza en se tournant vers son supérieur, nous avons retrouvé la trace du major.

– Ah, excellent, fit Okto-Bar. Où est-il ?

Le front de Neza se plissa d'inquiétude.

– Dans le territoire des Boulan-Bathors.

Okto-Bar haussa les sourcils et s'approcha de la carte.

– Vous êtes sûr, il n'y a pas erreur ?

– Négatif, mon général.

– Comment est-ce possible ? *Personne* ne pénètre là-bas.

– Surtout, personne n'en ressort, c'est connu.

Neza paraissait aussi troublé qu'Okto-Bar. Ces temps-ci, la situation politique était tendue entre la station et les Boulan-Bathors. L'empereur régnant, Boulan III, avait interdit l'entrée de son territoire à toutes les autres espèces. On murmurait que son épouse, Nopa la Belle, exerçait le véritable pouvoir, en coulisses. Boulan ne se préoccupait que d'une chose, le culte de sa propre personne, ce qui passait par des festins excessifs et gloutons.

– Il va nous falloir des renforts, décida le général. Appelez le ministre !

– Bien mon général.

*
**

La Création – c'est ainsi que Valérian avait décidé de surnommer le trio qu'ils formaient, Bulle, lui-même et le Boulan-Bathor qu'ils prétendaient être – traversa d'un pas pesant une large cuisine. Une véritable salle des horreurs.

Aux murs étaient suspendus des objets qui auraient pu figurer dans un ancien arsenal ou dans une salle de torture. Couteaux, outils de dépeçage, crochets, petites haches, scies – tout le matériel nécessaire pour transformer en repas de gros quartiers de viande potentiellement résistants. Des guirlandes d'herbes séchées, de fruits et d'épices pendaient du plafond, ainsi que des cuissots de gibier, des crustacés, du poisson, et des tentacules tranchés. Derrière les plans de travail vivement éclairés s'entassaient les « ingrédients » à préparer, créatures d'une diversité stupéfiante conservées dans des viviers, des cages, ou suspendues du plafond.

Les tables étaient couvertes de sang, d'ichor et autres fluides. Des dizaines de Boulan-Bathors, ceints de tabliers blancs maculés comme les toiles macabres d'un artiste fou, attrapaient les aliments vivants dans les viviers ou les cages, et les apportaient jusqu'aux tables, indifférents à leurs contorsions de révolte. Là, d'énormes lames s'abattaient avec des bruits sinistres ; elles tuaient, morcelaient, découpaient en tranches et en dés, taillaient en filets. Pour la première fois depuis qu'il faisait équipe avec Bulle, Valérian fut content qu'elle lui couvre le nez, le privant de son odorat. Il ne souhaitait pas sentir la puanteur de cette cuisine. Son estomac était déjà assez retourné comme cela.

– Eh ben, ils ne pensent qu'à manger ici ! fit observer Bulle.

– Ouais, répondit Valérian. C'est culturel chez les Boulan-Bathors. Le plus puissant d'entre eux a droit au maximum de nourriture. Manger de tout, et beaucoup, reflète un statut social élevé.

– Je peux te demander ce qu'on cherche ? murmura Bulle.

– Ma femme.

– Oh, tu es marié ? demanda Bulle, l'air heureuse pour lui.

– Disons, corrigea Valérian, que je le serai, dès que je l'aurai retrouvée.

– Je vois, dit Bulle d'un ton sage. Elle s'est enfuie juste avant le mariage, c'est ça ? Elle a peur de l'engagement ?

– Quelque chose comme ça.

– Peut-être qu'elle ne t'aime pas, commenta Bulle.

Ils dépassaient un chef cuisinier en train de détailler un octopode en plusieurs morceaux qui bougeaient encore.

– Tu parles, elle est folle de moi, affirma Valérian avec plus d'assurance qu'il n'en éprouvait.

– Comment tu le sais ?

D'un beuglement, l'un des cuisiniers interpella une collègue et lui lança une boîte qu'elle ouvrit. Le contenu ressemblait à des baies pour garniture, mais à y regarder de près, on reconnaissait des globes oculaires.

– Elle lutte contre ses sentiments, dit Valérian. C'est la preuve, hein ?

Et moi, je lutte contre mon envie de gerber. Dans quelle situation Laureline est-elle allée se fourrer ?

Et, voyant Bulle manœuvrer pour traverser cette cuisine de cauchemar, il lui souffla :

– Ne touche à rien !

– Et toi ? demanda Bulle. Tu l'aimes ?

Valérian hésita. Il songea au choc que lui avait fait éprouver la métamorphose de Bulle en Laureline. Il n'avait même pas été tenté de séduire l'illusion. L'idée aurait pu être plaisante, mais son cœur l'avait aussitôt rejetée. Il ne voulait pas seulement faire l'amour avec elle. Il voulait…

– Oui, dit-il. Je l'aime.

– Et tu l'as laissée partir ?

Il ouvrit la bouche pour nier vigoureusement. Après tout, elle avait été pêchée par l'appât d'un Boulan-Bathor, et arrachée à lui en quelques secondes. Mais au sens strict du terme, il l'avait « laissée partir » – comme ç'avait été le cas à chaque brève liaison entretenue avec une « collègue ». À chaque fois qu'il avait ri en lui tendant la main, il avait minimisé le sérieux de ses sentiments.

Il l'avait laissée partir, au lieu de la retenir de tout son cœur.

Il murmura, plus pour lui-même que pour la glamopode :

– Parfois, c'est seulement quand tu perds une chose que tu te rends compte à quel point elle comptait pour toi.

Une silhouette se dressa brusquement devant lui, ramenant son attention au présent. C'était un garde, et il criait sur la Création. Bulle fit un vaillant effort pour tenter de lui répondre. Le garde lui rétorqua autre chose, puis il l'empoigna par le bras et la poussa vers une queue de Boulan-Bathors.

– Je crois qu'il veut qu'on se joigne au groupe, dit Valérian tandis que Bulle, déséquilibrée, manquait de trébucher.

– Pas sûr que ce soit une bonne idée, répondit Bulle.

– Je crois qu'il ne nous donne pas tellement le choix.

– Bon, on verra bien, marmonna Bulle en rejoignant la queue.

Chaque Boulan-Bathor se vit confier une énorme assiette où s'empilaient une foule de mets délicats. Des cubes de fruits et légumes, selon les apparences, même si Valérian n'en identifiait aucun, étaient disposés en petites tours adaptées à la taille des doigts des Boulan-Bathors. Des tranches de… quelque chose… enveloppées dans des peaux de méduse et recouvertes d'une sauce épicée qui piquait les yeux de Valérian à travers la protection offerte par Bulle. Des créatures aquatiques vidées de leurs tripes – mi-poisson, mi-cauchemar – s'étalaient sur des assiettes, tandis que les yeux dont elles s'étaient servies de leur vivant décoraient à présent leurs dépouilles, empalés sur des petites brochettes.

Une file interminable de serveurs s'étendait devant et derrière la Création. Valérian pensa tout d'abord qu'ils allaient nourrir une foule innombrable et affamée. Les portes s'ouvrirent ; et l'armée de serveurs pénétra dans une salle à côté de laquelle l'immense cuisine faisait figure de placard.

Les Boulan-Bathors mangeaient peut-être de curieux aliments, mais comme l'indiquaient leur portail principal et maintenant cette salle, ils devaient avoir dans leur langue un mot pour dire « fastueux ». À vue d'œil, la pièce mesurait cent mètres de long, cinquante mètres de haut et cinquante de large. Le sol élégant – dalles d'un brun chaleureux recouvertes d'un long tapis rouge et jaune – s'étendait si loin que Valérian n'en voyait pas le bout. Les murs transparents étaient incurvés, renforcés par une armature métallique ; ils offraient une vue grandiose sur l'espace, ses étoiles et ses vaisseaux. D'énormes piliers jalonnaient la salle à intervalles réguliers… de même que des gardes, remarqua Valérian. Très nombreux.

– Qu'est-ce qui se passe ? demanda Bulle, inquiète.

– C'est l'heure du déjeuner, je suppose, répondit Valérian.

La voix de Bulle frôlait les sanglots.

– Un boulot de *plongeuse* ! Le pire cauchemar de tout artiste ! Tu ne raconteras jamais ça à personne, d'accord ?

– Remercie plutôt ta bonne étoile qu'on ne soit pas le plat principal, lui souffla Valérian. Rappelle-toi qu'il s'agit d'un rôle, pas d'un métier. Tu es une fille fauchée qui cherche le chemin de la gloire.

Bulle renifla.

– Est-ce que j'ai du cran ? demanda-t-elle.

– Bien sûr, répondit-il. Tu peux en avoir.

Ils s'étaient avancés assez loin pour que Valérian aperçoive les convives. Ou plutôt… *le convive*. Tout au fond de la salle, sur un trône massif taillé dans un bloc de pierre grise et orné de sculptures complexes dorées à la feuille, était vautré un Boulan-Bathor coiffé d'une couronne d'or. Sa Majesté grignotait chaque plat qu'on lui présentait. Derrière lui, une fenêtre circulaire donnait sur un paysage spatial d'une beauté incongrue, et à ses côtés se dressaient deux statues.

Valérian devina qu'il s'agissait de l'empereur Boulan III. Ses gros yeux luisaient comme des braises, et son corps tout entier était couvert de tatouages écarlates. C'était à la fois hypnotisant et horrible de voir cette bouche flasque s'ouvrir, et toute cette nourriture disparaître dans le gosier béant. Ce qui restait sur l'assiette – peu de chose, à vrai dire – était jeté par un serveur à travers une grille fixée au pied du trône.

À côté de lui, l'impériale épouse, qui arborait une étrange couronne à plumes rouges, guettait avidement la moindre lueur de satisfaction sur le visage de son mari.

Valérian sentit Bulle trembler tout autour de lui lorsque leur tour approcha.

– Tout va bien, la rassura-t-il. Il va manger la nourriture ; ensuite, retour direct à la cuisine.

Malgré tout, il n'en menait pas large lui-même lorsque la Création arriva devant l'empereur blasé. Celui-ci tendit une main géante, empoigna la tête d'une infortunée créature sur l'assiette qu'on lui offrait, la porta à sa gueule et la dévora en deux bouchées sanglantes.

– Je vais vomir, chuchota Bulle.

– Non, non, supplia Valérian, tu vas attendre et vomir plus tard ! Mets-toi dans la file.

La Création rejoignit la longue queue des serveurs qui retournaient vers la cuisine avec leurs assiettes vides. La nourriture affluait toujours, et, en regardant autour de lui, Valérian sentit son cœur faire un bond dans sa poitrine.

Laureline ! Elle était vivante ! Et, apparemment, enrôlée comme serveuse.

Ils l'avaient habillée d'une longue robe blanche à traîne, qui était vraiment seyante, et lui avaient mis sur la tête un énorme chapeau blanc, qui ne l'était pas. Ce chapeau n'était rien de plus qu'un large anneau, d'où dépassaient les cheveux blonds de Laureline. La mode Boulan-Bathor n'était pas près de mettre le feu à la galaxie.

Laureline portait à deux mains un large plateau de fruits de toutes couleurs et tailles, destiné sans doute à servir de dessert au terme d'un lourd repas : en effet, la jeune femme occupait la dernière place dans la file. De tous les plats que Valérian avait regardés, c'était le seul qui paraissait à peu près appétissant.

Sous le coup du soulagement, le major éprouva un léger étourdissement.

– La voilà ! dit-il à Bulle.

– Waouh ! approuva Bulle. Tu as raison, elle est parfaite.

– Tu savais déjà à quoi elle ressemblait, pesta Valérian.

– Oui, mais la beauté d'un être ne se réduit pas à son apparence.

Valérian se sentit confondu par la glamopode. Elle avait la fraîcheur de l'innocence ; elle se montrait tantôt écervelée, tantôt capable d'une sagesse déroutante. Et elle avait raison, bien sûr. Il se demanda ce qu'il préférait chez Laureline, et fut surpris de constater que ce n'était ni son corps souple et vigoureux, ni ses traits splendides. C'était *elle*. Voilà pourquoi Bulle n'avait pas réussi à le séduire.

Il allait réussir leur évasion. Et espérait bien que Laureline allait dire oui à sa demande.

La file des serveurs avançait inexorablement vers l'empereur, dont l'épouse s'agita sur son siège en voyant approcher la jeune humaine.

Valérian fronça les sourcils.

– Il y a quelque chose qui cloche, dit-il en observant l'impératrice, dont les yeux batraciens restaient fixés sur Laureline.

L'empereur suivit le regard de son épouse et il se redressa à son tour en découvrant la jeune femme qui portait le plateau de fruits.

Il avait déjà négocié avec des humains. Pourquoi Laureline l'intéressait-elle à ce point ? Qu'avait-elle donc de spécial aux yeux d'un Boulan-Bathor ? Valérian essaya frénétiquement de se rappeler tout ce qu'il savait au sujet de cette espèce, et de Boulan III en particulier. Celui-ci avait passé sa jeunesse à voyager. Il adorait la nourriture – la nourriture unique, différente, parfaite…

– Tu veux que je fasse un petit numéro de danse pour faire diversion ? proposa Bulle.

– Non merci, coupa Valérian.

Laureline se tenait à présent devant l'empereur, qui salivait. L'épouse applaudit, extatique. Boulan III s'empara d'une énorme tranche de fruit juteux sur le plateau de Laureline. Mais au lieu de la fourrer dans sa bouche, il la pressa au-dessus de la tête de la jeune femme – tête qui dépassait du chapeau.

La réalité frappa l'esprit de Valérian comme une gifle.

Laureline ne porte pas le dessert. *C'est elle, le dessert – et le chapeau est une assiette !*

L'empereur se saisit de pincettes acérées, et une énorme goutte de sa salive s'écrasa sur le sol.

CHAPITRE 22

Valérian ouvrait la bouche pour pousser un cri d'avertissement quand Laureline elle-même comprit ce qui se passait. Elle jeta le plateau sur l'empereur et s'enfuit, aussitôt capturée par deux gardes. Elle lutta pour se dégager, à grand renfort de hurlements et de coups de pied, mais ils étaient trop gros et trop forts. L'empereur poussa un grommellement approbateur lorsque son dessert rebelle lui fut restitué.

– Je crois qu'on devrait s'en aller, couina Bulle.

– Non, laisse-moi gérer, rétorqua Valérian.

– OK ! s'empressa d'acquiescer Bulle.

– Valérian ! cria Laureline, qui continuait à se démener.

Malgré l'horreur de la situation, Valérian en eut le souffle coupé, et son cœur se gonfla. Face à une mort certaine, Laureline gardait confiance dans le fait que Valérian, d'une manière ou d'une autre, allait la retrouver. Et c'est ce qu'il avait fait.

Un hurlement franchit le nœud qui s'était formé dans sa gorge :

– Je suis là, Laureline !

Bulle lui avait transféré tout le contrôle moteur. Il fonça sur les gardes. Le premier essaya de lui porter un coup de son énorme épée. Valérian esquiva et se précipita sur l'autre garde, à qui il arracha la lame. Avant que les gardes stupéfaits aient pu réagir, il tua l'un, se retourna comme un tourbillon, et transperça l'énorme bedaine de l'autre. Laureline était libre.

Valérian avait espéré faire oublier à l'empereur son dessert. C'était réussi : les yeux rouges de Boulan III étaient fixés sur lui à présent. *Bien*, pensa Valérian. *Regarde ça !*

Grâce au talent de Bulle, Valérian avait la forme et la force d'un Boulan-Bathor, tout en conservant sa rapidité et son agilité. Le résultat allait, il en était certain, faire date dans l'histoire de l'espèce. Il poussa un beuglement très Boulan-Bathor et chargea les gardes qui affluaient vers lui ; son épée lançait des éclats en coupant des bras, en séparant les têtes de leurs cous filiformes, en perforant des ventres proéminents. Les gardes ne portaient guère d'armure – guère de vêtements, tout simplement – ce qui lui facilitait la tâche. Ils savaient se servir de leurs armes, mais Valérian était assez prompt pour les esquiver sans dommage.

D'autres gardes lui barrèrent le passage pour protéger leur empereur. Valérian tua, esquiva et continua sa progression, en sautant par-dessus les cadavres qui commençaient à s'empiler. L'impératrice s'était jetée de côté, tremblante, mais l'empereur beuglait, le doigt tendu vers Valérian qu'il foudroyait de ses yeux rouges.

Avec un hurlement, Valérian franchit d'un bond la distance qui le séparait encore de Boulan III et abattit son épée de toutes ses forces.

L'empereur resta assis et immobile. La seule chose qui bougea fut le sommet de son crâne, juste en dessous de la couronne : il glissa de côté puis se détacha.

La foule en resta hébétée. L'empereur Boulan III était mort.

Laureline s'était plaquée par terre au pied du trône pour s'abriter des lames qui tournoyaient et des corps qui s'effondraient. Épuisé, hors d'haleine, Valérian lui cria :

– Laureline !

Stupéfaite, elle leva les yeux sur lui. Il lui saisit le bras d'une main ; de l'autre, il essaya de lui enlever l'horrible chapeau-assiette. Elle se débattit avec fureur ; c'est alors que Valérian se rappela qu'il avait l'apparence d'un Boulan-Bathor – assez fou, de surcroît, pour attaquer une salle pleine de gardes et assassiner l'empereur.

– Bulle ! cria-t-il. *Lâche-moi !*

Bulle obéit ; elle glissa de Valérian et retrouva sa forme gélatineuse d'origine. Le regard de Laureline alla de l'alien bleue et informe à son collègue.

Valérian ne put y résister.

– On se marie ? fit-il. Tu es déjà en blanc.

Les beaux yeux de Laureline se plissèrent, ses lèvres parfaites se retroussèrent sur des dents blanches en laissant échapper un grondement, et une seconde plus tard, elle lui décochait un coup de poing sur la mâchoire.

Étourdi, il cligna des yeux et la regarda d'un air incrédule ; alors elle jeta ses bras autour de lui, rayonnante. Il se pencha en avant pour l'embrasser, mais elle leva un doigt qui s'opposa au contact de leurs lèvres. Il fronça les sourcils, l'air interrogateur. Du même doigt, elle lui désigna quelque chose derrière lui.

Il suivit son regard.

Tous les gardes qui se trouvaient encore dans la salle – et ils étaient nombreux – chargeaient en hurlant à qui mieux mieux, leurs armes brandies.

Valérian saisit Laureline par la main et cria :

– Bulle ! Viens vite !

Tous trois s'élancèrent vers les cuisines. Une douzaine de guerriers grondants, piques et lances au poing, leur barraient déjà la route. Le trio pila net. Valérian regarda, frénétique, les parois de verre qui donnaient sur l'espace. Aucune sortie possible. À moins que…

– Retour au trône ! hurla-t-il.

– Tu es fou ? cria Laureline.

Il ne répondit pas, mais c'était leur dernière cartouche. Il lui serra la main plus fort et ils firent demi-tour à toute allure, Bulle sur leurs talons. Ce mouvement de repli était si suicidaire qu'il prit les gardes au dépourvu : la voie était libre.

Valérian fonça vers le côté du trône. L'impératrice avait disparu, et il n'y avait pas besoin de sentinelles pour protéger un empereur mort.

L'objet de ses espoirs était là.

La grille.

Il tomba à genoux et, aidé par Laureline et Bulle, parvint à la faire glisser de côté.

Les gardes vociférants s'approchaient.

– Allez-y ! cria Valérian aux deux autres.

Elles se glissèrent dans… l'inconnu. Cela valait forcément mieux que la horde qui accourait vers eux, bouches ouvertes, cris effrayants, armes étincelantes.

Les gardes n'étaient plus qu'à trois pas quand Valérian se jeta dans le souterrain.

*
**

– Le 3e régiment est à l'approche, mon général, annonça Neza.

Okto-Bar, qui faisait les cent pas, leva les yeux sur l'écran et vit trois énormes vaisseaux débarquer de l'exo-espace.

– Pas de nouvelles de nos agents ? demanda-t-il, même s'il connaissait la réponse, Neza les lui aurait aussitôt communiquées.

– Aucune, répondit Neza.

Le froncement de sourcils d'Okto-Bar s'accentua. Deux humains dans la zone Boulan-Bathor de la station, et plus de nouvelles. Cela augurait mal de leur survie.

Il pensait aussi aux mots de l'alien torturé.

« Vous avez ce dont nous avons besoin », avait dit l'inconnu quand le général lui avait demandé d'expliquer l'attaque de la station.

Si c'était vrai, pourquoi ces aliens ne communiquaient-ils pas avec eux ?

– Et le commandant ? Pas de demande de rançon ?

Comment peut-on vous aider alors qu'on ne sait pas ce que vous voulez ? pensa Okto-Bar avec un sentiment d'impuissance.

– Négatif, répondit Neza. Mon général, j'ai le ministre en ligne.

– Affichez-le moi, dit Okto-Bar, qui se leva et rajusta sa veste.

Le ministre de la Défense apparut à l'écran.

– Mes respects, monsieur le ministre, dit Okto-Bar.

– Général, le Conseil vous a autorisé à assumer le commandement de cette opération. Félicitations, déclara l'image du ministre.

En toute autre circonstance, Okto-Bar aurait éprouvé une satisfaction paisible et joyeuse. Pendant des années, il avait servi fidèlement, sans tambours ni trompettes, dans l'espoir d'atteindre ce but.

Mais à présent, cette promotion tant attendue avait perdu de son éclat, au milieu de l'horreur qui l'entourait.

– Merci, monsieur le ministre. Mais pour remplir ma mission, je vais avoir besoin d'un accès temporaire à toutes les données du commandant Filitt, et à tous ses mots de passe.

Le ministre parut se troubler. Il répondit après un temps de silence :

– La loi interdit une chose pareille sans son accord explicite.

– J'en suis bien conscient, monsieur le ministre. Mais à l'heure qu'il est, le commandant est peut-être mort. Si vous voulez que je réussisse dans ma nouvelle tâche, il faut que je sache *tout*. Il est trop dangereux pour moi d'agir à l'aveuglette, sans aucune information.

Le ministre hésita de nouveau. Militaire jusqu'au bout des ongles, Okto-Bar comprenait et respectait l'hésitation de son interlocuteur devant ce dilemne. Mais sa demande était justifiée, il le savait.

– Accès accordé, prononça enfin le ministre.

– Merci, monsieur, répondit Okto-Bar soulagé.

Le visage du ministre disparut de l'écran. Okto-Bar dit à son capitaine :

– Donnez la permission d'accoster.

– Oui mon général, répondit le capitaine, qui transmit aussitôt.

Okto-Bar respira profondément. Au fil des ans, il avait appris à faire confiance à ses instincts, et là, tout de suite, ceux-ci lui soufflaient que des choses ténébreuses étaient en action – des choses qu'il regretterait peut-être plus tard d'avoir découvertes.

Mais il ne pouvait pas s'offrir le luxe de l'ignorance, et il plaça donc sa main sur le scanner.

– Sortez-moi le dossier sur l'opération Mül.

– Requête autorisée.

Des documents s'affichèrent à l'écran. Okto-Bar parcourut les informations qui défilaient. C'était une liste de centaines de vaisseaux de guerre, avec leurs numéros d'identification et leur puissance de feu.

Il s'agissait de l'armée que l'humanité avait dirigée au cours d'une des pires guerres de son passé tumultueux – la guerre contre les territoires du Sud. C'était en grande partie à cause de cette guerre, qui avait entraîné des années de violence et un nombre astronomique de victimes dans les deux camps, que l'humanité avait pris la ferme résolution de vivre en paix.

Une paix achetée au prix le plus sanglant qui soit. Okto-Bar se souvenait d'avoir entendu cette phrase dans la bouche de son père. Il continua à parcourir la liste des vaisseaux et de leurs capitaines.

Mais il constata qu'une information brillait par son absence.

– Qui commandait l'opération ? demanda Okto-Bar à l'ordinateur.

Un message s'afficha : *Information non disponible.*

Le général fronça les sourcils. Il n'aimait guère les mystères et les énigmes. Et surtout ceux qui paraissaient n'avoir aucun sens.

Tout cela ne sentait pas bon.

*
**

Au terme d'une chute de plus de dix mètres, leur atterrissage fut doux, quoique malodorant. Valérian avait remarqué que les serveurs Boulan-Bathors jetaient les restes de nourriture au pied du trône de l'empereur ; et, de fait, ils se trouvaient dans une poubelle aux dimensions d'une pièce. Valérian refusa de se demander ce qui pouvait bien composer – ou se décomposer dans – l'orchestre de ces odeurs suffocantes.

Au-dessus d'eux, les gardes poussaient des cris de colère et de frustration.

– Ils sont trop gros pour passer par l'ouverture, dit Valérian pour rassurer ses compagnes.

– Ils trouveront bien un moyen de nous attraper, et on est coincés ici, rétorqua Laureline.

– Non, fit Valérian. Il y a forcément un moyen de vider ces déchets, donc une porte.

Ils se regardèrent, puis baissèrent les yeux sur les carcasses mortes, les fruits pourrissants et autres horreurs qui s'entassaient certainement par couches épaisses sous leurs pieds.

Et brusquement, leur chute reprit ; mais cette fois, ils étaient accompagnés par tous les détritus qui leur dégringolaient sur la tête. Le souffle coupé, ils se débattirent désespérément à coups de poing pour refaire surface et respirer. Valérian regarda autour de lui d'un air triomphant.

– Je vous avais dit qu'il y avait une porte ! dit-il avec assurance.

Laureline se leva avec peine et retira de ses cheveux une écaille de la taille de sa paume.

– Tu n'as pas étudié les plans avant d'arriver, tu as foncé, comme d'habitude.

Comme elle finissait de s'extraire du magma, elle tomba nez à nez avec un squelette humanoïde. Elle cligna des yeux, déglutit, observa la tenue qu'il portait et commença à l'ôter. Valérian se dit qu'en effet ces vêtements étaient un peu moins immondes que ceux de Laureline.

– Tu aurais préféré que j'arrive après le clou du spectacle ? demanda-t-il en indiquant le squelette.

Laureline soupira.

– J'aurais préféré que tu m'emmènes ailleurs que dans une poubelle géante.

Valérian fronça les sourcils.

– Sans moi, tu n'aurais plus de cerveau à l'heure qu'il est.

Laureline esquissa un grand sourire inattendu.

– Comme ça, on serait deux.

– Ah ouais ? rétorqua Valérian.

Il commençait à en avoir ras le bol.

– Et qui a eu l'idée géniale d'aller à la chasse aux papillons au bord d'un canyon ?

– Et qui est incapable de piloter un Sky Jet ? répliqua Laureline, le regard noir.

– Et qui a failli me tuer parce qu'elle n'est pas foutue de lire un numéro à l'endroit ?

– Qui aurait un bras en moins si je n'avais pas su réparer un transmetteur en trente secondes ?

Valérian outragé devint cramoisi.

– Je viens de te sauver la vie et c'est tout ce que je reçois comme merci ?

– Je t'ai sauvé la tienne, tu te rappelles ? Et j'ai failli me faire aspirer le cerveau par une méduse pour te retrouver !

– Oui, et à propos de risquer de perdre ton cerveau… s'exclama Valérian.

– Hé… les amis ?

Cette douce voix était celle de Bulle.

Les deux agents se retournèrent.

– Quoi ? firent-ils en chœur.

– Je ne me sens pas très bien…

La colère de Valérian fit aussitôt place à l'inquiétude. Bulle avait presque, mais pas complètement, repris la forme d'une jeune fille. Et le bleu ciel qui était sa couleur d'origine avait viré à l'affreux violet d'un hématome. Elle leva vers Valérian un visage sans traits lorsqu'il se fraya un chemin à travers les déchets pour la rejoindre.

– Qu'est-ce qui ne va pas ? demanda-t-il angoissé.

– J'ai dû être blessée pendant le combat.

Elle parlait d'une voix étouffée, et son corps commença à prendre une teinte rouge. Bulle fit un effort, grimaça, et les traits de la danseuse de cabaret apparurent un instant, fugaces, sur la toile blanche de son visage.

Le combat… Valérian avait lutté comme un fou. Les lames tournoyantes des gardes ne l'atteignaient pas ; il avait mis cette invulnérabilité sur le compte de sa propre adresse. En fait, c'était Bulle qui l'avait protégé de son corps, encaissant les coups à sa place ! Il n'avait même pas pensé à elle – il était trop occupé à jouer son rôle préféré, celui de la tête brûlée. Et maintenant…

– Bulle ! murmura-t-il. Non, non… Je suis désolé. Dis-moi ce qu'il faut que je fasse !

La fente de sa bouche s'incurvant maladroitement vers le haut, Bulle tentait de sourire, et Valérian en eut le cœur brisé.

– Tu ne peux pas faire grand-chose. Ne t'inquiète pas. Là d'où je viens, la mort est moins douloureuse que la vie.

Ces mots étaient comme des coups de poignard.

– Ne dis pas ça !

Bulle esquissa un faible sourire.

– Malheureusement, c'est vrai. La vie est un boulet quand tu n'as jamais d'identité à toi.

Décontenancé, Valérian sourit à Bulle. Il la prit dans ses bras pour la bercer tendrement.

– Mais si, tu as une identité. Tu es une héroïne. Et plus que ça… tu es la plus grande artiste que j'aie jamais vue.

Les yeux vides de Bulle se remplirent de larmes écarlates.

– Merci. Ç'a été un plaisir de jouer pour toi. Un… dernier rôle…

Son visage se tordit sous l'effort. Puis, tout à coup, sa couleur se mit à chatoyer ; de son corps rouge surgit une étoffe blanche, des bijoux d'or, une peau lisse et brune, des cheveux noirs très lisses. Un sourire fit pétiller ses yeux accentués de lignes noires.

Néfertiti.

– Je te laisse mon royaume, dit-elle d'une voix forte et sonore malgré son corps qui faiblissait. Prends-en soin.

– Je te le promets, répondit solennellement Valérian.

Bulle lutta contre sa douleur pour continuer :

– Plus important que tout…

– Oui ?

La reine d'Égypte – ou, bien mieux aux yeux de Valérian, une glamopode au grand cœur – étendit un bras en direction de Laureline, qui se tenait à quelques pas de là, silencieuse, les yeux écarquillés.

– Prends bien soin d'*elle*. Aime-la sans mesure.

Elle fit un doux sourire.

– *Fi du piteux amour qui se laisserait mesurer.*

Bulle ferma les yeux et se laissa retomber dans les bras de Valérian. Son corps se solidifia jusqu'à devenir dur comme pierre – telle une statue antique de Néfertiti. Puis, en une fraction de seconde, Bulle se désagrégea en un sable fin qui s'écoula des bras de Valérian. Bientôt, il n'en resta plus rien.

Fixant le tas de sable, Valérian se sentit seul et perdu. Soudain, quelque chose lui effleura l'épaule. Il leva la tête : Laureline le regardait, les yeux miroitants de larmes.

Ceux de Valérian se remplirent à leur tour ; et il lui prit la main.

CHAPITRE 23

Le général Okto-Bar, campé devant la console, fixait des yeux les vaisseaux qui se rassemblaient en vue de… de quoi ? De la guerre ? De l'évacuation de la station ? Plus les faits émergeaient à la lumière, plus tout cela lui paraissait obscur.

Le sergent Neza se plaça à côté de son supérieur.

– Tous les vaisseaux de combat ont accosté, mon général.

Okto-Bar jeta un coup d'œil à la carte. Aucun signal de ses agents. En revanche, il vit que la tache rouge au centre de la station s'était étendue.

– Je veux que la 1re section se tienne prête à opérer.

– Oui mon général.

– Bien.

Okto-Bar se tourna vers la porte. De larges robots de métal noir, dépourvus de traits, se tenaient sur le seuil.

– Que font ces K-TRONs ici ?

– Ordre du commandant Filitt, répondit Neza. Il les a programmés lui-même ; il est donc le seul à pouvoir les désactiver.

Qu'est-ce qu'il a bien pu les programmer à faire au cas où il serait tué ? se demanda Okto-Bar. Le général les observa. Ils soutinrent son examen avec leur mutisme habituel.

– Si je comprends bien, ils vont nous coller jusqu'à ce qu'on retrouve leur maître ?

– Non, mon général, pas du tout. Une fois que vous aurez choisi la section qui exécutera l'opération, les K-TRONs suivront nos hommes et les assisteront.

– Génial, grommela le général. On avait bien besoin de ça.

*
**

Valérian et Laureline suivaient un sentier toujours plus étroit et rocailleux, comme s'ils se dirigeaient vers le centre d'une planète. Ils avançaient d'un pas vif et régulier, taraudés par de sombres sentiments. Il s'était passé tant de choses en si peu de temps. Et ils n'étaient toujours pas près de découvrir ce qui était arrivé au commandant Filitt. Ils ignoraient encore l'identité des mystérieux aliens qui l'avaient enlevé – y compris de celui que Valérian était certain d'avoir vu à Big Market.

Ils n'avaient guère échangé de paroles depuis... depuis Bulle.

Ils passèrent soudain devant l'épave d'un vaisseau spatial, et Laureline demanda :

– Tu sais où tu vas ?

– Bien sûr. Disons, je suppose... répliqua Valérian en fronçant légèrement les sourcils.

– Tu es sûr, ou tu supposes ? lança Laureline.

Il poussa un petit grognement exaspéré et la regarda.

– Ne me demande pas comment ça se fait, mais la princesse, celle de mon rêve... elle me guide.

– La princesse te *guide* ?

Valérian fit la grimace.

– Ouais, je sais que ça paraît bizarre, mais... C'est comme si elle était avec moi depuis tout ce temps.

Laureline s'arrêta.

– Attends une minute, dit-elle. Tu veux dire que... tu as une femme en toi ? Depuis le début de cette mission ?

Valérian soupira. Toute cette affaire lui donnait à la fois un sentiment de malaise et de confiance impossible à formuler.

– Laureline, on peut continuer à avancer et garder ce sujet pour plus tard ?

– Bien sûr, répondit-elle.

Elle étendit un bras pour lui faire signe de la précéder.

– Les femmes d'abord ? fit-elle en réprimant un sourire espiègle.

– Hilarant, fit Valérian, impassible.

Mais il fit un pas en avant.

*
**

Le capitaine Kris commandait la 1re section. Il avait quarante ans et un visage marqué de cicatrices, preuves muettes qu'il avait eu sa part de batailles. Il était honoré que son unité ait été mise à la tête de la mission consistant à infiltrer le centre de la station pour récupérer le commandant Arun Filitt.

Le vaisseau accosta la station, s'y amarra, et la porte d'acier s'ouvrit. Sur l'ordre de leur capitaine, des dizaines de soldats lourdement armés débarquèrent au pas de course. Kris ferma la marche et se plaça de côté.

– Mon général, ici le capitaine Kris, 1re section opérationnelle, annonça-t-il.

– Bien, lui répondit la voix d'Okto-Bar. Vous pouvez y aller. Sachez qu'une unité de K-TRONs se joindra à vous.

Kris pinça les lèvres. Il n'aimait guère ces robots silencieux et balourds. Il avait vécu assez de batailles pour savoir une chose : si les robots et les androïdes avaient leur utilité, dans le feu de la mêlée on se sentait mieux avec des compagnons d'armes doués de pensée et de sentiments. Il admirait la réputation d'Okto-Bar, mais il se demanda si les souvenirs de guerre du général étaient trop anciens pour qu'il comprenne que l'envoi d'une unité de K-TRONs constituait une insulte à un groupe d'élite comme la 1re section.

– Ce ne sera pas nécessaire, mon général. Mes hommes suffisent à la tâche.

– C'est un ordre, capitaine.

– Bien, mon général.

Il avait à peine fini de parler que l'unité de robots annoncée arriva dans un vacarme de cliquetis. Les K-TRONS s'immobilisèrent comme un seul homme, armes à la main, figés dans l'attente de ses ordres. Kris ravala sa contrariété.

– Unité d'élite, suivez-moi !

Dociles, les robots emboîtèrent le pas aux soldats humains vers le cœur de la station.

*
**

Guidé par une mystérieuse « fille de rêve », au sens littéral du terme, Valérian ressentait des petits coups intérieurs qui signifiaient « par ici » ou « par là ». Il continuait à guider Laureline vers le cœur de la station Alpha. Le paysage désolé, sans doute désert depuis des années, n'avait rien pour alléger son humeur.

Il se demanda s'il ne valait pas mieux garder ses conclusions pour lui, mais en décida autrement.

Laureline était sa collègue. Elle méritait d'être au courant.

– On est manipulés depuis le début, dit-il, le visage sombre.

– Qu'est-ce que tu veux dire ?

– Là, tout de suite, on est au milieu de la prétendue zone mortelle. Et on respire normalement.

Des petits rongeurs passèrent devant eux et s'arrêtèrent pour les observer d'un air curieux ; puis ils se mirent à trottiner de-ci, de-là, vaquant à leurs affaires.

– On est si loin que ça dans la zone ?

Valérian acquiesça, la mine sombre.

– Tu as raison… fit Laureline en regardant autour d'elle. Et il n'y a absolument aucune trace de contamination.

– Cette mission est un coup monté, dit Valérian avec colère. On s'est moqué de nous, Laureline. On nous a menti sur toute la ligne. Tout le monde, y compris le général Okto-Bar. Le commandant savait bien ce qu'il y avait derrière ce « mal absolu ».

– Quoi ?

Laureline le fixa d'un regard ébahi. Il s'était remis à avancer très vite, en suivant les ordres qu'il recevait au fond de lui, et Laureline peinait à le suivre.

« Tournez ici », lui souffla son guide intérieur.

Valérian obéit, et les deux agents se trouvèrent au pied d'un mur immense. Par contraste avec l'aspect abandonné des environs, cette barrière paraissait neuve et imposante, constituée de larges plaques d'un matériau que Valérian n'avait jamais vu. Comme Laureline et lui fixaient ce mur des yeux, les plaques se mirent à bouger ; elles se déplacèrent, se chevauchèrent.

Les choses devinrent encore plus étranges lorsqu'une silhouette – pâle, élancée – traversa le mur sans prévenir, pour se placer devant eux avec grâce. Quelques instants plus tard, elle fut rejointe par quatre autres silhouettes semblables. Ces créatures belles et lumineuses paraissaient bienveillantes.

– Des Perles ! s'exclama Valérian stupéfait.

– OK, murmura Laureline admirative. Ce n'est pas *du tout* l'image que je me faisais du mal absolu.

– Je m'appelle Tsûuri, déclara le premier arrivant. (Il regardait Valérian avec une expression étrange – faite de nostalgie et d'attente mêlées.) Je suis le fils de l'empereur.

– Super, dit Valérian.

Deux empereurs en un seul jour. Des émotions s'entrechoquaient dans son esprit, et il sentait que certaines n'étaient pas ses émotions à lui. Il lutta pour garder le contrôle de la déferlante.

– Et si tu nous présentais à papa ?

– Il vous attend, répondit Tsûuri. Suivez-moi.

Il se retourna et disparut à travers le mur. Valérian hésita, s'approcha et étendit la main ; elle passa à travers le mur.

Il carra les épaules.

– Essaie de prendre contact avec le général, demande-lui d'envoyer tout le monde ici, dit-il à Laureline. En attendant, je vais essayer de gagner du temps.

– Non non, fit Laureline en secouant la tête. Pour une fois, c'est peut-être toi qui pourrais rester à l'arrière, non ?

Et sans un mot de plus, elle traversa le mur d'un pas résolu.

Valérian soupira.

– J'y crois pas, fit-il, et il suivit sa collègue.

Lorsqu'il émergea du mur, Laureline et Tsûuri l'attendaient. L'intérieur n'avait rien à voir avec le paysage austère du dehors, ni avec le mur mouvant. Valérian essaya de définir ce qu'il voyait, mais il n'était pas sûr de pouvoir trouver les mots. Il avait l'impression de se trouver à l'intérieur d'un énorme zeppelin ; seulement, les parois incurvées et côtelées n'étaient pas faites de métal froid, mais de matière organique. Des larges paniers tressés, faits de brindilles ou d'herbes, ornaient les murs. Valérian se demanda s'ils servaient de couchettes aux Perles, et il pensa aux belles maisons coquillages de son rêve.

Plusieurs Perles se trouvaient là, et à l'évidence, ce vaisseau était conçu à l'image de leur peuple – simple, proche de la nature, et en même temps très en pointe.

Tsûuri les conduisit à travers ce vaisseau devenu un village. Tous ses occupants tournaient leurs bons visages pâles vers les deux agents, et inclinaient la tête en signe de bienvenue. Certains portaient des armes dont l'apparence primitive était trompeuse : elles étaient sans doute bien plus performantes qu'elles n'en avaient l'air, mais personne n'esquissa le moindre geste menaçant à l'égard des deux humains.

D'autres Perles s'accrochaient aux murs, forts et souples ; ils tressaient, réparaient, entretenaient les lieux avec une concentration calme et pure. Tsûuri mena ses hôtes jusqu'à ce qui semblait être le centre de ce « village ». Valérian remarqua plusieurs petits vaisseaux pareils à ceux qu'il avait pris en chasse. Près d'eux se trouvaient des machines sophistiquées rivées les unes aux autres pour en fabriquer un nouveau, encore plus gros.

Au centre du village, Valérian et Laureline reconnurent quelque chose qu'ils avaient tous deux étudié en cours d'histoire.

C'était le module Destiny, un laboratoire de recherche primitif qui avait jadis fait partie de la station spatiale internationale, en l'an 2001. Par bien des aspects, il constituait le centre et l'origine de la station Alpha.

L'empereur des Perles était assis dans le tuyau d'échappement de la capsule, comme s'il s'agissait d'un trône ; il émanait de lui la majesté la plus simple, la plus accessible que Valérian pût imaginer. Encore plus beau que son fils, il gratifia les arrivants d'un bon sourire. À côté de lui se trouvait une créature féminine

Perle d'une beauté merveilleuse. Ils se tenaient par la main avec tendresse et connivence. Valérian sut aussitôt que ces êtres, quel que soit leur âge, s'aimaient depuis très, très longtemps.

Puis ses yeux tombèrent sur un matelas de paille disposé par terre.

Le commandant Arun Filitt gisait, immobile, aux pieds de l'empereur. Valérian était trop loin pour voir s'il était vivant ou mort.

– Je vous présente l'empereur mon père, dit solennellement Tsûuri.

– Je m'appelle Haban-Limaï, et voici mon épouse, Aloï, dit l'empereur.

Sa voix était aussi belle qu'il l'était lui-même, que l'étaient toutes choses en ce lieu ; elle fit frissonner Valérian.

Le visage de l'impératrice s'éclaira de joie :

– *Melo hiné !* Nous sommes si heureux de vous accueillir ici !

Le regard de Valérian retourna à Tsûuri. Ce mouvement n'échappa pas à l'empereur.

– Vous avez rencontré mon fils ce matin, je crois, fit observer Haban-Limaï.

– Brièvement, au milieu d'une grêle de balles, répondit Valérian.

Haban-Limaï regarda Tsûuri avec affection. Puis il dit :

– Mon fils a ressenti la présence de sa sœur, la princesse Lïho-Minaa.

Il tourna vers Valérian ses yeux d'un bleu profond, hypnotisant. Ses joues se teintèrent d'un rose doux et lumineux.

– Il semble qu'elle vous a choisi.

– Que voulez-vous dire ? demanda Valérian.

Le chagrin posa son empreinte sur les traits élégants de l'empereur.

– Nous sommes un peuple d'une grande longévité, mais même une étoile ne peut briller éternellement. Ou une Perle. Au moment de notre mort, nous libérons toute l'énergie qui reste dans notre corps sous la forme d'une vague qui voyage à travers l'espace et le temps. Nous envoyons dans l'univers nos souvenirs, notre âme, tout ce qui demeure quand le corps n'est plus. Parfois, cette vague déferle et se dissipe, seule, dans les ténèbres. Mais pas toujours. Il arrive qu'elle trouve un hôte bienveillant.

Il marqua un temps de silence, et reprit :

– C'est *vous* que ma Lïho-Minaa a choisi pour être le gardien de son âme.

– Ah, fit doucement Valérian, surpris.

Puis il dit tout bas à Laureline :

– Je t'avais bien dit.

L'impératrice s'était levée. Des larmes brillaient dans l'azur glorieux de ses yeux. Ses joues aussi étaient rose pâle. Elle s'avança vers Valérian en faisant onduler gracieusement sa robe brune et orange.

– Ma fille…

Valérian éprouva un instant de panique lorsque l'impératrice tendit des mains fines aux longs doigts pour lui envelopper les siennes. Puis, soudain, il sentit se dissoudre tout ce qui en lui était petit et mesquin, incertain et égoïste, peureux et colérique. Le calme l'envahit. Il inspira et exhala, et ressentit le rythme immémorial de toutes les mers attirées vers les rivages par le doux chant de leurs lunes ; tous les baisers maternels déposés sur les fronts enfantins, tous les rires bienveillants, tous les soupirs étouffés, et le scintillement de toutes les étoiles.

Pour la première fois de toute sa vie tumultueuse, Valérian goûta la paix.

Il *la* sentit remuer en lui ; elle réagissait à l'appel nostalgique de sa mère. L'impératrice Aloï respira profondément. Laureline le regardait…

Non. Pas lui. C'était la princesse Lïho-Minaa qu'elle regardait.

– Oh, mon trésor… Je suis si heureuse de te voir, murmura l'impératrice, la mère, la voix lourde d'émotion.

– *Moi aussi,* entendit Valérian – en paroles ? en pensée ?

– C'est réciproque, bredouilla Valérian. Je veux dire, elle aussi, elle est heureuse.

Le sourire éclatant de l'impératrice se fit légèrement espiègle à la réponse de Valérian, et elle lui libéra les mains. Il n'osa pas regarder Laureline. Pas encore. L'une des Perles leur apporta à boire. Laureline et Valérian acceptèrent la boisson, mais ne la touchèrent pas.

L'empereur leva son verre.

– À la mémoire de ma fille !

Valérian montra du doigt le commandant.

– Si nous buvons avec vous, est-ce que nous subirons le même sort ?

Il fallait qu'il pose la question, mais il savait la réponse. Il l'avait toujours sue, en fait, depuis qu'il s'était réveillé après avoir rêvé d'un monde détruit.

L'empereur sourit, les yeux pétillants d'amusement.

– Votre ami est simplement endormi. Voulez-vous que nous le réveillions ?

Valérian jeta un nouveau coup d'œil au commandant, et fit un grand sourire : Filitt ronflait doucement.

– Ça peut attendre. Et je ne l'appellerais pas mon ami.

Valérian fixa l'empereur d'un regard redevenu sérieux.

– D'où venez-vous ?

– Ah, je croyais que vous aviez trouvé la réponse à cette question.

C'était le cas. Mais une chose était de le savoir, une autre de l'énoncer.

– De la planète Mül, dit doucement Valérian.

Laureline écarquilla les yeux. L'empereur reprit la parole, et en l'écoutant, Valérian vit dans son esprit, comme s'il s'agissait d'une réalité qu'il avait sous les yeux, tout ce que décrivait le Perle.

– Notre planète était un vrai paradis. Nous y vivions en harmonie avec les éléments.

Valérian vit les Douze Sœurs Sages – c'est ainsi que les Perles appelaient les douze lunes en orbite autour de leur monde – veiller dans un mouvement protecteur sur leur enfant, la mer. Des pêcheurs ramenaient leurs filets chargés de perles qu'ils déversaient sur le sable pour les trier en riant.

– Notre activité principale était la récolte des perles, qui possédaient une énergie phénoménale. Elles fertilisaient nos terres, contrôlaient les vents et marées…

Avec leurs paniers tressés qui contenaient cette précieuse cargaison, les Perles s'éloignaient du rivage et se dirigeaient vers un petit cratère. Ils renversaient leurs paniers, vidant des milliers de perles dans la gueule du cratère.

– Trois fois par an, nous donnions à la terre ce que la mer nous avait offert. C'est ainsi que nous avions toujours vécu, en harmonie, pendant des siècles innombrables…

Sa voix se fit grave.

– Jusqu'au jour où tout cela a pris fin.

Valérian se crispa. Il ne voulait pas revoir cela. Ces enfants qui riaient en se courant après sur la plage de sable blanc, et qui soudain s'étaient arrêtés pour observer une météorite déchirant les cieux, suivie par des milliers d'autres.

– Au-dessus de Mül, dans l'espace, dit l'empereur, d'autres peuples avaient aveuglément déclenché une guerre brutale. Une guerre qui n'était pas la nôtre.

– Votre fille est morte pendant la bataille, dit Valérian.

C'était une déclaration, pas une question.

– Oui, dit l'empereur, la voix lourde de chagrin. Elle est morte – et six millions des nôtres avec elle.

Un silence s'installa. Laureline avait le regard fixe, horrifié. Valérian la vit boire son cocktail d'une traite.

– Qu'est-ce que tu fais ? lui demanda-t-il.

– Je ne sais pas, répliqua Laureline, sur la défensive. Je… J'avais soif ! Est-ce que je pourrais reprendre un verre de ce merveilleux cocktail maison, s'il vous plaît ?

Elle n'avait pas l'air de le trouver merveilleux. Elle semblait vaguement malade, secouée par toutes ces découvertes qui l'assaillaient, lourdes et rapides.

Valérian but son verre, lui aussi.

CHAPITRE 24

Noïntan Okto-Bar se flattait d'avoir une bonne maîtrise des situations, et de mener les opérations dans les règles de l'art. Pas de gestes voyants, théâtraux. Un travail acharné seulement. Un œil avisé qui savait repérer les jeunes talents prometteurs pour les enrôler dans ses troupes. Et du sang-froid quand ça chauffait.

Cela dit, en ce moment, il tenait à la main un verre à liqueur vide, qui avait contenu du whisky destiné à calmer ses nerfs ; il ne se rappelait pas les avoir sentis plus à vif. Il fixait l'écran d'un regard douloureux, luttant contre la tentation de se resservir en alcool. *Un verre apaise les nerfs, un second leur porte dessus*, se dit-il.

Tout à coup, des flux de données s'affichèrent à l'écran.

– Contact établi, mon général, annonça Neza, visiblement aussi content et soulagé que l'était Okto-Bar.

Pas trop tôt, pensa le général. Il posa son verre vide et se redressa.

– Bien, capitaine, dit-il à Kris, nous sommes tout ouïe.

– On ne voit aucun signe de radiation ou de contamination, répondit la voix de Kris. Pouvez-vous confirmer ?

Le regard d'Okto-Bar balaya l'écran.

– C'est fou, mais… oui, confirmé. Zéro trace des deux.

– Veuillez noter que nous poursuivons sans nos masques à gaz. En avant !

Les yeux d'Okto-Bar se tournèrent vers le verre vide, et revinrent à l'écran. *Nom d'un chien, qu'est-ce qui se passe là-bas ?*

*
**

Les Perles avaient redonné à boire à Valérian et Laureline. Cette boisson était fraîche, sucrée, apaisante, à l'image des Perles elles-mêmes ; Valérian et Laureline burent avec reconnaissance. Valérian demanda ensuite :

– Qu'est-ce qui s'est passé après l'explosion ? Comment avez-vous survécu ?

– Nous avons voyagé à la dérive dans l'espace pendant de nombreuses années, à bord d'un vaisseau qui n'était pas le nôtre. Pour survivre, il fallait nous instruire. Nous avons donc étudié votre civilisation, jusqu'au moindre détail, en cherchant tout ce qui pouvait être utile, tout ce qui pouvait nous aider à rester en vie. Dans une partie du vaisseau, nous avions retrouvé des plantes vivantes. Nous avons donc planté des pousses, recueilli des gouttes de rosée sur leurs feuilles. Nous avons analysé votre ordinateur, et à force de tâtonnements, nous avons appris à nous en servir. Puis, un jour, nous avons été repérés par des ferrailleurs qui sillonnaient les galaxies. Au bout de quelques années, leurs prises étant suffisantes, ils sont allés vendre leur cargaison sur un énorme site de construction.

– Alpha, souffla Valérian.

L'empereur acquiesça d'un signe de tête.

– La Cité des Mille Planètes, là où, depuis des centaines d'années, tant d'espèces mettaient en commun leurs connaissances et leur intelligence. Patiemment, discrètement, nous avons appris de chacune d'elles, et nous avons fabriqué notre propre vaisseau. Notre planète a disparu à jamais, mais nous sommes maintenant capables de reconstituer virtuellement notre monde.

– Stupéfiant ! s'exclama Valérian.

– Il ne nous manque que deux choses, poursuivit l'empereur.

– Un convertisseur Mül, dit Laureline.

– Et une perle, ajouta Valérian.

– La seule que Tsûuri ait réussi à sauver, fit l'empereur.

Valérian commençait à remplir les trous du récit :

– Alors, il y a un an, vous avez signalé votre existence et établi le contact avec nous, dit-il, songeur.

Laureline aussi complétait le puzzle.

– Et la seule chose que vous demandiez en compensation de tout ce que vous aviez perdu, c'est le dernier convertisseur vivant, afin de reproduire votre perle, dit-elle.

– Oui, répondit l'empereur. C'était tout. Le reste, nous pouvions nous en charger.

Une ombre s'installa sur son beau visage.

– Mais pendant la remise du convertisseur, les choses ne se sont pas déroulées comme prévu.

– Qu'est-ce qui s'est passé ?

L'empereur se tut un instant, encore hanté par la douleur de ces événements.

– Une unité est venue négocier avec nous à l'extérieur du mur – celui que vous venez de traverser. C'est Tsûuri qui s'est porté à leur rencontre. Nous étions si heureux de pouvoir enfin rendre hommage à nos morts en rebâtissant le monde que nous avions tant aimé… Un jeune capitaine nous attendait. Il avait à côté de lui une boîte métallique – nous pensons que c'était le convertisseur. Il paraissait mal à l'aise, et s'adressait à quelqu'un qui n'était pas présent. Celui-ci – le commandant de la mission – a demandé combien nous étions. Le capitaine a répondu ; alors le commandant a donné ses ordres.

L'empereur marqua une pause et reprit :

– Le commandant de la mission a dit : « Je ne veux pas de survivants. Éliminez-les tous ! »

Valérian et Laureline le regardèrent fixement. Valérian ne voulait pas y croire. Son peuple ? Pourquoi ?

L'empereur sourit d'un air triste.

– Ce malheureux capitaine a eu l'air confus, mais il a exécuté l'ordre. Beaucoup de mes sujets ont été mortellement atteints. Quelques-uns, dont Tsûuri, sont parvenus à retraverser le mur.

– Que... Pourquoi... bredouilla Laureline, choquée au point de ne plus pouvoir formuler une question cohérente.

L'empereur continua.

– Après... après l'attaque, nous avons regardé ce qui se passait de l'autre côté du mur, dans l'espoir de secourir nos frères blessés. Hélas, c'était impossible. Et nous ne sommes pas les seuls à avoir été trahis en ce jour terrible. Le pauvre capitaine a reçu une autre transmission. Elle venait toujours du commandant : « J'ai dit pas de survivants. Éliminez-les tous ! » C'est ainsi que le capitaine et ses hommes sont tombés – tués par des robots cachés, vêtus d'une armure noire ; ils étaient grands, lisses, impitoyables.

Des K-TRONs, pensa Valérian écœuré. *Des K-TRONs obéissant à celui qui dirigeait cette mission.*

Valérian et Laureline ne parvenaient pas à prononcer un mot. Que dire ? Tout cela était cauchemardesque.

– Nous sommes des survivants, mais cela fait de nous des témoins, dit l'empereur d'un ton calme. Des témoins d'un passé que les humains veulent effacer et oublier à jamais.

– Nous pouvons pardonner, dit l'impératrice, mais comment pouvons-nous oublier ?

Valérian et Laureline échangèrent un regard triste et dégoûté. Puis Laureline prit la parole d'une voix rauque, presque comme si elle avait pleuré.

– Donc, ils… *nous*… ne vous avons pas laissé d'autre choix que de nous voler le convertisseur. Tsûuri a embauché un professionnel pour faire ce boulot…

– Igon Siruss ! s'écria brusquement Valérian.

– Mais, continua Laureline, le zélé major Valérian intervient pendant la transaction, et reprend le convertisseur.

– À court de ressources pour obtenir le convertisseur, reprit Valérian, vous n'avez plus eu qu'une solution : enlever le commandant et le forcer à dire la vérité.

L'empereur acquiesça.

– Vous connaissez notre histoire à présent. Notre destin est entre vos mains.

L'empereur fit un signe à sa femme. L'impératrice Aloï hocha la tête et se mit à genoux à côté du commandant Filitt. Bienveillante, même en cet instant, elle passa sa main aux longs doigts sur le front de l'homme assoupi. Il s'éveilla avec un sursaut de panique et se leva d'un bond.

– Où suis-je ? À la garde !

Son regard tomba sur Valérian.

– Major ?

Il se précipita sur les deux agents, qu'il poussa entre l'empereur et lui.

– Major ! Arrêtez ces créatures ! Elles m'ont kidnappé ! Elles sont extrêmement dangereuses !

– Ce sont des Perles de la planète Mül, dit froidement Valérian.

Filitt le dévisagea. Une lueur s'alluma dans les profondeurs de ses yeux, quelque chose d'apeuré et de laid, qui fit aussitôt place à une dureté plus familière.

– Oui. Ils m'ont raconté leur histoire ridicule. Mais c'est impossible. Mül était inhabitée.

Laureline prit un air moqueur et montra les Perles du doigt.

– Leur existence prouve le contraire, non ?

Filitt vira au cramoisi et son expression devint menaçante.

– Il n'y avait pas de vie sur la planète, je vous dis. Les détecteurs étaient catégoriques. Arrêtez-les, c'est un ordre !

Valérian plissa les yeux.

– Comment pouvez-vous en être si sûr ?

Filitt détourna furtivement le regard.

– Parce que je… j'ai lu les rapports, et…

Valérian termina à sa place.

– Et vous étiez à bord.

Il en avait vu, des criminels au pied du mur. Il savait ce qui allait suivre. La colère, la justification, le plaidoyer peut-être.

Filitt ne le déçut pas.

– Oui, fit-il sèchement, j'étais *en effet* à bord. Et nous avions bien d'autres soucis en tête ! Nos croiseurs se faisaient décimer. Nous avons perdu cinq cent mille soldats en un jour. *Un demi-million des nôtres,* agent ! Un vrai carnage !

Valérian s'approcha jusqu'à ce que son visage soit à quelques centimètres de celui du commandant.

– Et vous étiez si préoccupé que vous n'avez pas vu le détecteur indiquer des signes de vie sur la planète.

Le commandant parut confus.

– Ou pire encore, intervint Laureline, vous saviez peut-être que la planète était habitée et vous l'avez délibérément sacrifiée.

*
**

Il était arrivé trop de choses à Arun Filitt. Les yeux fixés sur les deux agents, il se demandait comment ils l'avaient retrouvé, où il était, ce qui s'était passé. Pourquoi les choses avaient-elles tourné ainsi ? Ce qu'il avait fait n'était pas un mal, mais une nécessité.

Comment pouvaient-ils le comprendre ? Ils n'étaient pas là ce jour-là, à devoir prendre des décisions dont dépendaient des millions de vies.

Et cette planète n'était pas habitée. Non, non, non.

Et pourtant…

Le souvenir, jusqu'à présent distordu, modifié, relégué au fond de son esprit, jaillit comme un animal trop longtemps mis en cage et soudain libéré – une bête en colère, et d'une puissance irrésistible.

*
**

« Chargez les fusio-missiles ! » hurla le commandant Filitt pour couvrir le vacarme de l'attaque, les craquements du matériel touché, et les cris des mourants. À travers cette cacophonie, la voix paniquée du major Samk lui parvint.

– Mon commandant ?

Le major se tenait à son poste : il était responsable du détecteur qui décelait les signes de vie.

– Qu'est-ce qu'il y a ?

Le vaisseau fut de nouveau touché ; tout le monde vacilla, s'agrippant aux sièges et aux consoles pour rester debout.

– La planète est habitée ! cria Samk.

Filitt détourna brièvement le regard de l'enfer qui se jouait sur les écrans de vision, pour regarder le major. Il lut de la détresse dans les yeux écarquillés de Samk.

– On sait, par des formes de vie primitives ! rétorqua sèchement Filitt.

Pourquoi Samk lui faisait-il perdre son temps ? Des hommes mouraient dans ce vaisseau, et dans les centaines d'autres engins de la flotte…

– Non, mon commandant, répondit Samk en parlant très vite. Il s'agit d'êtres sensibles !

Filitt le fixa du regard. Ce n'était pas possible. Cette planète était inhabitée. Il fallait *qu'elle le soit…*

Tais-toi, Samk, *pensa-t-il, frénétique.* Je ne peux pas entendre ça. Pas maintenant.

Mais Samk insistait.

– J'ai détecté un langage complexe et une énergie cérébrale énorme.

Ces mots galvanisèrent Filitt, qui s'approcha du major à grands pas et lui arracha son badge. Le détecteur s'éteignit brusquement.

– Major, gronda-t-il à travers ses dents serrées, l'histoire est en marche. Ni vous ni un ramassis de sauvages ne pouvez lui barrer la route !

Mais Samk avait visiblement l'intention d'essayer.

– C'est une espèce intelligente, mon commandant. Je suis désolé d'insister, mais leur empreinte ADN est plus importante que la nôtre.

– Notre victoire n'en sera que plus éclatante.

Le commandant retourna à son poste. Il n'hésita pas. Les yeux fixés sur l'écran qui montrait des vaisseaux en train de prendre feu et d'exploser, il enfonça le bouton qui déclenchait l'apocalypse.

Avec un plaisir froid et un sentiment de justice accomplie, il constata que le gigantesque vaisseau amiral ennemi était touché. Il le vit entamer une folle spirale et s'écraser sur Mül. C'est à peine s'il éprouva un pincement au cœur lorsque la planète fut enveloppée par une déflagration qui réduisit en morceaux sa sphère bleu-vert.

Ç'avait été une jolie planète... mais la guerre faisait des victimes.

*
**

Une voix masculine froide le tira de son souvenir.

– Quand vous avez découvert que des survivants de Mül vivaient au cœur d'Alpha, vous avez décidé d'effacer toute trace de votre erreur, plutôt que d'en accepter les conséquences. C'est cela ?

De nouveau, Filitt entendit l'écho de sa propre voix à l'instant où il avait vu les Perles émerger de leur mur. *Je ne veux aucun survivant. Éliminez-les tous !*

Et le jeune capitaine disparut lui aussi. Plus aucune voix pour témoigner contre lui. Des K-TRONs. Meilleurs que des hommes. Aucune loyauté, aucune idéologie, aucun jugement. Un programme, c'est tout, et une obéissance à ce programme. Simple. Propre.

– Et vous avez détruit toutes les preuves que le major Samk gardait contre vous.

Non. Il ne voulait pas voir cela. Mais aux mots de l'agent Valérian, les images surgirent d'elles-mêmes, et il ne parvint pas à les repousser dans les replis de sa mémoire où elles étaient demeurées depuis un an.

Il avait neutralisé le verrou qui protégeait la porte du major Samk et il était entré à pas de velours. Il avait vérifié avant d'agir – un coup d'œil à l'écran lui avait confirmé que le major Samk était en train de taper un rapport sur ce qui s'était passé au-dessus de la planète Mül.

Dommage.

Filitt avait visé la nuque de Samk et appuyé sur la gâchette.

– C'était le seul moyen ! explosa Filitt.

Les justifications qu'il avait espéré ne jamais avoir à prononcer lui étaient arrachées. Il fixa d'un regard fou les visages de marbre des deux agents.

– Comprenez-moi, supplia-t-il. Admettre une erreur de cette échelle, c'était exposer notre gouvernement à des dommages colossaux, à des demandes d'indemnisation sans fin. Notre économie ne s'en serait jamais remise !

Les traits de Valérian et de Laureline se durcirent encore. Ils choisissaient, exprès, de ne pas comprendre. Filitt, désespéré, éleva la voix.

– En un instant, nous aurions perdu notre suprématie, notre *leadership*. Il y aurait eu des sanctions immédiates. On peut parier que nous aurions été bannis d'Alpha – cette station que nous avons *créée*, nom d'un chien ! Exclus du plus grand marché des savoirs et de l'intelligence de toute la galaxie. C'est ce que vous auriez voulu pour vos concitoyens ?

Le regard de Filitt passa de Valérian à Laureline sans trouver de sympathie ni chez l'un ni chez l'autre. Il n'osa pas regarder les Perles. Il ne pouvait se permettre de les voir autrement que comme des obstacles à l'humanité.

– C'est ce que vous auriez voulu ? répéta-t-il en postillonnant. Les mener à la ruine et à la dégradation ? Les forcer à retourner mille ans en arrière ? Le Conseil a jugé bon de protéger nos concitoyens. D'abord et avant tout. N'est-ce pas son *devoir* ?

Il se frappa la poitrine en ajoutant :

– Et le mien ? Et le *vôtre* ? N'est-ce pas, agents Valérian et Laureline ? Préférez-vous risquer le naufrage de notre économie pour le bien d'un ramassis de…

Il se tourna vers l'empereur, qu'il regarda avec un mélange de haine et de ressentiment ; les mots lui manquaient.

– Sauvages ? suggéra Laureline.

Filitt fit volte-face vers elle.

– Sergent ! Vous êtes sous l'influence de cette créature ! Ne confondez pas tout. La menace, c'est lui ! Notre ennemi, c'est lui !

L'empereur, sans se départir de son incroyable patience, s'avança et posa l'index sur la poitrine de Filitt.

– Votre pire ennemi, c'est *vous-même*, commandant, dit-il avec compassion. À moins de faire la paix avec votre passé, vous n'aurez pas d'avenir.

Le commandant recula, stupéfait par ces paroles. Non. Il se trompait. Il se trompait forcément. Le seul moyen pour l'humanité et pour lui-même d'être en sûreté, c'était de voir disparaître ce problème, et tout de suite. Il avait déjà failli disparaître. Le commandant avait presque réussi à effacer ces aliens de la mémoire de l'univers.

Il pouvait encore le faire.

– Major ! aboya-t-il. Je vous ordonne d'arrêter cet homme. Vous m'entendez ?

– Pouvons-nous discuter en tête à tête une seconde ? demanda Valérian.

Filitt se tourna vers lui, fébrile.

– Quoi ?

Le coup de poing arriva si vite que le commandant Arun Filitt n'eut même pas le temps de cligner des yeux.

CHAPITRE 25

Le commandant s'écroula. Avec une grimace, Valérian secoua sa main douloureuse. Il avait mis *beaucoup* de sentiments dans ce coup-là.

– Bien parlé, dit-il à la forme évanouie.

Puis il se tourna vers l'empereur :

– Écoutez, on s'est bien amusés, mais il faut maintenant que nous fassions un rapport à notre peuple. Tenez. Ceci vous appartient.

Il sortit la perle pour la remettre à l'empereur. Celui-ci contempla la petite sphère parfaite nichée dans sa paume, puis il ferma les doigts dessus et leva sur Valérian un regard brillant, plein de gratitude.

– Nous allons arranger ça, lui garantit l'agent. Vous avez ma parole.

Il baissa les yeux sur le commandant, et un sourire lui tordit les lèvres.

– Laissez-moi vous débarrasser de ce type.

Il se retourna et s'aperçut que Laureline parlait avec l'impératrice. Ses yeux étaient remplis de larmes, et elle portait la main à sa ceinture pour en tirer le convertisseur.

– Hé ! s'écria Valérian. Qu'est-ce que tu fais ?

Laureline dit, comme si cela allait de soi :

– Tu leur as donné la perle. Ils ont aussi besoin du convertisseur.

– Je sais, mais…

Il se tourna vers l'empereur et lui adressa un sourire qui ressemblait à une grimace.

– Pouvez-vous nous excuser une seconde ?

Valérian s'avança vers sa collègue, lui prit le bras et l'entraîna à l'écart.

– Écoute, lui dit-il à voix basse, le convertisseur appartient au gouvernement. Et c'est sans doute le dernier de tout l'univers.

– Oh, fit Laureline en plissant les yeux de colère, alors tu pioches dans la philosophie du commandant, ce-qui-est-à-moi-est-à-moi-et-ce-qui-est-à-toi-est-à-moi ? C'est *ça* que tu es en train de me dire ?

– Non ! rétorqua Valérian, piqué au vif. Je « pioche » dans mon serment d'allégeance ! Nous n'avons aucune légitimité pour remettre ce convertisseur aux Perles.

– Valérian, la Fédération a fait une faute, elle doit se rattraper, fit Laureline, inflexible.

– Je suis d'accord, mais ce n'est pas à nous d'en décider. Il faut laisser ça aux tribunaux.

Il connaissait assez bien Laureline pour pressentir que son calme ne tenait qu'à un fil. Ce fil lâcha brusquement.

– Ils sont à dix-huit années-lumière d'ici, Valérian ! Il n'y a que nous qui puissions arranger ça !

Il pinça les lèvres.

– Laureline, je suis un soldat. J'obéis aux règles. C'est ce qui fait de moi ce que je suis.

Un long silence s'ensuivit. La juste colère disparut des traits de Laureline. Puis elle reprit à voix basse, d'une voix empreinte de chagrin :

– Tu vois ? C'est pour ça que je ne veux pas t'épouser. Parce que tu ne sais pas vraiment ce que c'est que l'amour.

– Voyons ! s'exclama Valérian, d'une voix que la peur rendait presque aiguë. Cette situation n'a rien à voir avec l'amour, ni même avec nous deux !

Les yeux de Laureline miroitaient de larmes.

– C'est là que tu te trompes. L'amour, l'amour vrai, c'est plus puissant que n'importe quoi d'autre, Valérian. Plus puissant que les règles et les lois. Plus puissant que n'importe quelle armée ou gouvernement.

Elle tourna les yeux vers l'impératrice.

– Regarde-la, dit-elle d'une voix admirative. On lui a volé son peuple et l'un de ses enfants, et elle est prête à pardonner. *Ça*, c'est l'amour. C'est la confiance qu'on accorde à une personne.

Laureline se retourna vers Valérian.

– Et je pensais que je pouvais être cette personne. Que… que je pouvais être ce qui comptait le plus dans ta vie, Valérian.

– C'est le cas, lui répondit-il d'une voix que l'émotion rendait rauque. Je mourrais pour toi.

Mais ce n'était pas la bonne réponse. Laureline secoua sa tête blonde, frustrée.

– Tu ne comprends pas. Je ne te demande pas de mourir pour moi. Je te demande de me faire *confiance.*

Ils se dévisagèrent. Elle avait le visage rayonnant d'intensité – tous ses traits exprimaient un immense désir de communication. Valérian, lui, voulait de tout son cœur être ce dont elle avait besoin. Comprendre vraiment ce dont elle avait besoin.

Il dit enfin d'un ton hésitant :

– Tu es sûre de savoir ce que tu fais ?

– Non, répondit Laureline sans ambages, en le fixant des yeux. Mais je sais que si une race disparaît parce que tu n'auras pas eu confiance en moi, je ne pourrai plus jamais te regarder.

Brusquement, il comprit. La confiance. C'était ça, la confiance, n'est-ce pas ? Le courage, la loyauté et même l'amour, il pouvait offrir tout ça facilement. Mais il avait connu la trahison, et la confiance – la confiance vraie, parfaite – lui était plus difficile que tout le reste.

Cependant, il avait confiance en Laureline.

Il esquissa un timide hochement de tête.

– D'accord, dit-il enfin. Donne-le-leur.

Laureline sourit. Pas avec ses lèvres, ni même avec ses yeux ; tout son visage – tout son être même – s'éclaira comme un soleil. Et Valérian sut que, quoi qu'il puisse arriver, il avait fait le bon choix. Laureline s'essuya les yeux, puis s'avança et embrassa Valérian.

Ses lèvres étaient tièdes et douces, et il y avait quelque chose de suave et de puissant dans ce baiser. Valérian en eut le tournis, tout en conservant une entière lucidité. Il avait fait confiance à Laureline, et elle venait de lui offrir un baiser émouvant, doux, sans réserve et absolument réel. Il se sentit fondre et s'offrit à elle de la même manière ; lorsqu'elle recula en murmurant « merci », tout allait bien. Elle était Laureline et il lui faisait confiance.

Elle prit le convertisseur dans ses bras et se dirigea vers l'impératrice. Avec une dernière caresse d'adieu, elle tendit le petit animal à Aloï. Il gazouilla, se tortilla de bonheur et blottit sa tête sous la gorge de l'impératrice.

– Tenez, dit Laureline. Nous sommes responsables de la perte de votre planète. Ce serait un honneur pour nous de vous aider à la retrouver.

– *Melinama*, dit l'impératrice, les yeux remplis de larmes, en embrassant le convertisseur.

– Ça veut dire « merci », fit Valérian.

– Venez avec nous, dit l'empereur. Soyez témoins de ce que votre compassion va accomplir.

Les deux agents le suivirent jusqu'à un petit cratère. Valérian se rappela en avoir vu un semblable sur Mül ; les pêcheurs y vidaient leurs filets. L'empereur tendit la perle à son épouse. Elle la prit dans une main ; de l'autre, elle tenait le convertisseur Mül. L'animal flaira la perle, puis il ouvrit son fin museau et l'avala. Valérian regarda la partie supérieure reptilienne de son corps changer de couleur comme un coucher de soleil prenant des teintes successives. Il ne pouvait le quitter des yeux ; et il se rendit à peine compte que les autres Perles les avaient rejoints et formaient autour d'eux une ronde. Ils se tenaient tous par la main.

L'impératrice caressa le convertisseur, puis elle le souleva au-dessus du cratère. Il frissonna et grossit, puis il se mit à cracher des perles parfaites et lustrées dans le cratère.

Un son étrange et envoûtant d'une grande beauté s'éleva autour de Valérian : les Perles s'étaient mis à chanter. Son cœur s'emballa ; d'émerveillement, son souffle se fit court.

Une vive lumière, très pure, très blanche, émana du cratère. Puis survint une éruption, non pas de lave, mais d'éclairs : des zébrures blanches fendirent les airs, se réverbérant sur les parois incurvées du zeppelin. Un vent né de nulle part fouetta les cheveux de Valérian et Laureline. Des couleurs pareilles aux teintes radieuses d'un coquillage opalescent ondulèrent au-dessus de leurs têtes et autour d'eux ; puis les armatures du zeppelin disparurent dans l'obscurité. Le ciel s'anima brusquement – un ciel que Valérian reconnut, rempli de lunes rondes, et parsemé d'étoiles.

Des roches se dressèrent soudain, créées par les rais de lumière dansants. Valérian sentit le sol s'amollir sous ses pieds : il se transformait en sable.

Laureline et lui assistaient à la naissance d'un monde.

Les crépitements de la force créatrice cessèrent, et le vent se calma, devenant une brise légère. Une pluie douce se mit à ruisseler sur le visage de Valérian et il ferma brièvement les yeux ; lorsqu'il les rouvrit, il n'y avait plus trace des parois du zeppelin. Des myriades d'arcs-en-ciel étincelaient après la pluie. Dans un froissement presque imperceptible, une végétation luxuriante émergea des rochers ; des racines s'étendaient, des feuilles et des fleurs éclataient. Les deux agents spatio-temporels, ébahis, n'avaient plus devant eux qu'une nature s'étendant à perte de vue sous un ciel bleu clair.

Valérian et Laureline se tenaient dos à dos, contemplant chacun les merveilles qui apparaissaient autour d'eux. Valérian étendit la main sans même réfléchir, pour prendre celle de Laureline.

Elle lui tendait déjà la sienne. Leurs mains se rencontrèrent et s'étreignirent, leurs doigts s'entremêlèrent ; le simple contact de la peau humaine était aussi beau et magique, à sa manière, que ce qui se produisait autour d'eux.

L'impératrice tenait toujours le convertisseur. Celui-ci avait retrouvé sa taille normale ; ses oreilles et sa queue étaient un peu tombantes, comme s'il était épuisé. Et pour cause, se dit Valérian. Pour un si petit animal, il venait d'accomplir une tâche considérable.

Pourtant, il n'avait pas encore terminé. Il toussa une dernière fois, et quelques perles supplémentaires tombèrent dans le cratère.

Valérian et Laureline entendirent avant de voir. Ce fut un mugissement profond, primitif, celui d'un flot en mouvement. Et soudain la mer bien-aimée des Perles apparut comme un éclat d'argent à l'horizon, ses hautes vagues se ruant en avant. Valérian craignit un instant qu'un tsunami ait été créé par inadvertance, mais à peine avait-il formé cette pensée que la mer, domptée, atteignit le rivage de sable blanc avec un doux clapotis.

Valérian sourit. Il reconnaissait bien là les Perles. Leur culture et leur monde étaient fondés sur l'harmonie et la paix. Tout ce que Mül avait vu de cruel était venu de l'extérieur. Eux ne pouvaient pas donner naissance à un monde où le mal ait la moindre place.

Laureline serra la main de Valérian, puis elle se retourna vers lui avec un grand sourire.

– Tu avais envie d'aller à la plage, non ?

L'impératrice s'avança vers eux et tendit à Valérian ses longs doigts pâles. Laureline s'écarta pour laisser Aloï saisir les deux mains de son compagnon.

L'impératrice eut un sourire serein.

– Notre fille a fait un bon choix. Elle peut reposer en paix maintenant.

Valérian lui répondit par un sourire tremblant d'émotion, les joues en feu. Laureline sourit à son tour de voir son ami pris en flagrant délit de rougissement. Il respira profondément et sut que l'impératrice avait raison. À l'instant où il exhalait, des picotements lui parcoururent le corps, et il ressentit un léger tremblement au creux de son estomac. Aucune peur, de la paix seulement. C'est alors que la vague bleue déferla à travers lui et tout autour de lui ; elle colora un instant sa vision de la même teinte exquise que le ciel du nouveau monde.

Tout ce qui était Lïho-Minaa s'éloigna avec légèreté, comme une feuille emportée par le dernier vent de l'automne. Elle était partie, et Valérian sut qu'elle était vraiment en paix.

Mais il sentit en lui un vide dont il n'avait jamais soupçonné l'existence jusqu'à ce que l'esprit d'un Perle soit venu l'habiter, et il se sentit étonnamment perdu.

– Nous devons partir maintenant, dit l'empereur. (Valérian acquiesça d'un signe de tête, et l'impératrice lui serra les mains une dernière fois ; puis elle le lâcha et recula pour rejoindre son mari.) Puissiez-vous vivre en paix, votre peuple et vous, où que vous vous aventuriez dans le temps et l'espace.

La voix de Tsûuri s'éleva, rapide et inquiète, rompant le calme ambiant.

– Père, des soldats ont encerclé le vaisseau. Ils ont placé des explosifs sur nos murs !

– Dans une minute nous serons partis, le rassura son père.

Mais Valérian et Laureline n'étaient pas rassurés du tout.

– Si les troupes ont déjà pris position, dit Valérian très vite, il ne vous reste *pas* une minute. Vous n'avez aucun moyen de communiquer avec le monde extérieur ?

– Si, mais nous brouillons les signaux depuis le début, dit Tsûuri. Si nous arrêtons de le faire, nous serons sans défense.

– Si vous ne me permettez pas de communiquer avec eux, vous serez sans défense pour toujours ! dit Valérian.

Il observa désespérément les environs, et son regard tomba sur la capsule Destiny échouée sur le sable fin. Malgré son âge, elle ferait l'affaire.

– Juste un appel, dit-il.

L'empereur le scruta d'un regard pénétrant, et il acquiesça. Il dit à son fils :

– Ils se sont montrés dignes de notre confiance. Désarme le signal.

*
**

Le mur cessa brusquement de bouger.

Le capitaine Kris jeta un coup d'œil aux dizaines de mines qui y avaient été fixées. Il avait contacté Okto-Bar et l'avait informé que les explosifs seraient déclenchés dès que le général en donnerait l'ordre.

Il détacha les yeux du mur soudain immobile pour balayer du regard les centaines d'hommes qui attendaient derrière lui, couchés sur le sol.

– Unité en position, annonça-t-il à Okto-Bar. Mais le mur a cessé de vibrer. Il se passe quelque chose.

Le soupir d'Okto-Bar s'entendit à la radio.

– Notre compte à rebours est à six minutes, il a commencé. Restez en position. Nous essayons d'analyser ce qui se passe.

Tout à coup, les K-TRONs se mirent en alerte ; le cliquetis de leurs fusils se fit entendre entre leurs mains métalliques, tandis qu'ils mettaient en joue une poignée d'aliens mystérieux qui venaient de se matérialiser devant eux. Les arrivants regardèrent calmement les robots, les soldats et Kris lui-même.

– Guerriers K-TRONs en alerte. Contact avec l'ennemi. Ce sont les mêmes créatures qui ont enlevé le commandant.

– Est-ce qu'ils montrent des signes d'hostilité ? demanda Okto-Bar.

– Pas vraiment, dut reconnaître Kris, et il ajouta : Pas pour l'instant.

*
**

Aidez-nous. Vous avez ce dont nous avons besoin.

Les mots de l'alien mourant hantaient encore Okto-Bar. Il ne pouvait les congédier, et voilà que ces créatures se montraient à nouveau.

– Mon général ? fit Neza, interrompant les pensées d'Okto-Bar. J'ai du mal à y croire, mais… nous captons un signal radio.

Il tourna vers le général ses yeux écarquillés.

– En provenance du module Destiny de 2001.

– *Quoi ?* fit Okto-Bar, incrédule.

– C'est… mon général, on dirait le major Valérian !

Okto-Bar n'en croyait pas ses oreilles.

– Mettez-nous en relation !

Les secondes parurent durer des heures, puis une voix retentit :

– Allô ?

C'était bien la voix de Valérian. Okto-Bar poussa une exclamation de stupeur.

– Major ?

– Oui mon général !

La voix exprimait un vif soulagement.

– Nous sommes en vie, l'agent Laureline et moi, à l'intérieur, de l'autre côté du mur. Annulez tout de suite l'assaut !

– Major, dit Okto-Bar en haïssant chacun de ses mots, j'aimerais croire que c'est bien vous, mais je ne peux pas lire votre code ADN, et vous connaissez la procédure. Il me faut une preuve que ce n'est pas un hoax, et que…

– Il n'y a pas de temps à perdre en procédures idiotes !

Neza et Okto-Bar échangèrent un regard. C'était la voix du sergent Laureline qui venait de retentir.

– On est *là-dedans*, c'est clair ? Avec toute une espèce que vous avez déjà anéantie autrefois ! Les Perles de la planète Mül. Alors dites à vos hommes de se replier avant de commettre un deuxième génocide !

Okto-Bar réfléchissait à toute allure. C'était un homme calme, pondéré ; les procédures lui avaient été utiles tout au long de sa carrière. Là, tout de suite, il ne savait pas bien quoi faire.

– Ça ressemble bien au sergent Laureline, fit observer Neza.

Okto-Bar ne pouvait qu'être d'accord.

– Mais… bégaya-t-il, pris d'un léger vertige à l'idée de voir peut-être s'effondrer des vérités qu'il n'avait jamais mises en cause, la planète Mül était inhabitée !

– Vous savez que ce n'est pas vrai ! cria Valérian. Le commandant Filitt y était. C'est lui qui a donné les ordres. Et il a monté toute cette opération pour éliminer les survivants, preuves vivantes de son erreur. Stoppez la procédure !

Neza se rapprocha de son supérieur. À voix basse, pour ne pas être entendu, il glissa à Okto-Bar :

– Ça expliquerait pourquoi le commandant interrogeait cet alien.

Tout cela était d'une cohérence terrible, à briser le cœur, et qu'Okto-Bar aurait rêvé de pouvoir nier.

Il interrompit le compte à rebours à trois minutes et quatorze secondes.

*
**

– Compte à rebours interrompu.

Laureline et Valérian poussèrent tous deux un soupir de soulagement à l'annonce du général.

– Le commandant est avec vous ? continua celui-ci.

Laureline et Valérian échangèrent un regard, puis ils se levèrent ensemble, remirent debout le commandant groggy, et le jetèrent sur un siège dans la capsule. Sa tête roula d'un côté puis de l'autre, et il se remit à ronfler.

Avec peut-être un peu plus de plaisir qu'il n'aurait dû en éprouver, Valérian gifla le visage flasque de Filitt.

– Ohé ! dit-il très fort, d'un ton enjoué. Debout debout ! Vous avez un appel.

– Commandant ? fit la voix d'Okto-Bar. Vous me recevez ?

Pas de réponse.

Laureline gifla le commandant plus fort que ne l'avait fait Valérian, et il se réveilla pour de bon en marmonnant « aïe ».

– Allez, mon ami, dit Valérian. C'est l'heure des aveux.

Filitt cligna des yeux, hébété. Il regarda autour de lui en fronçant les sourcils, visiblement étonné de ne pas voir le général. D'une voix hésitante et un brin pâteuse, il dit :

– Al-lô ?

– Commandant, c'est le général Okto-Bar. Vous me recevez ? Nous n'avons pas accès à votre code ADN, mais l'onde vocale est la bonne.

Le commandant se redressa avec une grimace. Son regard se fit précis et sa voix claire.

– Je vous reçois. Que se passe-t-il ?

– Nous sommes prêts à activer les charges explosives, conformément aux ordres que vous aviez donnés, fit la voix d'Okto-Bar. Confirmez-vous ces ordres, ou avez-vous quelque chose à me dire qui me permettrait de suspendre l'assaut ?

Le commandant ne répondit pas tout de suite. Valérian et Laureline se crispèrent. Il les regarda l'un après l'autre. Quel que soit le sédatif que lui avaient donné les Perles, son effet s'était dissipé, car il s'assit très droit sur son siège.

– Je suis un soldat, dit-il d'une voix calme, posée, intense. Un soldat préfère toujours la mort à l'humiliation. *Éliminez-les tous !*

CHAPITRE 26

Les mots, d'une clarté brutale, retentirent à la radio. Kris et ses hommes en furent pétrifiés, mais les K-TRONs, à peine l'ordre reçu, ouvrirent le feu. Les balles déchirèrent l'air, visant non seulement les créatures magnifiques et délicates qui avaient reçu le nom d'ennemi, mais aussi les troupes trop humaines de Kris.

– À couvert ! hurla Kris à ses hommes en exécutant lui-même son ordre.

Mais à l'instant où il bondissait vers l'une des tranchées, une balle lui traversa l'épaule et il tomba durement dans le trou.

– Merde, qu'est-ce que vous fabriquez ? fit la voix de Valérian.

– Je n'ai pas donné d'ordre ! cria Okto-Bar. Kris, cessez le feu immédiatement !

Kris porta la main à son épaule blessée. Ses hommes se mettaient à tirer sur les robots métalliques. Il cria pour couvrir le vacarme de la riposte.

– Ce n'est pas nous, ce sont les K-TRONs ! Ils nous attaquent !

*
**

Okto-Bar se figea, hébété. Les K-TRONs étaient sous les ordres de Filitt et de personne d'autre, ce qui signifiait…

De larges silhouettes de métal noir, avec des lumières rouges au sommet de leur tête, firent irruption dans la salle de contrôle, en crachant un tir nourri dans toutes les directions.

– Retraite ! cria Okto-Bar.

Certains de ses hommes plongèrent au sol dans l'espoir de s'y abriter. Certains tombèrent pour ne plus se relever. Okto-Bar plaça l'une des consoles entre la porte et lui, en tirant de son mieux sur les machines implacables.

Sous une grêle de balles, l'un des K-TRONs s'approcha de la console et appuya sur le bouton.

Le compte à rebours, interrompu à 3:14, reprit.

*
**

Valérian avait peine à y croire. Ils avaient été si près de…

– Je rejoins Tsûuri en renfort, dit-il à Laureline.

Il désigna d'un mouvement de tête le commandant qui arborait un air de triomphe.

– Tiens-le à l'œil !

– Oh, il ne bougera pas, promit Laureline.

Au moment où Valérian empoignait ses armes avant de sortir, il vit Laureline asséner un solide coup de poing sur le visage narquois du commandant.

Valérian émergea au milieu d'un vaste chaos. La bataille faisait rage entre les K-TRONs, les Perles et les troupes humaines. Il y avait çà et là quelques larges cocons bleus, preuves que les Perles étaient pleins d'ardeur au combat.

– Alex ? cria Valérian pour dominer le bruit des balles, si tu m'entends, donne-moi toutes les munitions possibles !

Une lumière verte s'alluma sur son pistolet.

– Bien compris, major, fit la voix bienvenue d'Alex. Voilà pour vous… cinquante infras, vingt anti-flux, douze balles thermiques.

– Merci.

– Il vous reste dix secondes.

Dix secondes. Il allait faire en sorte que chacune compte.

Il bondit à découvert et ouvrit le feu. Des missiles de toutes sortes jaillirent de ses armes et les K-TRONs se mirent à tomber. Une force irrésistible les faisait éclater en morceaux aussitôt pulvérisés. Un robot fut soufflé vers l'arrière ; il n'en resta que du shrapnel. Valérian disposa ses pistolets en ligne et soumit l'ennemi robotique à un feu ininterrompu, d'une précision terrible.

Du coin de l'œil, il vit que le mur se mettait à onduler. Les Perles qui se trouvaient à l'intérieur commençaient à le sceller. Valérian arrivait au bout de ses munitions ; il n'avait plus que cinq… deux… une des quatre-vingt-deux balles qu'Alex avait mises à sa disposition.

Mais les K-TRONs étaient à terre, réduits à des amas fumants de métal fondu et criblé de balles.

Tous, sauf leur capitaine.

Cette dernière balle, il faut qu'elle compte.

Valérian visa la partie la plus large du robot – son torse massif et rutilant – et tira sa dernière balle. À court de munitions, et presque à court de temps, Valérian fonça à travers le mur une fraction de seconde avant qu'il ne soit scellé.

*
**

L'horloge de la salle de contrôle indiquait 00:01.

*
**

Le mur couvert de mines qui se trouvait dans la région mortelle prit une couleur argentée, puis phosphorescente.

La zone tout entière explosa.

*
**

00:00.

Dans la salle de contrôle de la station Alpha, le général Okto-Bar, qui luttait encore contre deux K-TRONs tenaces, aperçut l'horloge. *Non… oh, non*, pensa-t-il, submergé par le choc et le chagrin. *Qu'est-ce que j'ai fait ?*

Le général dirigea sa douleur impuissante et sa colère sur les deux robots qui restaient ; il se retourna vers eux avec une fureur soudaine – et tira sans s'arrêter.

Le dernier vacilla et tomba.

Neza regarda Okto-Bar, sidéré. Quelques hommes se relevèrent, hébétés, sous le choc, silencieux.

Était-ce vrai ?

Avaient-ils tous pris part à un génocide ?

Restait-il quelqu'un qui puisse leur dire ce qui s'était passé ?

*
**

Ce silence et cette immobilité, après tant de folie, étaient déroutants. Le capitaine Kris n'entendait rien d'autre que le bruit de sa propre respiration. Si…

d'autres soldats se mettaient à remuer en constatant qu'ils avaient survécu, eux aussi.

Kris jeta un regard prudent hors de la tranchée et ses yeux s'écarquillèrent. Sa radio grésilla :

– Des survivants ? demanda la voix d'Okto-Bar, que l'émotion rendait rauque. Capitaine ? Que se passe-t-il ?

Kris ne répondit pas tout de suite. Il avait les yeux fixés sur le site où se dressait naguère le mur. Il n'y avait plus rien à présent. Ni un mur en ruine, ni les corps de ceux qui se trouvaient derrière… rien qu'un vaste trou, tel un énorme cratère au centre de la station spatiale.

– Il n'y a plus rien ! parvint-il à articuler. Juste un trou béant ! Tout a disparu !

Ses hommes sortaient la tête des tranchées et regardaient les débris de robots, stupéfiés par ce spectacle.

– Des traces de nos agents ? Ou du commandant ?

Kris sortit ses jumelles infrarouges et balaya lentement toute la zone du regard.

– Non, rien… attendez, j'ai vu quelque chose ! Il y a un corps !

Au milieu du cratère, en effet, un corps se trouvait suspendu à quelque chose qui dominait l'obscurité du gouffre ; il se balançait lentement d'avant en arrière. Il était enveloppé dans une étrange substance collante, visqueuse. Kris modifiait la mise au point lorsque le corps pivota lentement sur lui-même, révélant un visage bouffi, couvert de bleus.

– C'est le commandant !

– Il est vivant ? demanda Okto-Bar.

Les yeux, gonflés jusqu'à n'être plus que des fentes, s'ouvrirent. La bouche aussi.

– Dégagez-moi d'ici, merdes incompétentes !

*
**

Laureline regarda par l'ouverture du Destiny, et esquissa un sourire devant l'immensité de l'espace et le scintillement des étoiles. Il n'y avait ni vaisseau, ni station, ni planète en vue.

– Tu as une idée de l'endroit où on est ?

Valérian jeta un coup d'œil à l'écran de contrôle.

– À… deux heures des vacances !

Il lui adressa un grand sourire par-dessus son épaule.

– Je viens de virer la balise de détresse.

– Deux heures, oh non ! s'exclama-t-elle.

– Je sais. Deux heures toute seule avec moi, quelle plaie !

– Sans blague, dit Laureline. (Elle poussa un soupir mélodramatique, les yeux toujours fixés sur les étoiles.) Une éternité !

– Bon, dit-il. Maintenant que la mission est terminée, on pourrait peut-être finir notre conversation ?

Laureline se retourna. Il avait les mains serrées derrière son dos.

– Conversation ?

– On parlait avenir, fit Valérian.

Laureline demanda d'un ton enjoué :

– Vraiment ? Et que nous réserve l'avenir ?

Elle s'attendait à de longs racontars sur une aventure stupéfiante, ou une évocation badine et peu subtile d'autres choses à faire en privé. Au contraire, pour une fois ou presque, Valérian eut l'air parfaitement sérieux lorsqu'il répondit à voix basse :

– Toi… moi… nous.

Et il lui présenta une bague.

L'anneau en lui-même était aussi simple que possible : un cercle de métal qu'il venait à l'évidence de fabriquer avec une épingle à cheveux de la jeune femme, tordue pour enserrer le joyau.

Mais ce joyau…

C'était une petite perle Mül, unique, parfaite.

Elle sentit des larmes lui piquer les yeux. Cette bague représentait tant de choses. Tout le sang, la mort, la beauté et la vie. Elle gratifia Valérian d'un sourire tremblotant, et il lut dans ses yeux qu'elle avait conscience de cela.

Ils s'agrandirent encore, ces yeux, lorsqu'il mit un genou à terre.

– Joyeux anniversaire ! lui dit-il en lui tendant cette bague qui était à la fois le plus banal et le plus beau des objets de l'univers.

– Merci, lui répondit-elle. C'est très romantique. L'idée est de toi ?

– Oui, Laureline.

Il déglutit au prix d'un effort, et elle se rendit compte que la main qui lui présentait la bague tremblait.

– Me ferais-tu l'honneur de devenir ma femme ?

– Pour le meilleur ou pour le pire ? demanda-t-elle.

Valérian demanda avec anxiété :

– C'est négociable, ça ?

Laureline sourit. Elle avait envie de se mettre à rire, à pleurer, de se mettre à… faire d'autres choses.

– Non, fit-elle.

Il carra les épaules.

– Très bien, dans ce cas, répondit-il.

Laureline le regarda un moment ; puis elle se pencha vers lui et accepta la bague. Le bonheur que lui procura ce geste se transforma en étonnement : au lieu de glisser la bague à son doigt, elle la posa délicatement sur la console. Il se releva, l'air interrogateur.

Elle se jeta dans ses bras, l'embrassa et commença à lui défaire son uniforme.

L'expression stupéfaite de Valérian fit place à un grand sourire malicieux.

– C'est un oui ? demanda-t-il.

– Un peut-être, répliqua-t-elle.

Elle lui avait enlevé un premier gant, et s'attaquait au second.

Il la fixa des yeux, complètement perdu.

– Je ne comprends pas. C'est comme ça que ça marche, l'amour ?

– Non.

Laureline lui adressa un regard taquin où brillait un soupçon de désir, et il inhala très vite. Elle se pencha pour l'embrasser. Il commençait à lui rendre son baiser avec enthousiasme lorsqu'elle recula et commença à lui ôter sa veste. Elle posa un instant la main sur la poitrine de Valérian et sentit son cœur battre la chamade sous ses doigts.

– C'est comme ça que les *femmes* marchent. L'une d'elles a vécu quelque temps dans ton corps… tu n'as rien appris ?

Elle jeta la veste de côté et glissa ses mains sous la chemise de Valérian. Il l'arrêta ; elle le regarda, surprise.

– Si, j'ai appris quelque chose, dit-il avec un grand sourire.

– Quoi donc ?

– Ne commence pas quelque chose que tu ne pourrais pas terminer.

Elle laissa échapper un petit rire.

– On a deux heures devant nous !

Un sourire malin se dessina lentement sur les lèvres de Valérian.

– Justement, dit-il en l'attirant à lui et en l'embrassant avidement.

Laureline lui glissa les bras autour du cou et elle se pressa contre lui.

*
**

Les étoiles n'étaient pas éternelles, mais leur âge défiait presque tout calcul. Elles avaient vu bien des choses, et en contempleraient bien d'autres. Mais leur regard sans jugement avait rarement été témoin d'événements aussi marquants que ceux qui venaient de se produire ce jour-là. Deux mondes étaient nés. Le premier, une planète vaste et exquise, qui n'était que mer, ciel, sable et paix.

Le second, un monde bien plus petit, mais pas moins important, constitué de deux êtres seulement.

Dépôt légal : juillet 2017
N° d'édition : J17175-01

Mise en page : Text'Oh !
Impression : LEGO, S.p.A.
Achevé d'imprimer en Italie en juin 2017